D1986125

Katharina Zimmermann

Das Freudenkind

Elżbieta Rufener Sapieha gewidmet

Katharina Zimmermann

Das Freudenkind

Roman · Zytglogge

Autorin und Verlag danken der Burgergemeinde Bern
für den Druckkostenbeitrag.

STADTBÜCHEREI
WOLFENBÜTTEL
Kommißstr. 3-4
314/03
Zim
2.20035.1

Alle Rechte vorbehalten
Copyright by Zytglogge Verlag Bern, 2003
Lektorat Hugo Ramseyer
Umschlagbild Internowany Stói! (Internierte Halt!)
Weier i. E., Sommer 1942
Foto: Zygmunt Budzko
(polnischer Offizier, interniert 1940–45)
Satz und Gestaltung Zytglogge Verlag Bern
Druck Ebner & Spiegel GmbH, Ulm
ISBN 3-7296-0647-6

Zytglogge Verlag Bern, Eigerweg 16, CH-3073 Gümligen

Freitag, 31. August 2001

Pflanzen halten sich nicht an Landesgrenzen.
Kürbisse lagern auf der Erde, wie in Österreich, wie in Tschechien, das wir eben durch seine Hintertür verlassen haben. Kontrolliert wurden nur die Pässe, die Koffer nicht; doch der Eurocity blieb lange stehen.
Äpfel und Birnen haben bei Grenzübergängen weder Farbe noch Form gewechselt, hängen ebenso schwer an den Ästen wie in der Schweiz. Nur die Strassen, die durch die Felder führen, sind schmaler geworden von Land zu Land. Hier sind sie ungepflastert, weich vom vergangenen Regen, voller Pfützen. Die Bauernhöfe klein. Blumen davor. Weisse Gänse.
Wir sind in Polen.
Ich stehe am Fenster im Seitengang, gespannt darauf, Fremdes zu entdecken. Die waldigen Hügel, die sich aus dem Hintergrund heranschieben, wirken noch fast vertraut. Die Karpaten?
Colette sitzt im Abteil und liest.
- Dort willst du doch hin, rufe ich durch die Tür und zeige auf die Bergzüge.
Sie deutet mit der Hand darüber hinweg.
- Auf deren Rückseite, lacht sie.
Das mag ich an ihr, die gute Laune, das Lachen. Ob ich es nach der Reise immer noch mag?

Ich lernte sie nach einer Lesung kennen, im Frühling vor einem Jahr.
Sie kam nach vorn, schlank, kurz geschnittenes dunkles Haar, und stellte sich als Colette Hänni vor, fragte, ob ich auch in ihre Klasse zu einer Lesung käme. Eine Deutschlehrerin, nicht mehr ganz jung, doch etwas Liebliches hatte sich in ihrem Gesicht erhalten.

Erst wehrte ich ab.
- Keine Zeit, sagte ich und begann zu erklären.
Ihr Blick, ihre Stimme, wach und heiter, lösten meine Ausflüchte sogleich auf.
Sie unterrichte in Bern, werde mich mit dem Auto zu Hause abholen und wieder zurückbringen. Das Ganze werde nicht länger als eine Stunde dauern.
Es ging länger, viel länger.
Nach der Unterhaltung mit den Neuntklässlern, als sie bereits zur Tür hinaus drängten, rief Colette noch einen Jungen zurück. Er schlenkerte zu uns. Bürstenschnitt, breiter Mund, ein Lausbubengesicht.
- Mein Neffe, sagte sie stolz.
Während der Stunde war er mir nicht aufgefallen. Er hatte keine Fragen gestellt, vielleicht aus Rücksicht auf seine Tante.
Wieder im Auto erkundigte ich mich bei Colette nach eigenen Kindern. Sie erwähnte ihre Töchter, beide seien schon ausgeflogen, die ältere studiere in Bern, die jüngere in Zürich. Dann kam sie noch einmal auf den Neffen, auf Mark, zu sprechen. Ich hatte das Gefühl, er sei ihr ein wenig Ersatz für ein ausgebliebenes Nesthäkchen.
Auf meine Bitte fuhr sie mich durch ein Quartier zurück, in dem ich seit meiner Kindheit nicht mehr gewesen war. Freistehende Häuser vom Anfang des letzten Jahrhunderts, Stützmauern, Treppen zu steilen Vorgärten hinauf, der Friedbühl. Oben die Friedenskirche, klobig wie damals, aber sie war mir wichtig gewesen, vor allem im Sommer. Schlug sie drei, durfte ich mit dem Badkleid in der Hand ins Marzili hinunter rennen. Vorher nicht.
Ein Velofahrer überholte uns auf dem Strässchen, winkte, stieg ab und trug sein Rad die Stufen zum Garten hinauf.
- Da ist er, lachte sie, hielt an und zeigte rechts auf das Haus am Hang.

- Oben wohnt Mark mit der Mutter, unten sind meine Schwiegereltern, sagte sie.
Ich schaute genauer hin. Ein Rundbogen unter dem Dach wie bei Berner Bauernhäusern, der Garten über der Mauer unsichtbar, aber ich roch den Äther, das Jod, den Hustensirup, spürte an Mutters Hand das Klopfen im Hals, wenn vor der Tür plötzlich nichts mehr weh tat.
- Ich kenne das Haus, sagte ich, da hat ganz früher ein Arzt gewohnt.
- Doktor Tschanz? Das war der Vater meiner Schwiegermama.
- Ist das möglich? Hiess sie ... hiess Ihre Schwiegermutter Angelika?
- Sie heisst immer noch so, lachte Colette. Sie ist achtzig, aber noch sehr beweglich, diese Treppe da, die schafft sie mehrmals am Tag.
Während der Weiterfahrt blieb ich stumm. Mit dem Namen war auch die Gestalt aufgetaucht.
Sie trat aus unserm Musikzimmer, stellte die Mappe ab, zog die Stiefel an, wobei ihr Zopf den Boden beinah berührte, dick und schwarz und glänzend unter der Lampe im Korridor. Sie richtete sich auf, schlüpfte in den Mantel mit dem Fischgratmuster, verabschiedete sich höflich von meiner Mutter und von mir, die ich als Kind dabei stand und alles an der jungen Frau bewunderte, Stiefel, Zopf und Mantel.
Angelika Tschanz.
Und jetzt sass ihre Schwiegertochter neben mir. Colette Hänni.
- Dann sind Sie die Frau des Pianisten?, fragte ich.
Sie nickte, und ich entschuldigte mich, es nicht früher gemerkt zu haben.
- Ach, es gibt viele Hänni, sagte sie.
Nun war ich es, die sie mit wachen Augen betrachtete.

- Trinken wir einen Kaffee?, fragte ich und schämte mich ein wenig, nun auf einmal Zeit zu haben.
Bernhard war auf dem Thorberg. Neue Bekannte schockiere ich gerne damit. Mein Mann ist auf dem Thorberg, sage ich und freue mich auf die erschrockenen Gesichter. Das klappt nur im Bernbiet, weiter entfernt kennt keiner den Namen der Strafanstalt. Vor Colette erwähnte ich es nicht.
Nachdem ein Parkplatz gefunden war, setzten wir uns an ein Tischchen in der Sonne. Vom Münster läutete schon die Mittagsglocke. Ich dachte an Colettes Mann, hatte ihn oft spielen gehört und auf dem Podium gesehen. Er wirkt nicht wie einer, dem es Spass macht, in der Küchenschürze am Herd zu stehen und seine Frau mit einer warmen Mahlzeit zu überraschen. Aber Colette wischte meine Bedenken weg, Jerzy komme erst abends heim. (Jeschy, sagte sie. Ich bemühe mich jetzt, das polnische Rz ebenso weich auszusprechen.)
Sie war also nicht in Eile. Ich schaute sie an.
- Ihre Schwiegermama, Angelika Tschanz, die war einmal Klavierschülerin meiner Mutter, sagte ich.
- Wann war das?
- In den Kriegsjahren, vierzig oder einundvierzig ...
- Ja, kurz darauf kam ja das Kind, sagte sie, warf den Kopf nach hinten und brach in ein lautes Lachen aus.
Ich war peinlich berührt. Sie musste es gleich bemerkt haben.
- Es war halt eine besondere Zeit, sagte sie.
- Ja, es war eine besondere Zeit ...
Ich fragte nicht weiter.
Wir sprachen über ihren Deutschunterricht, und sie verriet mir, nach den Sommerferien eine Stelle am Gymnasium antreten zu dürfen.

Seither trafen wir uns hin und wieder zu einem Spaziergang, einem Kaffee. Colette wohnt in Ittigen, ich in Bern in der Matte, im alten Quartier an der Aare. Nach Hause haben wir uns nie eingeladen. Unausgesprochen haben wir wohl befürchtet, unsere Männer würden sich nicht verstehen.
Gereist sind Colette und ich noch nie miteinander. Beide Ehemänner hätten das ungern gehabt. Aber Bernhard begriff, warum mich diese Reise interessierte. Und Jerzy sei erleichtert gewesen, als ich für ihn einsprang.

Colette klopft an die Scheibe, deutet auf den Sitz ihr gegenüber. Ich schüttle den Kopf, bleibe stehen, sitzmüde nach vielen Reisestunden. Ausserdem sehe ich mehr an diesem Fenster im Seitengang.
Ein Fluss, wohl die junge Weichsel, zwei Seen, Birken in Gruppen, ein Kirchturm ... im Hintergrund die Waldhügel. Eine schöne Gegend, sie ladet zum Ausruhen ein. Die Strasse, das Schild, ich erhasche den Namen. Oświęcim. Was?
Hier? In dieser friedlichen Landschaft?
Colette will morgen hinfahren.
- Ohne mich, habe ich ihr gesagt.
Von den heute Lebenden dürfe sich niemand drücken, versuchte sie mich zu überzeugen. Nicht, wer so nah an Oświęcim/Auschwitz vorüberfahre. Sich das Museum anzusehen, sei einfach Pflicht. Von Krakau fahre stündlich ein Bus hinaus.

Krakau ist nicht mehr weit. Diese Strecke hat Colette gewählt.
- Warum nicht über Prag, oder Berlin?, hatte Bernhard gefragt.
Mir war es egal. Ich bin gern über Wien gefahren.

Wir heben unsere Koffer aus dem Gepäcknetz herunter. Colette geübter als ich, nicht verwöhnt von ihrem Mann. Der Bahnhof in Krakau ist im Umbau wie die Schweizer Bahnhöfe. Direkt heimelig, diese Absperrungen, gelben Bänder und provisorischen Planken.
Aus den Anschriften werden wir nicht klug. Was geschrieben steht, klingt anders, wenn es gesprochen wird. Nur jetzt nicht schüchtern sein, fragen.
Wir gehen zum nächsten Billettschalter. Versuchen es auf Englisch. Die junge Frau zuckt die Schultern. Deutsch? Unwillig schüttelt sie den Kopf. Französisch? Sie blickt uns nicht mehr an.
- *Do widzenia,* sagt Colette.
Nun lächelt die junge Frau.
- *Do widzenia,* wiederholt sie mit weicher Stimme.
Beeindruckt frage ich Colette beim Weiterschleppen nach ihren Polnisch-Kenntnissen.
- Ich hab mir ein paar Wörter aus dem Reiseführer gemerkt, sagt sie.
Doch ihre Wörter sind bald aufgebraucht. Und verstehen können wir keines. Wir sind hier fremd.

Samstag, 1. September 2001

Erwachen mit einer Migräne. Zu spät für Tabletten. Leider weiss ich, wie der Tag sein wird. Das Licht aus dem Dachfenster schmerzt. Haben die keine Rollos?

Wenigstens bin ich allein, muss nicht antworten. Colette hatte mein Bedürfnis, nachts zu schreiben, verstanden und von Bern aus zwei Zimmer gebucht.

Vorsichtig drehe ich den Kopf. Schreiben geht nicht in diesem Zustand, denken auch nicht. Schade für die ersten Ferienstunden. Ich wäre gern durch Krakau geschlendert, hätte mich vorbereiten und ihr morgen das Schönste zeigen wollen. Neun Uhr. Jetzt fährt ihr Bus nach Auschwitz ab.

Gestern Abend, nach dem Empfang im internationalen Hotel unter internationalen Fluggästen, versuchte sie noch einmal, mich umzustimmen.

- Ohne mich, wiederholte ich.

Erklärung hatte ich keine.

Stunden später entdecke ich Thermosflasche und Beutelchen auf dem Tisch, versuche bei einer Tasse Schwarztee ein wenig zu denken. Nachzudenken, warum ich nicht mitgegangen bin.

Colette ist jünger als ich. Sie ist sechs Jahre nach dem Krieg geboren.

Ich war ein Kind, unfähig, das Grauen zu verarbeiten, nachdem ich davon erfahren hatte.

Wir hatten Lose verkauft. Endlich gehörten auch wir zu den Sechstklässlern, die an einem Schulvormittag Theaterlose verkaufen durften. Stolz hatte ich am Morgen den zugewiesenen Platz an der Laupenstrasse bezogen. Die Amseln sangen. Aber die Apfelblüten in den Gärten waren schwarz. Ein Frost hatte sie verdorben. Die Strasse blieb leer.

Auf einmal läuteten die Glocken der Heiliggeistkirche. Sämi, der bei der Schanzenbrücke hätte stehen müssen, schlenderte herbei.
- Kannst heim, sagte er, es ist Friede.
Und Lili, die beim Inselspital hätte verkaufen sollen, kam mit mir nach Hause. Mitten am Vormittag. In der Wohnstube spielten die Kleinen. Meine Eltern, beide Pianisten, übten an ihren Instrumenten. Wir gingen ins Badezimmer. Setzten uns auf den Rand der Badewanne, sprachen vom eben zu Ende gegangenen Krieg. In der Schule hatte man nie darüber gesprochen. Nur vom Tell. Und von uns, dem stolzen Berglervolk, das nie den Gesslerhut grüssen würde.
Lili wusste mehr vom Krieg als ich. Sie wusste von den Konzentrationslagern. Menschen aus Haut und Knochen. Gas, Vergasungen. Lampenschirme aus Haut. Seife aus ... Meine Eltern hatten mich verschont. Keine Lehrerin, kein Lehrer hatte je die Juden erwähnt.
Neben dem Sekundarschulhaus stand die Synagoge. Dort steht sie noch heute. Das Gebäude war mir nie aufgefallen. Ich hatte es nicht in Verbindung gebracht mit Hirschfelds, denen ich hie und da Suppe ins Hotel National bringen musste. Zwar wusste ich, dass die beiden Frauen, Mutter und Tochter, Jüdinnen waren, Flüchtlinge aus Deutschland, die kein Geld hatten, im Restaurant zu essen, sich aber geschämt hätten, wäre das bekannt geworden. Mir wurde bedeutet, mit der Suppe, die ins Milchkesselchen abgefüllt worden war, über die Hintertreppe zum Hotelzimmer zu steigen. Dort fiel die Tochter, eine Studienkollegin meines Vaters, jedes Mal heisshungrig über die Suppe her, löffelte hastig, während sich ihre Mutter lächelnd mit mir unterhielt.
Vor Bombardierungen hatte ich Angst gehabt. In der ersten Klasse hatten wir am Pültchen das Kissen hängen.

Das Luftschutzkissen. Von den Müttern genäht nach genauem Mass. Mit Zeitungen gefüllt. Fiel die Sirene, ihr entsetzliches Auf und Ab, mitten ins Buchstabieren, durften wir nicht nach der Mutti schreien, mussten das Kissen packen und geschlossen in Zweierreihe in den Gang hinausgehen, wo die andern Klassen geschlossen in Zweierreihe daherkamen. Still. Wer schwatzte, wurde bestraft. Unten im Luftschutzraum musste sich jedes auf sein Kissen setzen. Leider war meines aus dem Rest eines hässlichen Matratzenstoffes geschneidert. Andere hatten hübsche Kissen, mit mütterlicher Häkelliebe umrandet.
Von der zweiten Klasse an gingen wir nicht mehr hinunter. Die Bomber kamen jetzt aus England.
Aber ein Flugzeug am Himmel war immer böse, kein lustiges Reisegefährt. Und die Sirenen heulten weiter und würgten den Atem ab.
Noch heute, wenn die Tauglichkeit der Sirenen einmal pro Jahr geprüft wird, taucht sie unvermittelt auf, die panische Angst von damals. Ich war nachts im Bett gelegen, hatte die englischen Bomber gehört, mir vorgestellt, wie Kinder irgendwo in den Keller rannten, und Häuser einstürzten.
Krieg. Immer war rings um uns Krieg. Seit ich zur Schule ging.
Jetzt war der Krieg zu Ende. Aber als die Glocken Frieden läuteten, hörte ich auf dem Rand unserer Badewanne von jenen Lampenschirmen. Aus Menschenhaut ...
Damit war die Kindheit zu Ende. Sie hing an mir wie die Apfelblüten draussen am Baum, schwarz vom Frost. Ich trug das grausige Wissen in mir herum, konnte nicht sprechen darüber. Begann, die Zeitung zu lesen. Las nichts von Friede, nur von Waffenstillstand.
Dann erschreckten mich immer wieder die Schlagzeilen über Nürnberg.

Vierzig Jahre später, nach einem Flug von Frankfurt nach Nürnberg, überfiel mich vor der Landung plötzlich ein Brechreiz. Meinem Begleiter konnte ich nichts erklären, wusste selber nicht, was es war, bis in mir drin Fotos und Gefühle von damals auftauchten, Fotos von Galgen, von daran hängenden Männern, Bestrafung der Quäler. Für die Halbwüchsige keine Erleichterung, nicht wie im Märchen, wenn der Böse am Schluss umkommt. Die Verurteilung dieser Nazi-Männer zum Tod am Strang hatte kein ermordetes Kind wieder lebendig gemacht ...
Seife aus Menschenknochen ... Nein, Colette, ich muss nicht im Museum gewesen sein. Ich weiss es seit jenem Gespräch auf dem Rand der Badewanne, in einem Alter, in dem das Gedächtnis noch ohne Löschtaste speichert.

Nachmittags getraue ich mich, zum Eingang des Hotels hinunterzugehen. Es steht in der Altstadt.
Unschlüssig schaue in die Strassen, auf die Kirchen von Krakau. Halb im Traum trete ich auf den Marktplatz, löse ein Geflatter von Tauben aus. Bin ich auf der Piazza San Marco? Und die Arkaden jenseits des Platzes, sollten die nicht in Italien stehen? Ein südliches Feriengefühl versucht in mir aufzukommen, ein Gefühl von Wärme und Renaissance, doch verzichte ich auf einen Espresso, auch wenn die Sonne mild um die Korbstühle vor den Cafés spielt. Zu hoch die Hürde von fremder Sprache und fremdem Geld.
Mit dem Stadtplan wage ich mich zum Wawel vor, muss keine Frage stellen, kein Billett lösen für die Strassenbahn. Selbst für eine, die nach der Migräne wie ein geschlagener Hund den Häusern entlangschleicht, ist der Weg zum Hügel leicht zu finden.
Unten am Rain, der zum Königsschloss aufsteigt, fällt mir ein Kreuz in die Augen. Ohne Christus. Ein Holz-

kreuz am Strassenrand. Frische Blumen, viele Blumen davor. Zum Andenken an ein Verkehrsopfer? Doch zwischen den alten Bäumen ist kaum Verkehr, und das Kreuz ist sehr hoch, vier bis fünf Meter hoch.
Ich lege den Kopf in den Nacken. Ein Wort steht in Grossbuchstaben auf dem Kreuz. KATYN.
Darunter: April 1940.
Katyn. Hat nicht Angelika das Wort erwähnt? Colette hatte mich gedrängt, ihre Schwiegermutter vor unserer Reise noch aufzusuchen. Die wisse einiges über Polen, wäre beinah selber mitgekommen. Über ihren Sohn habe sie nur gelächelt und den Kopf geschüttelt, ein solches Geburtstagsgeschenk schlage man doch nicht aus.

Ich war über die Treppen und durch den Vorgarten hinauf zum Haus im Friedbühl gestiegen. Neben der Tür zur früheren Arztpraxis hing ein Schild: ‹Franz und Angelika Hänni-Tschanz›. Die alte Dame öffnete mir. Von alter Frau hätte ich bei ihr nie gesprochen. Das Gesicht war ungewöhnlich, lang und schmal, der Haarkranz gepflegt, schneeweiss, aber ebenso dicht wie früher der Zopf.
Sie erinnerte sich an die Klavierstunden, an meine Mutter, an unsere Wohnung, aber nicht an mich.
Freundlich hiess sie mich eintreten. Sie führte mich in die Wohnstube, und ich erzählte ihr gleich, wie bekannt mir dieser Raum war, wo ich jeweils gesessen und gespannt auf die Tür geblickt hatte, die Doktor Tschanz im weissen Mantel, vorn nicht zugeknöpft, von Zeit zu Zeit aufriss und den nächsten Patienten hereinbat. Oft war er zu uns heimgekommen, auch nachts durch die Verdunkelung.
Von meiner kindlichen Bewunderung für ihre Tapferkeit wagte ich nichts zu sagen. Täglich war sie mit dem Söhnchen im Kinderwagen durchs Quartier spaziert. Ich hatte etwas von der Geschichte gewusst, aber nicht weitererzählt.

Meine Mutter hatte mir bedeutet, es sei besser, das Wissen für sich zu behalten. Mit der Zeit vergass ich es ganz. Oder fast ganz.
Nach Jahren, als der Pianist Georg Hänni von sich hören liess, dachte ich, aha, das ist jetzt dieses Kind.
Später, als ich Colette kennen lernte, sprachen wir hie und da von ihrem Mann. Für Colette war seine Herkunft kein Tabu, vielmehr war sie stolz darauf.
- Jerzy ist dumm, warum nennt er sich Hänni, hatte sie mir einmal gesagt, auf Konzertprogrammen sähe Krukowiecki doch viel besser aus.
Angelika, wie ich sie bald nennen durfte, ging ich vor unserer Abreise mehrmals besuchen. Zu Beginn unterhielten wir uns fast ausschliesslich über die Kriegsjahre. Sie war damals eine junge Frau gewesen und hatte die ganze Zeit viel bewusster erlebt als ich. 1942, nach der Ausbildung am Seminar, hatte sie im Trub einen Lehrer vertreten, der lange im Militärdienst gewesen war.
Das Trub ist mir vertraut, Bernhard kommt von dort, ist im Ried zur Schule gegangen. Die Sekundarschule Langnau war nicht in Frage gekommen. Er musste daheim in der Landwirtschaft helfen, erkämpfte sich sein Studium später. Vielleicht hatte er Angelika noch als Stellvertreterin erlebt?
Nein, sie habe an der Oberschule im Twärengraben unterrichtet, nicht im Ried. Mit der Disziplin habe sie keine Schwierigkeit gehabt. Fast unheimlich sei es gewesen, wie die Schüler in der Pause nicht gespielt, sondern sich hingesetzt hätten und eingeschlafen seien vor Müdigkeit.
- Die Bauern waren oft lang im Dienst, sagte sie, die Pferde auch, und die zu Hause, die Frauen und Schulkinder, arbeiteten sich halb tot.
Sie bekam richtig Lust zu erzählen. Und ich hütete mich, ihre Erinnerungen durch falsche Fragen zu stören.

Im Winter seien die Schüler über Mittag in der Schule geblieben. Zum Teil seien sie von weit her mit verlöcherten Schuhen durch den Schnee gekommen, mit Frostbeulen, die dann an der Wärme schmerzten. Mit einer Salbe vom Papa habe sie die etwas lindern können. Für das Mittagessen hätten die Schüler Milch in Bierflaschen mitgebracht und sie ins Ofeguggeli gestellt.
Sie selber sei gut ernährt worden. Jeden Monat habe sie ihren Eltern in der Stadt ungebrauchte Rationierungsmarken schicken können. Milch hätte sie eigentlich nur zwei Deziliter pro Tag zugut gehabt. Aber der Käser habe ihr abends den Milchtopf gefüllt und gesagt, weniger könne er nicht schöpfen. Beim Nachbarn habe sie immer zu Mittag gegessen, wofür die Bäuerin keine Marken wollte, sie hasse das Gestürm. Die Grossmutter habe dort ihrem fünfmonatigen Enkel jeweils häppchenweise ein Spiegelei mit dem Messer in den Mund geschoben. Und ihr selbst habe man am Samstag vier Eier ins Körbchen gelegt.
- Dabei war mir als Einzelperson nur ein halbes Ei pro Monat zugeteilt worden ...
- Ich weiss, sagte ich, sah sie vor mir, die Marken, jeden Monat anders gefärbt, gelb, rosa, hellblau, stets in Pastellfarben, widerstand aber der Versuchung, ihr meine Erinnerungen aufzutischen. Milchmarken hatten wir immer zu wenig. Das machte mir eigentlich nichts, aber ich hielt meine leere Tasse morgens ein zweites Mal über den Tisch und genoss dann den Blick meiner Mutter, den Blick für das arme Kind, das wegen des Krieges nicht genügend Milch bekam. Ich hatte mich in ihrem Erbarmen gesonnt.
Wir sprachen also nicht über Polen, wie Colette gemeint hatte, sondern über das Emmental.
Beim dritten Besuch erzählte Angelika dann heiter und abgeklärt von ihrer Liebe zu einem polnischen Internierten, der während ihrer Stellvertretung dort einem Bau-

ern zugeteilt war. Vom Musizieren mit ihm; sie habe nach dem Unterricht bei meiner Mutter ordentlich Klavier und er ausgezeichnet Geige gespielt.
- Der Vater meines Sohnes. Sie werden es wissen ...
- Ja, sagte ich.
Dann murmelte sie etwas vom grössten Fehler in ihrem Leben. Ich erschrak. Aber nein, nicht das Kind war gemeint, sondern die Fluchthilfe. Sie hatte ihrem Geliebten zur Flucht aus der Schweiz geholfen. Er war wegen Katyn geflohen.

Ich stehe vor diesem Holzkreuz in Krakau und mein Kopf ist wieder wach. Als wollte er die vertrödelten Stunden nachholen, hat er mir Bern eingeblendet, die Besuche im Friedbühlquartier und die Gespräche mit Angelika.
Von Katyn, das sie als eigentlichen Grund ihres Unglücks erwähnte, hatte ich nie gehört.
Es waren damals auf der Welt unzählige Morde passiert, die erst nach dem Krieg auskamen. Jede neue Nachricht erschlug die vorausgegangene.
- Aber Katyn erregte uns schon während des Krieges; die Nazis setzten alles daran, den Fund der Massengräber bekannt zu machen, doch die Russen gaben nichts zu, bis heute nicht, hatte Angelika gesagt.
Das Kreuz wirkt neu und der aus dem Strassenbelag herausgebrochene Standort illegal. Wir sind im Herbst 2001. Letztes Jahr im April wollte hier jemand an etwas, das vor sechzig Jahren geschehen war, erinnern. Aber die Blumen sind frisch. Sonnenblumen, Astern und Dahlien liegen in Bündeln auf dem Boden.
Wieder im Hotel lege ich mich aufs Bett, denke zurück an die Angelika vor sechzig Jahren, an die wohl behütete Tochter aus dem Doktorhaus in der Stadt, an ihre Stellvertretung im Emmental. Ich sehe die junge Frau mit dem

schwarzen Zopf, in Damenstiefeln und Mantel mit Fischgratmuster.

Oktober 1942

Samstagabend. Die Lehrerwohnung liegt im ersten Stock, neben der Schulstube für die Grossen. Angelika geht in die Küche. Noch einmal anfeuern für warme Milch? Nein, sie trinkt sie kalt, isst eine Scheibe Brot und zwei Riegel Schokolade als Trost.

Eben zwanzig geworden, hat sie das Gefühl, die Jugendzeit sei vorüber. Sie ist allein. Rings um sie Totenstille, ausser dem Knabbern der Mäuse. Davor hat sie sich erst gefürchtet, jetzt poltert sie oft an die Wand. Ein Weilchen geben die Ruhe. Sie horcht nach unten. Die Wohnung der Unterschullehrerin liegt im Parterre, neben der Schulstube für die Kleinen. Die Kollegin kommt von hier, vom Twärengraben, ist dreissig. Uralt, findet Angelika. Aber lieb. Übers Wochenend geht sie heim, ist auch jetzt weg.

Angelika kann nicht nach Hause fahren. Das Billett Bern–Trubschachen retour wird ihr für die gesamte Stellvertretung nur einmal bezahlt. Den Papa fragen, ob er sie mit dem Auto holt, ist sinnlos. Niemand darf mehr privat herumfahren, Ärzte nur beruflich, und der Papa nimmt es genau.

Gäbe es wenigstens ein Telefon. In der Käserei hätten sie eines. Doch draussen ist finster, kein Lichtstrahl aus einem Fenster, und sie hat Angst vor den Hunden. Morgen muss sie jemanden sprechen, sonst wird sie verrückt.

Morgen wird sie mit dem Velo zum Bruder fahren. Nach Langnau. Solang kein Schnee liegt, geht das gut. Otto wird zwar wenig Zeit für sie haben, muss im Spital den Arzt vertreten. Auch der ist im Militär, wie der Lehrer, für den sie Schule hält. Die machen weiter, von Grad zu

Grad, und bleiben ewig im Dienst. Und sie und all ihre Klassenkameradinnen aus dem Seminar haben nun an der Oberstufe zu unterrichten, für die sie nicht ausgebildet sind.
Wie schön wäre es, bei den Kleinen die Zahlen einzuführen, statt eine Ellipse zu berechnen, von der sie selbst nie gehört hat. Und mit den Kleinen zu lesen O HO, HOHO, SIND DAS NICHT HÜHNER?, statt ein verschwundenes Kloster zu beschreiben, von dem sie ebenfalls keine Ahnung hatte. Und die Aufsätze. Dreissig Aufsätze: Ein schöner Herbsttag. Wenn sie morgen nach Langnau fährt, muss sie die heute noch korrigieren.
Sie geht ins Schulzimmer, stellt sich einen Augenblick ans Fenster, sieht die Sterne über dem schwarzen Wald, lässt die Luftschutzrollos herunter und knipst das Licht an. In der Wohnung kann sie nicht arbeiten. Zwei Zimmer sind völlig leer, im dritten hat es Bett und Stuhl, doch weder Tisch noch Teppich. In der Küche eine Abstellfläche aus Harassen. Der Lehrer, den sie vertritt, ist ebenfalls jung, hat sich ausser etwas Geschirr und einer Pfanne noch nichts angeschafft. Im Schulzimmer ist der Ofen erkaltet. Sie holt ihren Mantel und steigt hinab ins Zimmer der Unterschule. Dort steht ein Klavier. Von daheim hat sie Noten mitgebracht, auch Duos, in der Hoffnung, hier mit einer Kollegin spielen zu können.

- Ich blieb allein, spielte gegen das Heimweh und gegen die Einsamkeit, hatte Angelika gesagt. Als dann einer mit der Geige kam, begann eine wunderschöne Zeit.
Franz Hänni, Angelikas Mann, war immer dabei, auch bei meinem dritten Besuch.
Er sorgte rührend für uns, ging in die Küche, machte Tee und holte Gebäck. In diesen Pausen erzählte Angelika von ihrem Geliebten und schwenkte dann – sobald Franz he-

reinkam – zu Otto über, ihrem Bruder, der während der Kriegszeit als Medizinstudent den Arzt im Spital Langnau hatte vertreten müssen.
Nachdem mir Angelika etwas von ihrer Liebesgeschichte preisgegeben hatte, fragte ich meinen Mann nach diesen polnischen Internierten.
Bernhard, etwas älter als ich, hatte in der Schule auch nichts über den Krieg gehört und sich selber zu informieren gesucht. Im Sommer 1940 war er allerdings erst in der vierten Klasse gewesen. Er erinnerte sich aber an die Polen, die im Fankhaus hinten Wege verbreitern mussten und in der Neumatt untergebracht waren. Mehr wüsste der Bühler Karl, ich solle ihn fragen, sagte er.
Herr Bühler ist unser Nachbar. Er ist Sigrist gewesen und ein paar Jahre vor Bernhard pensioniert worden. Die beiden Truber verstehen sich ohne viel Worte, auch wenn der eine Gesangbücher und der andere Gerichtsakten herumgeschleppt hat.
Bühler Karl hatte mir früher schon geholfen, als ich, fünfzig Jahre nach Kriegsausbruch, die Reportage über das Réduit am Napf hatte schreiben müssen.
Hüst und hott seien die Befehle im Krieg gekommen, hatte er damals gesagt, hüst und hott. Erst die Internierten möglichst weit weg von der Grenze ins Innere der Schweiz, also ins Trub, dann wieder fort mit ihnen, weil das Trub als Réduit für den Generalstab hätte dienen sollen. Dann habe man diesen Plan aufgegeben, habe das Alpen-Réduit gebaut und die Internierten zum Einsatz in der Landwirtschaft wieder ins Trub geholt.
Vor unserer Reise erkundigte ich mich über den Gartenzaun noch einmal nach diesen Internierten. Bühler Karl hatte im Trub Franzosen gesehen, Italiener und Polen. Die Polen seien ganz liebe gewesen, vielleicht ein wenig zu lieb mit den Frauen, meinte er und lachte dazu.

Sein Lachen war nicht sehr fein, und mir kam in den Sinn, was mir bei den Gesprächen zur Napf-Reportage ein alter Bauer gesagt hatte: Mehr als die Internierten habe man die Weiber hüten müssen, die seien den Polen ‹grittligse a Haus ggumpet ...› Auf seine anzügliche Bemerkung über die Schweizer Frauen, die mit gespreizten Beinen an den Hals der Polen gesprungen seien, war ich nicht eingegangen.

Gegen Abend kommt Colette von Auschwitz zurück ins Hotel. Sie lacht nicht, bleibt still. Ich frage nichts.
Krakau mag sie sich heute nicht mehr anschauen, aber sie kommt mit in ein Restaurant um zwei Ecken.
Der Kellner in schwarzer Schürze legt Hüttenkäse, Brot und ein grosses Messer aufs rohe Tischblatt. Bestimmt gäbe es vornehmere Lokale, dafür scheint es in diesem alten Gewölbe einheimisch zuzugehen. Auf Bänken an andern Holztischen wird nur polnisch gesprochen. Mit dem Zeigefinger tippen wir aufs erste Menü, ohne zu ahnen, was kommen wird.
Gebackene, frische Kartöffelchen, eine Knoblauchsauce und ein Salat aus Gurken, Kabis, Karotten, geraffelt und gemischt. Das Mahl schmeckt vertraut, und sogleich stellt sich ein gewisses Behagen ein. In Colettes polnischem Wortschatz gibt es weder Fleisch noch Fisch. Das stört mich heute nicht. Wir fragen den Kellner nach einem Dessert. Stumm bringt er die Karte, wir zucken die Schultern, er zuckt auch, und nun findet Colette zum Lachen zurück, formt mit den Händen etwas Kleines und schaut bittend von unten herauf. Er lacht ebenfalls, dreht sich auf dem Absatz und marschiert in die Küche.
Das Kleine, das er uns bringt, ist ein Brotauflauf mit Äpfeln und Zimt. Wir kosten und sind begeistert.
- Wie meine Grossmutter ihn machte, sagt Colette.

Nachdenklich isst sie den Teller leer.
- So fremd kann ihm unser Essen nicht vorgekommen sein, sagt sie.
Ich ahne, wen sie meint, frage aber nicht nach.
Auf eine Migräne folgt bei mir meist ein endloses Gähnen.

Sonntag, 2. September 2001

Nun weiss ich, wen Colette gestern beim Nachtessen meinte. Sie bezieht hier alles auf ihn.
Nachdem sie das, was sie für Pflicht hielt, gleich am ersten Tag erledigt hatte, ging sie heute Morgen zielstrebig an Kirchen, Altären, Reliquien, an den Tuchhallen, an all dem, was im Stadtplan von Krakau eine Nummer trägt, vorüber und suchte die Universität. Dort, im Hof zwischen den dicken Mauern, hinter denen seit dem 14. Jahrhundert gelehrt wird, blieb sie stehen.
- Hier haben seine beiden Brüder studiert, sagte sie, und drüben muss das Konservatorium gewesen sein, wo er Musik studieren wollte.
Es begann zu regnen. Wir zogen uns aus dem Hof unter den Torbogen zurück, betrachteten von dort aus den alten Ziehbrunnen in der Mitte.
Mich fing an zu interessieren, was sie sich von unserer Reise verspricht.
- Was hast du eigentlich vor, fragte ich, willst du nach den Spuren von diesem Stanisław suchen?
Sie schaute mich erschrocken an.
- Ist es lästig für dich?
- Nein, nur, ich weiss nicht ... ich kann mir schlecht vorstellen, warum dir einer, den du nie gekannt hast, so wichtig ist.
Das war gelogen. Als Schriftstellerin weiss ich, wie einen das Schicksal einer längst verstorbenen Person in den Bann ziehen kann. Aber ich musste herausfinden, was Colette dazu bewegt.
Im Hof blieb es still, keine Touristen, keine Studenten störten die Ruhe. Nur der Regen fiel leise auf die Steinplatten.
- Ich tu es für Jerzy, sagte sie, damit er endlich weiss, wo seine eine Hälfte herkommt.

Erst war diese Polenreise ein Geschenk gewesen, ein Geburtstagsgeschenk für ihren Mann.
Sie hatte mir schon im Sommer davon erzählt.
Er werde zwar erst in drei Jahren sechzig, aber sie verdiene, seit sie die Klassen am Gymnasium unterrichte, wesentlich mehr und habe Lust, ihm einmal etwas Rechtes zu schenken, ihn zu überraschen damit. Dann kam die grosse Enttäuschung.
Er freue sich überhaupt nicht, sagte sie mir bei einem Spaziergang an der Aare. Er schiebe Arbeit vor, finde keinen freien Tag, dabei seien sie in den Herbstferien immer ins Ausland gefahren.
Ich wunderte mich ein wenig. Nach so vielen Ehejahren seinen Partner nicht besser zu kennen, ihn überraschen zu wollen mit einer Reise, die ihm nicht behagt – hätte mir das auch passieren können?
Nachdem ihr Mann sich geweigert hatte mitzukommen, verschob Colette die Reise auf Anfang September. Sie sei während einer Projektwoche ihrer Klassen frei. Mir war es recht.
Ich bin eingesprungen, bezahle meinen Anteil natürlich selber, in der Hoffnung, die kommenden Nächte seien etwas weniger teuer als hier.

Stadtbesichtigungen machen mich immer müde. Ich liege auf meinem Hotelbett, überlege, was ich Colette vorschlagen soll. Mit diesen Konzerten in Krakau hat sie mich ködern wollen, genau gleich wie ihren Mann. Ihr werden sie aber nicht wichtig sein. Lange vor der Reise hatte sie erklärt, von Krakau aus würde sie gern noch weiter in den Südosten fahren, aber dorthin wolle man ihr in Bern kein Billett ausstellen können, das würden wir uns in Polen besorgen.
Aus dem Südosten wird Stanisław stammen.

Angelika hatte ihn erst bei meinem dritten Besuch erwähnt. Sie nannte ihn Staš, es hörte sich an wie ein französisches ‹stage›. Sehr weich.
Sie hatte ihn im Herbst zweiundvierzig kennen gelernt. Einer ihrer Schüler im Twärengraben – sie glaube, es sei ein Köbi gewesen – hatte vom polnischen Internierten erzählt, der bei ihnen auf dem Hof Knecht sei. Er spreche französisch, aber das verstehe niemand, und so lerne der Internierte halt deutsch. Er habe eine Geige, und am Sonntag spiele er manchmal im Tenn. Er habe gefragt, wo ist Klavier? Und Köbi habe gesagt, Klavier ist in Schule. Ob er ihn am nächsten Sonntag ins Schulhaus bringen dürfe?
Angelika sei erst erschrocken. Im Seminar waren sie vor den Internierten gewarnt worden, ganz speziell vor den Polen. Die stellten alle den Frauen nach. Vor ihnen könne man sich nicht genug in Acht nehmen. Immer wieder gebe es unvorsichtige Mädchen ... und Freudenkinder ... die angehenden Lehrerinnen auf dem Land sollten den andern Frauen ein Vorbild sein und Würde bewahren ...
Am Sonntag, als sie diesem Polen das Unterschulzimmer aufschloss und das Klavier zeigte, habe sie also ihr hochnäsigstes Gesicht aufgesetzt. Aber, wer da seine Geige aus einem schäbigen Kasten ausgepackt habe, sei ein höflicher junger Mann gewesen, kaum älter als sie. Er habe französisch gesprochen und schüchtern nach Mozartsonaten gefragt, nach der e-Moll-Sonate, der späteren, für Geige und Klavier. Angelika schaute mich an.
- Sie werden sie kennen, sagte sie, und sang leise die Anfangsmelodie.
Franz Hänni war mit dem Tee in der Küche beschäftigt. Gleich wurde mir klar, welchen Stellenwert diese Sonate für sie bekommen hatte.
Achtundfünfzig Jahre waren es her, und das Singen der Melodie gelang ihr auf Anhieb.

Er sei immer in Uniform gekommen, zivile Kleider seien für Internierte verboten gewesen. In brauner Uniform. Nicht das hässliche Nazi-Braun der deutschen SA, sagte sie schnell, ein helleres.
Mir kamen die braunen und schwarzen Hemden in den Sinn, von denen ich die Erwachsenen als Kind sprechen gehört und die ich mir sehr unappetitlich vorgestellt hatte. Ich ging in die dritte Klasse. Die Schweiz war von Braun und Schwarz eingeklemmt. Wir aber würden uns nie ergeben, wir sangen «Rufst du, mein Vaterland ... nie vor Gefahren bleich, froh noch im Todesstreich ...» und durften ein grosses Wandbild malen, den Rütlischwur. Jede Gruppe erhielt ein Stück davon zugeteilt. Meine Gruppe bekam das Wichtigste: die Männer mit den drei hochgestreckten Fingern. Leider durfte ich nur die Hirtenhemden zeichnen, den Schwur übernahmen die Buben. Ich ärgerte mich über ihre falsch angesetzten Daumen, aber der Lehrer rühmte sie. Klar, es waren Buben, die würden schon bald mit dem Gewehr in der Hand an die Grenze ziehen. Das hätte auch ich mir brennend gewünscht.
Nachdem Angelika die Melodie aus der Mozartsonate gesungen hatte, legte sie den Kopf etwas schief, als horche sie, wie weit es mit dem Tee in der Küche sei, und kam dann wieder auf die Musikstunden im Twärenschulhaus. Jeden Samstagabend sei Stanisław, Staš, mit der Geige gekommen, habe den Schnee von den Stiefeln geklopft und die Hände am Ofen gewärmt. Seine Finger hätten Schwielen vom Holzen gehabt, was nicht sehr günstig für den Mozart gewesen sei. Ihr Bedauern habe er weggewischt, er sei freiwillig hier. Als Offizier hätte er zwar nicht zu arbeiten brauchen, aber das Lagerleben sei so entsetzlich langweilig, dass er sich lieber zum Landdienst gemeldet habe.

Die Unterschullehrerin sei immer dabei gewesen, nie mehr zu den Eltern nach Hause gegangen. Ob sie den Auftrag bekommen habe, die Kollegin zu hüten, oder aus eigenen Stücken geblieben sei, wisse sie nicht, sagte Angelika mit einem Lächeln. Auf jeden Fall sei sie im Schulzimmer gesessen und habe gestrickt, Socken für die Soldaten. Nach dem Musizieren habe sie für alle drei Kaffee gemacht, natürlich nur Chicorée, aber manchmal mit einem Schuss Pflümli darin, das habe Staš vor dem Heimweg geschätzt.

Ein andermal erzählte Angelika von der Weihnachtsfeier für die Internierten im Trub. Der Frauenverein hatte sie organisiert und dazu eingeladen. Nicht in die Kirche. Die meisten Internierten waren katholisch. Manchmal kam ein Priester für sie, und die Kirche wurde für eine Messe zur Verfügung gestellt, aber ungern. Es werde ihr nachher fast schlecht vom Weihrauch, hatte die Sigristin erklärt.

Um ein Gestürm zu vermeiden, war die Internierten-Weihnacht in den Sternen verlegt worden. Dort hatte es ein Klavier, und Angelika war gebeten worden, mit dem Polen, der Geige spielte, zu musizieren. Der bevorstehende Auftritt an dieser Weihnacht war sozusagen ihr Alibi für das gemeinsame Üben am Samstagabend. Ein Internierter hätte sich nur im Haus seines Arbeitgebers aufhalten dürfen, der Besuch in andern Privathäusern war verboten. Das Schulhaus war ein Grenzfall. In der Samstagnacht, auf ihrem Kontrollgang zur Verdunkelung, begehrten die Kontrolleure manchmal Einlass. Nachdem sie die Anwesenheit der Unterschullehrerin gesehen und gehört hatten, dass für Weihnacht geübt werde, zeigten sie den Polen mit der Geige nicht an.

Am Fest im Sternen sorgte der Frauenverein für Weihnachtsgebäck, wahrscheinlich mit Eiern von ungemelde-

ten Hühnern und heimlich abgezweigter Butter. Nur der Zucker fehlte, aber das trübte die Stimmung nicht. Die Internierten waren gerührt, dankten dem Frauenverein in aller Form und überreichten der Präsidentin eine aus Holz geschnitzte Schale mit den eingekerbten Worten:
«Euch Schweizer Müttern und Mädchen Dank gebührt, die Ihr unsere Schmerzen so tief im Herzen gespürt.»
Angelika lächelte über sich selbst. Den ungehobelten Reim habe sie nicht vergessen, während sie sonst keine Gedichtzeile mehr auswendig herbringe.
Nachdem sie damals öffentlich mit Staš aufgetreten war, hatte sie gewagt, ihn auch zum Musizieren an der Schulweihnacht zu überreden. Ihre Kollegin an der Unterstufe war einverstanden.
Alle zwängten sie sich in die eine Stube. Die Schüler waren begeistert über die Klavier- und Geigen-Begleitung der Lieder. Staš hatte ihnen noch ein paar Zaubertricklein vorgeführt, und die Emmentaler Kinder, die damals nicht mit Unterhaltung verwöhnt waren, hatten ihn bewundert.

Dieser Stanisław wäre eigentlich Colettes Schwiegervater, nicht der alte Herr Hänni. Ein jung gebliebener Schwiegervater. Ewig jung.
Warum aber hat sie nicht früher nach seinen Spuren gesucht? Und warum drückt sich ihr Mann davor, die Familie seines Vaters kennen zu lernen? Falls überhaupt noch jemand am Leben ist.

Schon in Bern hatte ich mich auf die Landschaft Polens gefreut und gehofft, wir würden neben den kulturellen Anlässen etwas davon sehen.
Die Route, die Staš als junger Offizier bei seiner Flucht zurückgelegt hatte, blieb mir rätselhaft. Angelika hatte

sie kurz erwähnt: Nach der Niederlage Polens im September neununddreissig sei die polnische Armee vor den Deutschen und Russen geflohen, die Truppen hätten sich aufgelöst, jeder Soldat, jeder Offizier habe sich auf eigene Faust über die Grenze durch halb Europa bis Frankreich geschlagen, wo sich die polnische Armee – was davon noch übrig gewesen sei – neu formiert habe.
Ich hatte Mühe, mir diese Grenzübergänge vorzustellen. Über Osteuropa wusste ich so gut wie nichts. Angelika hatte ich nach dem Ort gefragt, an dem Stanisław Polen verlassen habe. Sie schaute bekümmert drein, dachte eine Weile nach, gestand dann, der Name falle ihr nicht ein, aber Staš habe von einer Brücke über einen Fluss im Gebirge erzählt. Eine Brücke nach Rumänien ...
Noch vor der Reise hatte ich zu Hause meine Europakarte hervorgenommen, mir zum ersten Mal dieses Polen angeschaut und gesehen, dass es im Südosten an die Ukraine grenzt, nicht an Rumänien.
Ich hätte Angelika noch einmal danach fragen sollen.

Entschlossen setze ich mich auf, schlüpfe in die Schuhe. Wie eine geheimnisvolle Macht zieht es mich jetzt in den südöstlichen Zipfel hinüber. Colette erwähnte gestern etwas vage die Waldkarpaten. Wenn sie von seinen Brüdern weiss, die hier in Krakau studiert haben, wird sie auch den Wohnort der Familie kennen und seit langem einen Plan im Kopf herumtragen.
Sie hätte mich einweihen dürfen, von Anfang an. Ich wäre die Erste gewesen, die ein solches Unternehmen verstanden hätte.
Etwas gekränkt schliesse ich meine Tür.
Ich werde Colette vorschlagen, auf die Konzerte zu verzichten und morgen schon von Krakau abzufahren.

Montag, 3. September 2001

Warum ist uns Schloss Łańcut nicht bekannt? Versailles kennen doch alle ... Schloss Łańcut in Polens Südosten ist beinah so prächtig. Eben haben wir dort ein Konzert besucht. Colette hatte mit ihrem Mann telefoniert. Er habe ihr geraten, uns unbedingt eines der Kammermusik-Konzerte im Schloss anzuhören. Die stünden auf hohem Niveau. Die Regie-Anweisung aus Bern wurde befolgt.
Wir hörten Brahms, ein Streichquartett aus Ungarn, sehr gut, aber Konzerte auf hohem Niveau kann ich mir auch daheim anhören, dazu hätte ich nicht so weit fahren müssen. Der Saal, in dem gespielt wurde, ist allerdings sehenswert. Mein bestes Reisekostüm war fehl am Platz vor diesen goldgewirkten Tapeten, unter diesen matt schimmernden Leuchtern. So ungefähr hatte ich mir als Kind einen Königssaal vorgestellt.
Das Hotelzimmer steht dagegen auf unterster Stufe. Das Wachstuch, auf dem meine Schreibhand klebt – es schreibt mir, tagsüber im Kopf und nachts aus der Hand -, der Wackelkontakt der Tischlampe, die Plastikvorhänge am Fenster, nun, ich habe nichts anderes verdient, suchte ich doch beim Aussteigen nach einer billigen Unterkunft. Vielmehr, ich liess Jadwiga suchen. Zu Colette sagte ich, wir wüssten nicht, was für Auslagen auf uns zukämen, vermutlich Reisen mit Taxis, ausserdem seien wir nun zu dritt und hätten auch für Jadwiga aufzukommen.

Sie war mir auf dem Bahnsteig in Krakau schon aufgefallen. Ihr Henna gefärbter Haarschopf platzte aus der dunkel gekleideten Menschenschar.
Colette und ich hatten unsere Koffer treppauf, treppab von einem Perron aufs nächste geschleppt, nur junge Leute auf Englisch gefragt, wo der Zug nach Łańcut ab-

fahre, und den Namen bestimmt falsch ausgesprochen. Lange konnte uns niemand helfen. Endlich sagte uns eine Dame mit amerikanischem Akzent, die Stadt Łańcut liege an der Linie in die Ukraine, zeigte auf die Tafel mit der Anschrift Kiev und sagte, wir stünden am richtigen Ort. Auf Berndeutsch machten wir unserer Erleichterung Luft und schauten uns um. Da fiel mir die junge Rothaarige neben uns auf.

Der unglaublich lange Schnellzug fuhr ein. Ein Zug, dem man seine Bedeutung ansah, einer, der ein Ziel anstrebt, das jenseits der polnisch-ukrainischen Grenze weit weg im Osten liegt. Die Dame mit amerikanischem Akzent hatte uns gewarnt, Züge würden hier nur zwei Minuten anhalten. Sogleich stellte sich eine Masse von Menschen an. Ich preschte vor, in Panik, nicht gewohnt, mein Gepäck allein in den Zug zu heben, über eine solch schmale Treppe, ein eisernes Leiterchen, hinaufzuklettern. Ich rutschte aus, kam wieder hoch, stieg ein, der Zug fuhr ab. Colette, die ich hinter mir gewähnt hatte, war nicht da. Nicht im Gang, nicht im nächsten und übernächsten Abteil. War sie überhaupt drin?

Ich musste es wissen, sie von Wagen zu Wagen suchen gehen, aber ohne Gepäck. Würde das ältere Paar am Fenster ein Auge darauf haben?

- Sprechen Sie Deutsch?

Beide schwiegen, schienen über die Zumutung verstimmt zu sein. Dummes Huhn, warum sprach ich ältere Leute auf Deutsch an? Wer weiss, welch ungute Erinnerungen ich damit auslöste. Ich spürte die Feindseligkeit der übrigen Fahrgäste im Abteil und sorgte mich. Wir hatten kein Hotel gebucht in Łańcut, alles offen gelassen, von einem Konzert im Schloss wusste ich heute Morgen noch nichts. Es war Colettes Reise, sie trug Namen, Adressen bei sich. Ich ging einfach mit.

Plötzlich wurde mir heiss. Das Geld. Ich war mit den Zlotys nicht zurechtgekommen und hatte Colette gebeten, mein Geld zu verwalten. Und das Billett? Hastig begann ich zu suchen, hatte ich ihr auch das überlassen? Ein flaues Gefühl, eine Bange überfiel mich, allein in der Fremde, ohne Sprache, ohne Geld.
Da tauchte vor dem Abteil ein leuchtend roter Haarschopf auf.
- Entschuldigung, sagte die junge Frau auf Deutsch, suchen Sie vielleicht Ihre Freund?
Ich stand auf und umarmte sie.
Jadwiga, wie sie sich vorstellte, hiess mich ruhig sitzen bleiben, sie gehe meine Freundin holen, die ein paar Wagen weiter vorn viele Angst habe.
Nach dem Wiederfinden baten wir sie, sich zu uns zu setzen und zu erklären, warum sie uns helfen konnte.
Sie habe uns auf dem Bahnsteig in Krakau sprechen hören, es habe ein wenig nach Deutsch geklungen. Da sie Deutsch lerne, benutze sie jede Gelegenheit zu üben und habe sich uns genähert. Im fahrenden Zug habe sie dann Colette allein und verzweifelt bei der Tür stehen sehen und sogleich gewusst, was passiert sei.
Jadwiga ist Postangestellte in Tschenstochau. In ihr Postbüro kämen viele Touristen, viele Deutsche. Wenn sie am Schalter Marken kauften und Karten mit dem Bild der Schwarzen Madonna aufgäben, könne niemand ihre Fragen beantworten. Jadwiga habe sich deshalb entschlossen, Deutsch zu lernen. Bald würde sie in die Schlussprüfung steigen. Sie nehme jetzt eine Woche Ferien und wolle sich mit einer Freundin darauf vorbereiten.
Colette war rascher als ich, fragte. Ich hatte auch daran gedacht, wie schön das wäre, eine Dolmetscherin dabei zu haben. Nicht nur schön, sondern unbedingt nötig bei einer Suche, wie wir sie vorhatten.

Jadwiga überlegte einen Augenblick, nahm das Handy aus ihrer Tasche und sagte, sie würde es gerne tun, wisse aber nicht, was die Freundin dazu meine, die wohne in Rzeszów. Mit freundlicher Stimme und sehr lang besprach Jadwiga ihr Gerät, wobei sie eine Unzahl weicher sch wie einen Schneepflug vor die Vokale schob.
Endlich nickte sie uns zu. Es klappe. Sie würde, statt in Rzeszów auszusteigen, mit uns weiter nach Łańcut fahren. Während des Gesprächs ins Handy veränderte sich die Atmosphäre im Abteil.
Das ältere Paar am Fenster schaute uns freundlich an, die andern Reisenden lächelten gar.
Ich lehnte mich zurück, warf ab und zu einen Blick hinaus. Auf der linken Seite Birken und Föhren, auf der rechten kleine Dörfer vor den bald näher gelegenen, bald weiter entfernten Hügelzügen.
Jadwiga fragte, wie lange wir ihre Begleitung brauchten, ob wir in Łańcut das Schloss anschauen und nachher weiter fahren möchten. Und wohin?
Ich blickte auf Colette und wartete. Die liess endlich die Katze aus dem Sack und nannte einen Ort, den sie gerne aufsuchen möchte. Sie grübelte in ihrer Tasche und zog einen vergilbten Briefumschlag hervor.
Zu mir gewandt sagte sie, Angelika habe, nach dem Wohnort der Familie Krukowiecki gefragt, jeweils vom Karpatenvorland gesprochen. Endlich sei ihr ein Brief in den Sinn gekommen. Den habe sie im Estrich in einer Schachtel gefunden und heruntergebracht. Ein französisch geschriebener Brief, den Angelika selber nach dem Krieg an die Familie ihres gefallenen Geliebten geschickt hatte.
- Er ist nach Wochen ungeöffnet zurückgekommen, sagte Colette und reichte mir den Umschlag.
Unter dem Familiennamen stand der Ort Siennów schön sauber unterstrichen.

Ich gab den Umschlag an Jadwiga weiter.
- Oh je, ohne Postleitzahl, lachte sie, das ist ein alter Brief!
- Sechsundfünfzigjährig, sagte Colette
- Sechs-und-fünfzig, staunte Jadwiga. Sie zeigte auf das, was in anderer Handschrift mit violetter Tinte unter der Adresse stand.
- Das heisst, die Familie sei unbekannt.
So viel habe die Absenderin damals auch verstanden, sagte Colette zu mir. Angelika habe sie gebeten, sich keine Hoffnungen zu machen, noch jemanden anzutreffen. Das sei eine Gutsbesitzer-Familie gewesen, die sei bestimmt von den Russen umgebracht worden. Der zweitälteste Bruder von Staš sei ja schon in Katyn ermordet worden.
Ich wandte mich an Jadwiga.
- Hast du in der Schule etwas von Katyn gehört?, fragte ich.
- Katyn? Was ist das?, fragte sie zurück.
Mir hat das riesige Holzkreuz keine Ruhe gelassen. Noch in Krakau habe ich von den Büchern, die mir Angelika mit auf die Reise gab, eines herausgepickt. ‹Polen und seine Geschichte›, von einem Exilpolen verfasst und 1946 erschienen. Ich fand die Seiten über Katyn.
Die Russen hatten bei Kriegsbeginn fünfzehntausend polnische Offiziere gefangen genommen und in Lager verschleppt. Ein halbes Jahr später brachten sie diese Berufs- und Milizoffiziere, Ärzte, Professoren, Künstler – die Elite des Landes – in einem Wald bei Katyn um. Genickschuss am Rand der vorbereiteten Massengräber. Einer auf den andern. Gefällt und verscharrt.
Darunter sei auch einer der Brüder von Staš gewesen, hatte Angelika gesagt. Georg, Jerzy, nach dem sie dann ihren Sohn genannt habe.
Die Russen schoben den Massenmord später den Deutschen in die Schuhe. Nach dem Krieg glaubte man den

Siegern. Die Verlierer hatten das internationale Vertrauen ohnehin verspielt.
Jadwigas Antwort hat mich stutzig gemacht.
- Du hast vermutlich nur Gutes über die Russen lernen dürfen, sagte ich.
Sie lachte spöttisch.
- Ja. Die grosse Brudernation hat uns befreit.
Sie studierte noch einmal die Adresse auf dem Briefumschlag und sagte, das sei kein Problem, sie werde in Łańcut aufs Postbüro gehen und auch ohne Postleitzahl herausfinden, wo Siennów liege.

Ich hoffe, der Ort befinde sich weiter östlich. Jene Gegend hätte ich gern gesehen, wo sich Staš – wie auch Colette und ich ihn jetzt nennen – im Herbst neununddreissig nach Rumänien durchgeschlagen haben musste.

Am letzten Abend in Bern, beim Gespräch mit Bühler Karl über den Gartenzaun, hatte auch er die lange Reise der polnischen Soldaten durch halb Europa erwähnt. In Frankreich hätten sie dann mit den Franzosen gegen die Nazis gekämpft. Im Juni vierzig seien Franzosen und Polen von den Deutschen gegen den Jura gedrängt und dort eingekesselt worden. Auf ihre Bitte habe die Schweiz einen Tag lang die Grenze geöffnet, die Soldaten hereingelassen und interniert.
Blitzartig war mir meine erste Schulreise aufgetaucht. Juni vierzig. Ich hatte mich darauf gefreut, wurde aber enttäuscht. Die Reise ging nur in den Tierpark, wo ich schon oft gewesen war. Niemand hatte mir einen Rucksack gekauft, ich trug das Brot im Schultornister. Jemand schob mir noch einen Papiersack mit Kirschen hinein. Das Ganze hing schwer am Rücken. Aber ausgepackt wurde nichts. Kaum im Tierpark, brachte die Lehrerin uns has-

tig wieder zurück. Daheim nahm keiner Notiz von mir. Ich sah die Eltern beisammen stehen, leise und besorgt miteinander sprechen.
Viel später vernahm ich, dass an jenem Sommertag ein Gerücht umgegangen war, die Berner Bevölkerung werde evakuiert. Die Deutschen hatten eben Dänemark, Norwegen, Belgien, Holland überrannt, hatten Rotterdam bombardiert, Paris, Besançon besetzt – «Rotterdam», hatte ich aus halb geflüsterten Gesprächen der Erwachsenen immer wieder gehört, die entsetzten Augen wahrgenommen – Rotterdam, eine blühende Stadt, plötzlich total in Trümmern ... bei uns war für die Evakuierung der Stadtbevölkerung nichts vorbereitet, Angst und Verwirrung griffen um sich, und genau zu dieser Zeit drangen vierzigtausend fremde Soldaten über die Grenze und liessen sich internieren. Wohin mit ihnen?
Auch für einen solchen Fall war offenbar nichts vorbereitet worden ...
Im Trub habe man sie zuerst im Sternen einquartiert, sagte der Bühler Karl. Aber er selber sei bald auch eingezogen worden – nachegmuschteret, sagte er – und dann meistens im Militär gewesen und habe nicht alles mitbekommen, was daheim gegangen sei. Die Franzosen hätten im Winter heimgehen können, die Polen nicht. Ihr Land habe es ja nicht mehr gegeben, der Deutsche habe das mit dem Russen geteilt, jeder habe sich seinen Teil geschnappt.
Ich reichte ihm die geöffnete Europakarte über den Gartenzaun und bat ihn, mir den Fluchtweg der polnischen Soldaten vom Herbst neununddreissig zu zeigen. Er holte die Brille aus dem Hosensack, sah lange auf die Karte und strich dann mit der Hand über Ungarn und Rumänien. Mehr wusste er nicht, auch nicht, wo genau sie im Sommer darauf über die Schweizergrenze gekommen waren.

Genaueres hörte ich von einem Bekannten aus der Ajoie. Er war ein Schuljunge, als im Sommer vierzig französische Einheiten bei La Motte über die Grenze kamen und sich internieren liessen. In Porrentruy stand er am Strassenrand und sah die Franzosen am Abend des 19. Juni locker in die Stadt einmarschieren. Er schaute sie an wie Helden, sie aber lachten und fragten ihn, ob er nicht eine ältere Schwester habe, er solle sie hurtig holen gehen. Dass sie im ersten Augenblick nach der Rettung aus der Todesgefahr ans Flirten dachten, empörte ihn und er begann sie zu verachten. Ganz anders hätten sich die Polen auf dem Weg nach Saignelégier verhalten. Als sie in Soubey das Steinkreuz gesehen hätten, seien sie alle zum Gebet auf die Knie gefallen.

Es ist still in unserm Hotel. Die Strasse vor den Fenstern ohne Nachtlärm.
Ich lösche die Tischlampe.

19. Juni 1940
Ein heisser Sommertag, Stanisław Krukowiecki fällt seinem Pferd in die Zügel, ärgert sich über die verstopfte Strasse. Jeeps, Pferdewagen, Sanitätswagen, Wägelchen mit Plunder drauf, ein Durcheinander von französischer Armee und Zivilbevölkerung, und alles so schleppend, so langsam, als reise man in die Sommerferien. Nur die afrikanischen Spahis reiten geschlossen. Warum gaben die Franzosen auf? Umsonst all die Strapazen seiner Reise und die seiner Kameraden, die Frankreich zu Hilfe eilten. Jetzt heisst der Befehl an die Polen, Rückzug decken.
Deutsche Panzerwagen folgen, deutsche Artillerie, sie ballert durchs enge Tal in die hintersten Reihen. Keiner der Polen schiesst zurück, die letzte Munition ging bei St-Hippolyte drauf. Stanisław hätte kämpfen wollen, für

die daheim, für sein Land, das so hinterrücks überfallen wurde, für den Frieden. Vor einer Woche ist er zwanzig geworden und möchte endlich beginnen mit dem Musikstudium.

Gedränge auf der schmalen Brücke, ein Stampfen von Hufen, Brüllen von Motoren, Schreien von Eingequetschten – so war es auch letztes Mal. Wieder ist hier ein Fluss, eine Brücke, eine Landesgrenze, die ihn zwingt, seine Waffe wegzuwerfen. Zögernd lässt er seinen Berthier auf den Gewehrhaufen am Strassenrand fallen. Er ist in der Schweiz. Was wird ihn erwarten in diesem Land?

Dienstag, 4. September 2001

Vor Schloss Łańcut warten Colette und ich auf Jadwiga. Wir sitzen auf einer Bank an der sonnenwarmen Mauer, dösen vor uns hin. Mittagsstille, keine Besucher. Rosenbäumchen stehen wie Ballerinen auf einem Bein, präsentieren ihre kostbaren Blüten. Jenseits des ehemaligen Wassergrabens verbannen mächtige Bäume, uralte Linden, die Alltagswelt der Stadt hinter Zaun und Tor.
Wir sind etwas erschöpft von der Führung.
Sie begann schlecht. Wir beleidigten die junge Dame, eine dunkelhaarige Polin im Jackenkleid, mit Kreuzchen am Hals, in hochhackigen Schuhen, die sie rasch gegen ein Paar Filzpantoffeln tauschte. Während sie auch uns je ein Paar dieser Pantoffeln reichte, gab sie in tadellosem Deutsch ihr Programm bekannt.
Punkt eins, die Kanone. Colette lachte, bat, das grässliche Ding zu überspringen, sie hasse Kriege.
Die Dame reckte sich, legte den Kopf schräg und schaute uns, die einzigen Teilnehmerinnen, streng an.
- Ich mag Kriege auch nicht, sagte sie, aber diese Kanone ist die längste in ganz Europa und wird deshalb gezeigt.
Colette und ich senkten die Köpfe wie zwei abgekanzelte Schulmädchen.
Jadwiga konnte uns nicht aus der Patsche helfen. Sie ist auf dem Postbüro, erkundigt sich nach der Adresse auf dem alten Briefumschlag.
Etwas zaghaft fing ich an, von den Tapeten, den Leuchtern zu schwärmen, die ich gestern im Konzertsaal bewundert hatte. Die Dame schaute milder drein, streckte den rechten Arm noch Richtung Kanone aus, ging aber wortlos daran vorüber durch die Halle. Wir folgten ihr, von einem Saal in den andern, staunten über die kostbaren Böden, Möbel, Stoffe, über Bilder und Teppiche, je-

des Stück von auserlesener Schönheit. Colette erwies sich als Kennerin der verschiedenen Stilrichtungen, mich entzückten vor allem die Blumensträusse. In jedem Raum frische Blumen, in Form und Farbe genau auf die jeweilige Umgebung abgestimmt. Unsere Fragen wurden aus einer Fülle von Wissen und mit Liebe zum Detail beantwortet. Die Führerin vergass ihren Unmut. Sie habe Kunstgeschichte und Sprachen studiert, auch ihren Namen verriet sie uns: Frau Nykiel. Wir mochten uns besser von Saal zu Saal und gelangten schliesslich in die Bibliothek mit ihren tausend und abertausend Bänden. Ob da je einer zum Lesen heruntergeholt worden war?
Wir gingen weiter in die Musikbibliothek nebenan. Ein dickes Seil versperrte den Zutritt zu einem der Schränke. Er enthalte Originale von Kompositionen. Wie elektrisiert fragte Colette danach. Frau Nykiel zog Handschuhe an, öffnete den Schrank und legte mit grosser Sorgfalt ein Blatt handgeschriebener Musiknoten auf den Tisch.
- Die Zauberflöte, rief Colette aus, Mozarts Handschrift! Wenn Jerzy das sehen könnte!
- Mein Mann ist Musiker, erklärte sie.
- Ist er Pole?, fragte Frau Nykiel.
Colette zeigte sich erstaunt.
- Jerzy ist bei uns die Abkürzung für Georg, sagte Frau Nykiel.
- Er ist polnischer Abstammung, sagte Colette so zögernd, als überlege sie sich, ob sie mehr preisgeben wolle. Sie liess es sein. Aber die Stimmung zwischen uns dreien war herzlich geworden. Ich vermutete, Frau Nykiel, die mir weltoffen und grossstädtisch vorkam, sei eine Warschauerin. Nach der Führung, nachdem sie die Filzpantoffeln schon ins Regal gestellt hatte, wagte ich sie zu fragen.
Sie sei in Łańcut aufgewachsen, sagte sie, ihre Mutter sei Teppichpflegerin beim letzten Grafen im Schloss gewe-

sen. Meine Frage, ob sie den Grafen noch gekannt habe, löste ein Lächeln aus. Sie sei 1960 geboren, da habe sich der Graf längst vor den Russen ins Ausland abgesetzt. Das muss ich endlich lernen. Die meisten Leute sind jünger als ich. Sie haben den Zweiten Weltkrieg nicht erlebt. Ich käme mir vor wie ein Überbleibsel aus jener Zeit, gäbe es nicht noch die Gruppe der Achtzigjährigen. Angelika, Franz Hänni und unser Nachbar Bühler. Auch Staš, Angelikas Geliebter, würde vielleicht dazugehören, hätte er bis Kriegsende in der Schweiz gewartet.

22. Juni 1940

Der Zug ist überfüllt, auf den Holzbänken Offiziere, die Soldaten stehend im Gang. Als junger Leutnant macht Stanisław einem der älteren Offiziere Platz. Er sieht über die Köpfe der Soldaten zum Fenster hinaus. Wo werden sie hingeführt? Von der Schweizer Bevölkerung sind sie liebenswürdig empfangen worden. Gestern in Biel, nach dem langen Marsch durch die Nacht, winkten die Leute, warfen ihnen Schokolade und Zigaretten zu. Für einen Augenblick kam es ihm vor, als würden da Helden geehrt.

Und die Frauen, die Suppe schöpften im Schulhof, die Kinder, die dabeistanden, alle freundlich und lieb. Die Nacht in der Turnhalle ruhig, er schlief, die Strohhalme störten ihn nicht. Hier spürt man den Frieden, dachte er. Bis ihn am Morgen der Krieg einholte. Appell. Ein Schweizer Kommandant. Harscher Ton im Schulhof. Die 2. polnische Schützendivision wird aufgeteilt, Stanisław von seinen Freunden getrennt. Die hier mit ihm reisen, kennt er kaum. Wo General Prugar und die hohen Offiziere sind, weiss er nicht.

Es ist heiss zwischen all den Körpern, noch heisser, wenn der Zug anhält. Dann hört man an kleinen Bahnhöfen

Leute sprechen, unverständlich und langsam, jedenfalls nicht französisch.
Nur diese Berge nicht aus den Augen lassen, jenseits liegt Frankreich, das kapituliert hat. Er müsste nach Südwesten abdrehen, immer diesen Bergen entlang. Sie werden blauer während der Fahrt. Wo führt die hin? Ihr Geografielehrer in Krakau war richtig vernarrt in die Schweiz gewesen. Er hatte von Hochgebirgstouren erzählt und von Hotels auf Gipfeln mit prächtiger Rundsicht. Vielleicht führt man sie dort hinauf in ein altes Hotel?
Jedenfalls wird es besser sein als im rumänischen Lager mit seinem Schmutz und den Wächtern, den Nazifreunden, die ihn hassten. Und wenn es nicht besser ist, wird er es machen wie dort, abhauen so bald als möglich, nach Südfrankreich, von dort nach London zu General Sikorski, und sich wieder zum Kampf für sein verlorenes Vaterland stellen.

Colette zieht ihre Beine hoch, macht es sich auf der Bank bequem. Ihr hat von der Führung am besten die Musikbibliothek gefallen, Mozarts Handschrift und die von Rossini, der Barbier von Sevilla, die ersten Blätter der Partitur.
- Wenn Jerzy das gewusst hätte!
- War er wirklich noch nie in Polen?
- Nie.
- Hat er sich nie interessiert, woher er stammt?
- Ganz früher schon. Lange vor unserer Heirat hätte er – allerdings auf Wunsch seiner Mutter – in Warschau spielen wollen, an einem Chopin-Wettbewerb. Aber seine Anmeldung habe einen solchen Papierkrieg ausgelöst, dass er aus Wut nicht hingefahren sei.
- Da war Polen vermutlich noch halb erstickt hinter dem Eisernen Vorhang.

- Ja, und später, als die Kinder klein waren, hatten wir einfach kein Geld, du weisst nicht, wie wenig ein Musiker ...
- Doch, doch ...
- Als er die Berufsklasse in Lausanne bekam, ging es besser. Wir machten Reisen, Rom, Paris, und dies Jahr wären wir eben nach Krakau ...
- Und du hast keine Ahnung, warum er gestreikt hat?
Colette lehnt sich an die Mauer und schliesst die Augen. Ich warte gespannt. So direkt getraute ich mich vorher nie zu fragen.
- Ich habe nur Vermutungen, sagt Colette leise, ein Grund könnte der Adoptivvater sein.
- Franz Hänni, der alte Herr Hänni?
- Ja, der war wichtig für ihn, besonders in der Kindheit, aber auch später, beim Musikstudium. Er hat ihn immer unterstützt – nicht selbstverständlich bei einem solchen Ersatzvater.

Ein Lokomotivführer, Angelika wird heiraten, sagt Doktor Tschanz meiner Mutter und schliesst den Arztkoffer. Wir stehen in den Nachthemden ums Bett des Holländerbuben, den er eben behandelt hat.
Es war nach dem Krieg. Wir hatten wie viele andere Familien ein kriegsgeschädigtes Kind zur Erholung aufgenommen. Der Bub litt an schwerem Asthma. Die Anfälle kamen immer nachts. Wenn alles schlief, begann er plötzlich nach seiner Modder zu schreien, wir erwachten, eilten herbei, er sass im Bett, die Augen weit aufgerissen, presste den abgefallenen Deckel eines holländischen Kinderbuches an seine Brust und bekam keine Luft. Wir glaubten, er sterbe, mein Vater telefonierte dem Arzt. Nach bangen Minuten kam Doktor Tschanz. Sobald er eintrat, wurde für uns alles gut. Der kleine Holländer beruhigte

sich, wischte die Tränen vom Gesicht und zog langsam, wie auf Probe, den Atem ein.
In einer dieser Nächte hatte Doktor Tschanz meiner Mutter gesagt, die Angelika werde nun bald heiraten, einen Lokomotivführer, der ihr Söhnchen adoptieren wolle.

- Er kommt mit Angelika in jedes seiner Konzerte, sagt Colette. Früher, als Jerzy noch in der Ausbildung war, sei er auch in die Vortragsübungen gekommen, manchmal direkt von der Fahrt oder vor der Nachtschicht. Als Jerzy dann eine verlotterte Altwohnung mieten konnte, habe Franz sie bewohnbar gemacht. Auch heute, wenn es bei uns einen Nagel einzuschlagen gibt, ist Franz da. Er flickt mir Kabel, schraubt Glühbirnen ein, alles Dinge, für die ich einen Handwerker haben müsste, denn Jerzy ist in diesem Fach eine Null.
- Hat Franz mit Angelika später noch eigene Kinder gehabt?
- Eine Tochter, gleich alt wie ich. Die Mutter von Mark, du hast sie vermutlich nicht angetroffen, als du bei Angelika warst ... sie lebt ihr eigenes Leben ...
Mir war die Tür jedes Mal von Angelika geöffnet worden, an die Leute im ersten Stock hatte ich nie gedacht. Aber bei meinem letzten Besuch platzte Mark herein, fragte, wo ist Grossvater? Ich brauche sein Moped, darf ich den Schlüssel? Und fort war er.
Er hatte mich weder erkannt noch begrüsst, was mich nicht weiter störte.
- Und jetzt verwöhnt Franz wahrscheinlich auch den Enkel, sage ich.
- Auch diesem Kind hat er den Vater ersetzt – Marks Mutter ist schon lang geschieden – aber gegenwärtig enttäuscht ihn der Junge masslos.
- In welcher Beziehung?

- Äusserlichkeiten, Franz nimmt sie zu ernst. Die Haare mal gelb, mal blau, die Schuhriemen lässig hinter sich hergezogen, entsetzlich für Franz – auch Jerzy erinnert sich, wie er als Kind die Bändel immer schön in die Schuhe hatte legen müssen – aber Märki ist kein Versager, wie Franz meint, immerhin bereitet er sich jetzt neben der Lehre auf die Matur vor ...
- Was macht eigentlich seine Mutter? Beruflich?
- Die ist Kunstmalerin, brotlos natürlich, noch brotloser als Jerzy es war. Für ihn ist sie immer noch ‹die Kleine›, das Schwesterlein. Er half es bei Laune halten, wenn der Vater Nachtdienst hatte und tagsüber schlafen musste.

Colette gähnt, schliesst wieder die Augen, räkelt sich an der Sonne.
Ich stelle mir den Lokomotivführer vor, wie er tagsüber in einer Dreizimmerwohnung zu schlafen versucht, wie die Kleine am Mittag zu krähen beginnt, wie der grosse Bruder, der Zweitklässler, herbeieilt, den Stubenwagen hin- und herschiebt, bis sie einschläft oder nach den farbigen Ringen greift, die am Verdeck hängen. Wie er das Musikdöschen aufzieht und leise spielen lässt ... «sonnez les matines, din din don ...»

Das Warten auf Jadwiga fällt mir nicht schwer, ich geniesse das Faulenzen vor dieser warmen Mauer, denke an meine kleinen Enkel, an Bernhard, der sie heute vielleicht an meiner Stelle hütet.
Nach einer Weile öffnet Colette die Augen.
- Es könnte auch ein frühes Kindheitserlebnis gewesen sein, das Jerzy die Lust auf Polen genommen hat. Eigentlich das frühste, an das er sich erinnern kann.
Halblaut gibt sie wieder, was sie von Jerzy darüber weiss. Man hatte den Kleinen nach Italien auf den Heldenfried-

hof der Polen bei Monte Cassino geschleppt, wo sein Vater, Staš, im Kampf gegen die deutschen Nazis gefallen war. Bei diesem Besuch mochte Jerzy vielleicht vierjährig gewesen sein.

Nach einer langen und langweiligen Fahrt im Auto steigen sie aus, die Mama, die Grosseltern und der kleine Jerzy. Sie stehen vor einer Steinplatte, es ist heiss, er hat Durst, ringsum gibts nur Steine und eine Fahne am Mast, die hängt schlapp. Schwarze Vögel kreischen, und auf einmal schluchzt die Mama, so laut, dass ihm ganz elend wird. Er hat sie nie vorher weinen gehört. Grosspapa legt ihr den Arm um die Schultern, Grossmama bückt sich zu ihm hinunter und sagt, Jerzy, hier liegt dein Papa begraben. Und der Kleine bekommt eine Stinkwut auf diesen Papa, der da unter der Steinplatte liegt und die Mama traurig macht.

- Hat dir dein Mann viel aus seiner Kindheit erzählt?
- Nach der Heirat schon, da wollte ich alles wissen, was er vorher erlebt hatte. Bis sechsjährig war er im Doktorhaus, mit seiner Mama zusammen bei den Grosseltern. Dort war er der Prinz. Dann erschien Franz. Ein Rivale, ein Störenfried. Aber Franz gab sich Mühe, nahm ihn ein paar Mal mit auf die Fahrt. Das war etwas für den Buben, stell dir vor, in der Lok neben dem Führer zu sitzen ... ich vermute, mehr als die Wut über seinen Vater habe ihn das Mitleid mit Franz, nicht nach Polen ...
- Das Mitleid?
Colette schaut mich an.
- Jerzy hat doch geahnt, worauf ich hier aus bin. Er spürt alles. Seine Verweigerung hat vielleicht mit der bescheidenen Herkunft von Franz zu tun. Jerzy hat ihn nicht brüskieren, ihm nicht sagen wollen, du warst mir zu wenig,

ich gehe jetzt nach der vornehmen Familie meines echten Vaters suchen.
- Was weiss man von diesen Krukowieckis?
- Sie seien Gutsbesitzer gewesen, sagt meine Schwiegermutter, aber ich bin nicht sicher, ob das stimmt. Vielleicht hat sie ein wenig übertrieben, damit wir nicht meinen, sie habe sich mit einem gewöhnlichen Polen eingelassen.
Ich verstehe Colette. Mir tauchten auch Zweifel auf, als Angelika vom Lager Büren erzählte, von diesem in ihren Augen schrecklichen Interniertenlager. Ob es wirklich so schlimm gewesen war? Ich selbst hatte nie von solchen Zuständen gehört ...
- Dass seine Brüder studierten, das glaub ich ihr schon, sagt Colette, auch dass sich Staš nach der Matur für die Musik entschieden hat, aber erst ein Jahr Offiziersschule machen musste ...
- Dann brach der Krieg aus ...
Wir schauen auf den sonnigen Kiesplatz vor dem Schloss, beide in Gedanken verloren.

Ich erinnere mich an den Kriegsausbruch. Erster September neununddreissig in Bern, vielleicht war es auch der zweite.
Am Morgen vor dem Frühstück. Ich war noch ein Vorschulkind, sass auf dem Fensterbrett in der hintern Stube und hörte Schritte, schwere, gleichmässige Schritte. Niemand kam meine Zöpfe flechten. Ich wartete lange. Man hatte mich vergessen ... Ich sprang vom Fensterbrett in den Garten, schlich an den Zaun und sah diesen grünen Zug. Soldaten. So viele, wie ich noch nie gesehen hatte. Trotz Verbot ging ich zum Gartentor hinaus. Auf dem Trottoir folgte ich den Soldaten bis zum Sportplatz hinter dem Loryspital. Dort machten sie Halt. Mein Weg-

laufen war zu Hause nicht bemerkt worden. Darüber hatte ich mich gewundert.

Zu Colette sage ich nichts davon. Einer jüngeren Person erzähle ich nicht mehr von meinen Erlebnissen aus der Kriegszeit. Sie dauerte fünfeinhalb Jahre, sehr lang für ein Kind. Vielleicht haben Bernhard und ich zu oft und zu sehr betont, wie einfach unsere Kost war, kaum Fleisch auf dem Teller, kaum Butter auf dem Brot ... unsere Söhne fanden es falsch, zu sagen, man sei im Krieg aufgewachsen. Nicht in der Schweiz. Natürlich haben sie Recht. Aber so wurde die Zeit damals eingeteilt, vor dem Krieg, im Krieg, nach dem Krieg.

Zwei Gärtner gehen über den Kiesweg, machen sich an den Rasenrändern zu schaffen. Auch der Park ist wunderbar gepflegt.

Endlich taucht unter den Linden ein roter Haarschopf auf. Jadwiga entschuldigt sich umständlich wegen der Verspätung. Die Adresse auf dem Brief habe sie auf der Post schnell gefunden, sich dann aber mit den Kolleginnen ein wenig verplaudert. Siennów sei ein kleines Dorf und liege nicht weit von der ukrainischen Grenze. Ein Taxi von hier aus sei teuer, wir würden besser mit dem Zug nach Przeworsk fahren.

Colette breitet die Karte von Südpolen auf der Bank aus. Wir beugen uns darüber, versuchen, uns durch den Haufen von Konsonanten zu lesen, die, von Jadwiga ausgesprochen, ganz selbstverständlich klingen. Aber auch sie findet Przeworsk nicht auf Anhieb.

- Brauchen Sie Hilfe?

Die Stimme über unsern Köpfen klingt vertraut. Frau Nykiel steht vor der Bank, wird auch am Nachmittag eine Führung haben. Sie hört uns an.

- Und was genau suchen Sie dort?
Ich werfe Colette einen Blick zu. Es ist ihre Suche, ich begleite sie nur.
Colette bittet Jadwiga um den Briefumschlag. Frau Nykiel studiert die sechsundfünfzigjährige Adresse, presst die Lippen aufeinander, schüttelt den Kopf, der Name Krukowiecki sei ihr unbekannt. Gewohnt, auf Fragen von Besuchern einzugehen, sagt sie, eine ältere Person wüsste wohl eher Bescheid, ihre Mutter vielleicht, die wohne in Przeworsk, sie rufe sie gleich an. Mit dem Handy am Ohr macht sie ein paar Schritte auf die Rosenbäumchen zu und beginnt, unheimlich schnell zu sprechen.
- Die Teppichpflegerin, sage ich leise zu Colette.
Frau Nykiel wendet sich wieder zu uns. Mit dem Zug nach Przeworsk zu fahren sei kein Problem, auch Taxis gebe es dort. Ein gutes Hotel zu finden dürfte jedoch schwierig sein, Touristen gebe es leider in jener Gegend noch kaum. Ihre Mutter werde sich überlegen, wer die Krukowieckis noch gekannt haben könnte, sie wäre auch bereit, die Damen privat bei sich aufzunehmen. Platz sei genügend vorhanden.
Hoffentlich geht Colette auf das Angebot ein, für mich wird ein fremdes Land erst interessant, wenn ich es von innen her, nicht vom Hotel aus kennen lerne. Doch dazu fehlt uns hier immer wieder die Sprache.
- Spricht Ihre Mutter deutsch, englisch oder vielleicht französisch?, fragt Colette.
Ein Schatten fällt über Frau Nykiels Gesicht.
- Meine Mutter hatte keine Gelegenheit, Sprachen zu lernen, sagt sie leicht verletzt. Rasch falle ich ein.
- Jadwiga, wir sind verloren ohne dich, kannst du uns noch ein, zwei Tage begleiten?

Mittwoch, 5. September 2001

Ein Bahnhof, irgendwo zwischen diesen lang gezogenen Bodenwellen.
Przeworsk.
Wir hasten die eiserne Leiter hinab, zerren am Koffer, und schon ist der Zug weg, einer dieser prominenten Ost-Schnellzüge mit Grenzübergang in Przemyśl.
Der Bahnsteig ist leer, ein Streifen Zement, beschienen von milder Herbstsonne. Verloren bleiben wir stehen. Selbst Jadwiga weiss nicht wie weiter.
Aus der Unterführung klingen hastige Schritte. Ein junger Mann taucht auf – dunkler Anzug, Krawatte – und springt die Treppe hoch. Vor uns bleibt er stehen wie in Achtungstellung und ergreift meine rechte Hand. Küsst sie. Verwirrt ziehe ich sie zurück.
Er schleppt unser Gepäck über die Stufen hinunter, beim Bahnhofgebäude wieder hoch, öffnet die Tür seines Wagens und sagt, bitte. Auf Deutsch.
Überrascht versuchen Colette und ich, während der Fahrt ein Gespräch anzuknüpfen.
- Das ist die Zuckerfabrik, sagt er.
Das Gebäude am linken Strassenrand erinnert mich an Aarberg. Doch die Fabrik hier ist grösser. Backsteinmauern, hohe Kamine.
Nach ein paar Kurven halten wir an. Wir sind am Ort. Ein Haus mit Vorgärtchen, spitzige Zwergbüsche hinter dem Zaun.
Schnell, wie er gefahren ist, lädt der Mann das Gepäck aus und verabschiedet sich, wieder mit Handkuss. Ich sehe Jadwiga knicksen.
Erst jetzt bemerke ich die kleine Frau am Gartentor. Unter dem dunkel gefärbten Haar verraten die Runzeln das Alter, aber die Augen sind hell, ihr Blick voll kindlicher

Neugier. Sie lächelt, nickt, öffnet die Haustür, nickt noch einmal. Wir schicken Jadwiga vor.
Im schmalen Hausgang beginnt eine lebhafte Unterhaltung zwischen ihr und unserer Gastgeberin. Wir stehen neben den Koffern und fangen übersetzte Brocken auf. Frau Nykiels Mutter hat einen für uns unaussprechbaren Familiennamen. Sie sei die Alicja, habe den Schwiegersohn geschickt, uns abzuholen, und hoffe, wir fühlten uns wohl bei ihr.
Alicja packt einen der Koffer, bedeutet Jadwiga, den andern zu tragen, geht uns voran die Treppe hinauf, öffnet die Wohnungstür und steht zur Seite.
Nach den Hotelnächten gefällt mir die Wohnlichkeit der beiden Räume. Gehäkelte Decken, Trockensträusschen, Fotografien von Kindern und – in jedem Zimmer ein Kruzifix an der Wand. In den schneeweissen Gardinen flimmert die Nachmittagssonne.
Colette scheint es gleich zu gehen wie mir. Wir lächeln und sagen, schön, danke vielmals. Alicja wird ganz lebendig, überhäuft Jadwiga mit Worten für uns. Wir sollten uns frisch machen und dann in die Küche hinunterkommen, das Essen sei bereit. Dann springen sie die Treppe hinab, als seien sie beide gleich jung.
Im ersten Zimmer ein Tisch in der Mitte, umgeben von Stühlen, an der Wand eine Couch, auf der Kommode ein Fernsehgerät. Im zweiten ein Bett, ein kleines Tischchen und ein Polstersessel.
- Das ist bestimmt ihre Wohnung, sagt Colette.
- Und gekocht hat sie auch für uns, das wird schwierig werden mit dem Bezahlen, sage ich.

Alicja tischt uns mitten am Nachmittag eine heisse Suppe auf, dann eine Platte voll Würste wie ein Bündel Stricknadeln, lang und dünn, Kartoffelstock und Gurkensalat,

und, als wir fast nichts mehr hinunterbringen, Kaffee und Kuchen. Wir bleiben am Küchentisch sitzen. Alicja scheint Zeit zu haben und sich mit Hilfe Jadwigas gerne mit uns zu unterhalten. Bereitwillig gibt sie Auskunft auf unsere Fragen. Ja, das oben seien ihre Zimmer, hier unten wohne die ältere Tochter mit zwei Kindern und ihrem Mann. Sie und der Schwiegersohn arbeiteten auf der Stadtverwaltung von Przeworsk. Die Tochter in Łańcut, die jüngere, die wir ja kennten, habe auch Kinder, aber noch kleine, die Fotos von ihnen würden oben an den Wänden hängen.
Die Frage, wo Alicja denn jetzt schlafe, winkt sie mit der Hand ab. Im untern Stock sei eine Menge Platz. Auch Jadwiga ist dort untergebracht.
Durch die offene Küchentür sind nach hinten verschiedene Bauetappen erkennbar, Räume, die vielleicht nach und nach dazukamen, wenn das Geld für ein neues Zimmer reichte. Das Ganze sieht nicht nach Architektenplan aus. Etwas verwinkelt, dünne Wände. Im Winter wahrscheinlich kaum zu erwärmen.
- Alles selbst gebaut, sagt Alicja stolz.
Ihr Mann, vor sieben Jahren gestorben, habe damit begonnen, und der Schwiegersohn habe weitergebaut.
Die Tochter kommt eben nach Hause, in ähnlicher Uniform wie die jüngere Schwester, im Jackenkleid. Sie begrüsst uns auf Polnisch, setzt sich an den Tisch – an ihren eigenen Küchentisch – und lässt sich von der Mutter eine Tasse Kaffee reichen. Dann steht sie auf und verschwindet. Sie gehe sich umziehen, entschuldigt Alicja die Tochter, sie habe viel Arbeit mit der Erntekrone. Jadwiga weiss, was eine Erntekrone ist, aber wir können uns trotz der Beschreibung nichts darunter vorstellen.
Vom Garten her klingen Stimmen. Frauen in geblümten Ärmelschürzen gehen am Küchenfenster vorüber und tra-

gen Scheren in der Hand, Baumscheren, Stoffscheren. Ihnen folgen Buben und Mädchen mit Körben, und die Dame des Hauses, jetzt in Jeans und einem verwaschenen T-Shirt, eilt ihnen nach.
- Meine Tochter macht die Kornkrone, aber die Nachbarinnen helfen, sagt Alicja, möchten Sie zusehen?
Auf dem kleinen Rasenstück hinter dem Haus wird unter einem riesigen Sonnenschirm gearbeitet. Die Nachbarinnen sitzen auf Gartenstühlen, die Schere im breiten Schoss der geblümten Schürze, zu Füssen den Korb mit Ähren. Die Körbe enthalten verschiedene Getreidesorten. Die Frauen nicken uns zu, lassen sich aber nicht stören. Sie fischen Halm um Halm aus ihren Körben, halten mit dem Büschel in der Hand inne, lachen über das, was eben gesagt worden ist, und steuern ebenfalls etwas Lustiges bei. Dann werden – schnipp – die ungleichen Halme zurückgeschnitten. Jede bleibt sitzen, hat ein Kind oder ein Grosskind bei sich, das die Büschel zur riesigen Krone hinüberbringt, an der Alicjas Tochter werkt, ohne auf die Scherze der Helferinnen zu achten. Sie schmückt das mit Stroh umwickelte, fast mannshohe Drahtgestell mit verschiedenen Ähren, wobei sich aus deren kurzen und langen Grannen ein kunstvolles Muster ergibt. Alicja zeigt uns die Monstranz mit einem Sternenkranz aus Ähren und einer Mitte aus aufgeklebten Körnern. Sie werde am Ende auf die Erntekrone gesteckt.
Immer werde ihre Tochter beauftragt, die Kirche zu schmücken, immer frage der Priester sie an, auch für den Erntegottesdienst, sagt Alicja.
Sie selber arbeitet nicht mit, sie ist Gastgeberin. Vor den Gemüsebeeten hat sie einen Tisch aufgestellt mit Kaffee und Gebäck für die Helferinnen und nötigt auch uns, weiter zuzugreifen.
Eine Bewirtung wie im Emmental.

Colette kennt das Emmental nicht, und mein Vorschlag, nach unserer Rückkehr einmal auf den Napf zu steigen, bleibt unerwidert. Ihr Gesicht wirkt angespannt.
- Ist dir nicht gut?
- Ich muss unbedingt telefonieren, Jerzy wartet darauf. Der Gastgeberin will ich kein Auslandgespräch aufhalsen, aber wo finde ich eine Telefonkabine? Und was mache ich dort? Ich verstehe ja kein Wort von der Anleitung. Frage ich Jadwiga, bietet die mir das Handy an und will nichts dafür. Ich muss aber jetzt anrufen, abends hat Jerzy Probe.
Bernhard und ich telefonieren uns nie. Seit Jahren nicht mehr. Wir brauchen Sichtkontakt zum Gespräch. Am Draht gab es immer Missverständnisse. Colette scheint das nicht zu kennen. Sie ruft ihren Mann täglich an.
Nach kurzem Zögern fragt sie doch Jadwiga um Rat. Alicja schaltet sich ein und drängt Colette in den Hausgang an ihren Apparat.
Ich betrachte weiter das Werken der Nachbarinnen aus diesen kleinen, weiss getünchten Häusern eines offenbar neuen Quartiers, ihre Gesichter, gut genährte Bauerngesichter mit städtischen Frisuren.
Alicja schenkt Kaffee ein, erzählt von der Pilgerreise ihrer Tochter. Letztes Jahr sei sie mit andern Gläubigen und dem Priester zu Fuss von hier bis zur Gottesmutter nach Tschenstochau gewandert.
Das freut Jadwiga, wahrscheinlich teilt sie Alicja nun mit, woher sie stammt.
Jadwiga unterscheidet sich mit ihrem Henna-Haar nicht von jungen Frauen in Bern. Aber wie sie von dieser Ikone in Tschenstochau spricht, der Schwarzen Madonna, Königin von Polen, und mit echter Begeisterung von deren Wundertaten erzählt, kommt sie mir doch fremd vor.

Wie meine erste kleine Freundin, damals, nach Kriegsbeginn. Sie sass neben mir am Pültchen und war katholisch. Das war neu für mich. Fremd und anziehend zugleich. Ihr rosa Pullover kam mir katholisch vor, ihre Wohnstube und der Fliederbusch vor dem Haus ebenfalls. Auch wir hatten Fliederbüsche im Garten, ganze Hecken davon. Aber der Flieder bei meiner Freundin duftete anders, duftete in jenem Mai vierzig für mich katholisch.
Im Juni darauf kamen die Polen über die Grenze in die Schweiz.
An ihrem ersten Tag im Jura mochten die Rosen noch vertraut geduftet haben. Aber dann wurden die Internierten ins Landesinnere transportiert, rings um den Napf, und je nachdem ob sie in luzernische oder bernische Dörfer kamen, war ihnen der Duft aus Gärten und Kirchen heimisch oder fremd, als bei uns noch ein Graben zwischen Reformierten und Katholiken bestand. Heute ist er überwunden. Je kleiner die Schar der Kirchgänger, desto grösser das Bedürfnis nach Zusammenschluss.

Hier ist es anders. Hier spüre ich wieder den Graben zu einer Jadwiga.
Gestern hat sie vom Postbüro Łańcut Briefmarken mitgebracht, Papstmarken, die sie uns voller Freude zeigte. Der Papst mit wehenden Röcken, der Papst ...
Colette hat sich auf die Lippen gebissen und den Kopf abgewandt. Sie tat gut daran, nicht zu lachen. Wir sind hier nicht im Land von Hans Küng. Sich in Polen über den Papst lustig zu machen, käme einer Staatsbeleidigung gleich. Der Papst ist hier Nationalheld. Zu Recht. Er hatte das Land während der sowjetisch verordneten Glaubenslosigkeit durchgetragen.
- Wie war das in der kommunistischen Zeit, wurden die Priester behindert?, frage ich. Jadwiga übersetzt.

Nun horchen die Frauen auf, jede beginnt zu erzählen, unterstreicht das Gesagte mit dem Ährenbüschel in der Hand, schlägt es in die Luft und setzt Akzente. Jadwiga bekommt viel zu tun. Etwas überfordert bittet sie beide Seiten um Geduld.

Der Vorgänger des jetzigen Priesters sei ein ganz guter Mann gewesen. Unbestechlich, aber verständnisvoll. Oft seien kommunistische Funktionäre heimlich zu ihm gekommen und hätten ihn gebeten, ihre Kinder zu taufen. Er habe es gemacht. Er habe gewusst, in welcher Zwickmühle die Leute sässen, wie sie nicht anders konnten, als am Tag über die Kirche zu schimpfen und sich nachts nach ihr zu sehnen. Das habe er verstanden.

Aber einmal habe er nicht verstehen wollen, und dann sei es passiert. Er habe gewusst, wer in der Schule das Fach Religion gestrichen hatte, es sei die Mutter eines kleinen Ministranten gewesen, die ihren Sohn als – Jadwiga findet das Wort nicht – als Spitzel in den Kirchendienst geschickt hatte. Nun sei sie selbst einmal nachts zur Beichte gekommen. Wenn sie ihm gesagt hätte, es tue ihr Leid, sie habe den Religionsunterricht abschaffen müssen, hätte sonst ihre Stelle verloren, so wäre es vielleicht gut gegangen. Aber sie habe nichts Derartiges gesagt, und er habe sich geweigert, ihr nach der Beichte die Absolution zu erteilen. Am nächsten Morgen sei er verhaftet und ins Gefängnis nach Krakau gebracht worden.

Jadwiga übersetzt schneller.

- Alicja ist am Sonntag nach Krakau gereist, wollte den Priester besuchen. Aber die Wärter liessen sie nicht ein. Am nächsten Sonntag hat die ganze Gemeinde einen Bus gemietet und ist nach Krakau gefahren. Doch vor dem Gefängnis stand Polizei, sprühte Tränengas und schoss mit Pistolen auf die Leute in Sonntagskleidern. Einer von hier wurde dabei getötet. Darauf wagte niemand mehr,

den Priester zu besuchen. Man hat ihn sehr gern gehabt. Während ich zuhöre, denke ich, mein Gott, das ist erst vor ein paar Jahren geschehen und für diese Frauen schon Vergangenheit, und das, was wir suchen, liegt in viel tieferen Schichten begraben, ob sich da überhaupt noch jemand erinnert?
Vielleicht an Katyn?
Zur Probe wage ich meine Frage. Die Frauen schütteln die Köpfe, nein, der Name sagt ihnen nichts.
Aber in Krakau, an der Auffahrt zum Wawel, hat doch jemand den Asphalt aufgebrochen, das vier Meter hohe Kreuz hineingepflanzt und mit frischen Blumen geschmückt.

Colette kommt aus dem Hausgang auf den Rasen hinaus, geht dem Zaun entlang, hin und her, als sei ihr der Garten zu eng.
- Geht es ihm gut?, frage ich.
Sie macht ihrem Ärger Luft. Jerzy habe nur gelacht, als sie ihm mitteilte, wo wir sind. Habe gesagt, da seien wir also gestrandet, sozusagen auf einer Sandbank, warum wir nicht in Krakau geblieben seien, dort wäre kulturell doch viel mehr los.
- Ja, es geht ihm bestens, sagt sie, weisst du, wo er am Mittag gegessen hat? Bei den Eltern ... Und ich bin sicher, dass ihn Franz eingeladen hat.
Sie schreitet an den Gemüsebeeten vorüber, bückt sich unter der Wäscheleine und kommt, ohne sich um die Frauengruppe und ihre Ährenbüschel zu kümmern, zurück.
- Ich will hier nicht einfach Ferien machen. Wir müssen etwas unternehmen!
- Lass nur, sage ich, lass es geschehen.
Früher, als ich noch für Zeitungen schrieb, Reportagen wie die vom Napf, ging es am besten, wenn ich meine

Pläne vergass und so viel als möglich von den Leuten aufnahm, die dort lebten, wenn ich mich bemühte, nicht zu stören, und so langsam, ohne aufdringlich zu werden, die Richtung angab, die mich interessiert hätte. Von diesen Erfahrungen versuche ich Colette zu erzählen.
- Ja, wenn man Zeit hat, sagt sie empört.
Aber, es wäre nicht Colette, wenn sie nicht nach der zweiten Runde um die Lauchstängel und unter den Hemdsärmeln durch plötzlich in Lachen ausbräche und mir zublinzelte.
- Er hat sich gefreut, dass wir in einer Sackgasse sind. Natürlich weiss er längst, wonach ich suche. Aber dem werd ich es zeigen, jetzt hol ich den Brief.

Der sechsundfünfzigjährige Briefumschlag macht die Runde. Erst bei Alicja, dann bei den Nachbarinnen. Eine nach der andern betrachtet die Adresse, buchstabiert halblaut den Namen und zuckt mit den Schultern. Das Lachen ist ihnen vergangen. Stumm greifen sie nach weiteren Ähren im Korb, schnipseln die Halme zurecht und schicken das Kind mit dem Büschel zur Künstlerin. Hat uns Frau Nykiel auf die falsche Fährte gesetzt?
- Jadwiga, bitte, frag nach dem Dorf.
Siennów, das Dorf Siennów sei nicht weit von hier, sagen die Frauen, ohne Begeisterung. Und nun haben sie es alle eilig, stehen auf, schütteln die Körner von der Schürze, nehmen die Schere und schieben die Kinder vor sich her um die Hausecke. Die Sonne ist weg, wir frösteln. Alicja begleitet die Frauen zum Tor, ihre Tochter steckt ruhig weiter die Ähren zur Krone.

Das Nachtessen setzt uns Alicja im Wohnzimmer vor. Nur uns dreien. Sie sitzt uns gegenüber, isst selber nichts, aber wir müssen essen, auch wenn wir seit Stunden nichts

anderes getan haben. Alicja steht auf und bedient uns wie eine Kellnerin. Die Nudeln seien selbst gemacht. Sie sind köstlich, gewiss nach einem alten Rezept hergestellt. Somit kann nicht stimmen, was Bernhard von den Polen im Trub erzählt hat.
Im Sommer vierzig seien die Internierten in der Neumatt untergebracht worden. Franzosen und Polen. Die Franzosen hätten einen eigenen Koch mit Küchenwagen dabeigehabt, für die Polen habe das Schweizer Militär gekocht. Der Bauer, dem die Neumatt gehörte, habe damals so alle zwei Tage hinaufgehen und den Ablauf beim Brunnen entstopfen müssen. Die Polen hätten jeweils die gekochten Hörnli hineingekippt, sie hätten Teigwaren halt nicht gekannt.
Ich denke, sie kannten Teigwaren bestens, aber die selbst gemachten von der Mutter, nicht den zusammengepappten Brei aus der Schweizer Militärküche.
- Gibt es hier Taxis?, fragt Colette unvermittelt.
Sie möchte nach Siennów fahren.
Jadwiga bespricht sich mit unserer Gastgeberin. Die macht ein bedenkliches Gesicht. Das sei ein sehr kleines Dorf, sagt sie, nachts gebe es dort keine Strassenlampen und man würde nichts sehen, weder die Häuser der Bauern noch das Schloss der Krukowieckis. Colettes Kopf schnellt hoch. Alicja beachtet es nicht, scheint etwas Kompliziertes zu erklären. Jadwiga fragt mehrmals zurück. Uns bleibt nichts als die Geduld.
Endlich erlöst uns Jadwiga.
Alicja bittet uns um Entschuldigung. Hätten wir sie in der Küche nach den Krukowieckis gefragt, hätte sie gleich geantwortet. Da wir es aber im Garten getan hätten, vor all den Frauen, habe sie schweigen müssen. Es sei jetzt gewiss eine andere Zeit, aber man sei noch gewöhnt, vor – Jadwiga sucht wieder nach dem Wort, probiert mit Spion

– vor Spitzeln aufzupassen. Lange sei es gefährlich gewesen, jemanden von den Familien auf den Schlössern zu kennen, sehr lange, eigentlich seit sie jung gewesen sei. Sie habe hier nie gesagt, dass sie in Łańcut beim Grafen Potocki gearbeitet habe. Mit fünfzehn sei sie dort ins Schloss gekommen, zu den Teppichen.

- Ihre Tochter hat uns gut geführt, auch die Teppiche gezeigt, werfe ich ein.

- Es sind andere, sagt Alicja, der Graf hat alles mitgenommen, als er floh, viele Eisenbahnwagen voll.

- Sie meinen, er hat das Schloss leer zurückgelassen?

- Ziemlich leer. Alles, was heute drin steht, haben die Russen aus andern Schlössern genommen und dort hingestellt.

- Da müssen die Sowjets aber kunstverständige Leute beauftragt haben, sage ich leise zu Colette, das sah doch alles so passend und stilvoll aus.

- Und die Bücher, die Musiknoten?, fragt Colette.

- Dafür hatte er nicht mehr Zeit, es eilte. Wir rollten Teppiche auf, Tag und Nacht, alle vom Teppichdienst, wir waren zwanzig. Die andern verluden die Möbel, die Leuchter, die Bilder ...

- Also ist das, was heute an den Wänden hängt, aus andern Schlössern?

- Alles ...

- Auch aus dem Schloss der Krukowieckis?, fragt Colette.

- Bestimmt, aber ich weiss nicht genau was. Man müsste Teresa fragen.

- Teresa?

- Eine Frau, die ich kenne, sie war lange dort angestellt.

Colette stützt die Ellbogen auf den Tisch, lehnt sich vornüber, als brenne der Sessel unter ihr, und fixiert Alicja, die sich wieder ausführlich mit Jadwiga bespricht.

Colette hält es nicht mehr aus, unterbricht sie.

- Bitte, wo wohnt diese Frau?
Alicja schaut bekümmert drein. Sie wisse nicht, ob Teresa noch am Leben sei. Die Frau sei sehr alt und oft krank gewesen. Sie habe sie lange nicht mehr gesehen, seit ein paar Jahren nicht mehr.
- Und wo hat sie damals gewohnt?, fragt Colette.
- Sie hat in Jarosław gewohnt, nicht weit vom Kloster.
- Jarosław, mit Taxi, oder wie kommt man hin? Bitte, bitte, Jadwiga, frag!
Unsere Gastgeberin hat eben den Tisch abgeräumt und bringt mit vor Freude glänzendem Gesicht eine Suppenschüssel herein.
- Eine Suppe von Beeren, übersetzt Jadwiga.
Eine warme, sehr süsse Himbeersuppe. Ich ahne die Arbeit, die dahinter steht, und erweise ihr trotz meiner Sattheit ein wenig Ehre.
Colette ist jünger als ich, ihr Geduldsfaden kürzer. Sie weist den Teller von sich, will nichts als jene Adresse in Jarosław, will hin, sogleich, als könnte diese Teresa, falls sie noch lebt, in der nächsten Nacht sterben.
Doch so spät gibt es nichts mehr zu unternehmen. Die Stadt Jarosław sei mit dem Zug zu erreichen, sagt Jadwiga, sie werde uns morgen begleiten, aber am Mittag müsse sie uns verlassen, ihre Freundin in Rzeszów sei schon ein wenig ungehalten.

- Sie hat also doch Recht gehabt, sagt Colette oben.
Wir sitzen an ihrem Tisch, sie hat sich für das Esszimmer mit Couch entschieden. Ich bin etwas verwirrt, der Tag war lang. In Łańcut Frau Nykiel, hier ihre Mutter und Schwester, unsere Jadwiga, ich weiss nicht, welche von ihnen gemeint ist, und schweige.
- Das mit dem Schloss hab ich ihr nicht geglaubt, Jerzy hat mich gewarnt. Nach dem Krieg hätten alle Ostflücht-

linge von ihren Schlössern und Ländereien erzählt ... und seine Mama habe ihren Schatz wohl ein wenig vergoldet.
- Hast du mit Angelika oft über Staš gesprochen?
- Früher nie. Du kennst das ja auch, zu Besuch bei den Grosseltern, die Kinder klein, ein Tumult, da fragt man nicht seine Schwiegermutter nach einer längst vergangenen Liebesgeschichte. Ausserdem war Franz immer dabei. Aber jetzt, beim Planen der Reise, hat sie mir dies und das erzählt.
- Auch von den Lagern, in denen Staš interniert war?
- Von Lagern? Ich dachte, er habe bei einem Bauern gearbeitet ...
- Erst war er in Lagern, ich habe Angelika gefragt, weil mich das interessiert, er war in Dürrenroth, Büren, Vals, Wiesendangen, das war ein Spital ...
- Entschuldige, sagt sie, ich muss schlafen gehen.
Drüben in meinem Zimmer falle auch ich ins Bett, vergesse Alicja, die Erntekrone mit der Monstranz im Garten, den katholischen Duft ...

Juli 1940
Staš öffnet behutsam die Kirchentür. Er hat sich gewundert, warum hier in Dürrenroth die Messe im Gasthof Bären stattfand. Jetzt versteht er. Die Kirche ist leer. Alles ist weg, was für ihn zu einer Kirche gehört. Kein Hochaltar, kein Kruzifix, keine Muttergottes. Weder Bilder noch Kerzen noch Weihrauch. Der Raum ist ohne Geheimnis, ist ein grosses Schulzimmer mit Bänken und hellem Licht. In Krakau hat er im Gymnasium von der Reformation gehört, aber hier steht er zum ersten Mal in einer dieser ausgeräumten Kirchen.
Sie ist älter als die Reformation, da ist er ganz sicher. Wenn er am Morgen von der Latrine heraufkommt, sieht er die leere Nische an der Aussenwand, dort, wo der Schutzhei-

lige stehen müsste. Dürrenroth scheint keinen mehr nötig zu haben ... das Dorf ist reich, man hat sie gastfreundlich aufgenommen.

Die Gegend erinnert ein wenig an daheim, aber kein Kreuz, keine Kapelle auf den Hügeln. Die Felder sind kleiner und die Häuser grösser. Er hat bereits einige kennen gelernt.

Die Leute sind hilfsbereit, nur die Sprache ... leider eine Art Deutsch. Er wird versuchen, sie trotz seiner Abneigung zu lernen.

Donnerstagmorgen, 6. September 2001

Der Morgen beginnt zögerlich.
Ich bräuchte eine Tasse Kaffee. Er duftet. Die Kanne steht auf dem Herd, aber mich selbst zu bedienen wage ich nicht. Colette schläft noch. Jadwiga zeigt sich nicht, und Alicja, die ich doch von oben in der Küche hantieren hörte, ist ebenfalls unsichtbar.
Ich setze mich an den Küchentisch, schaue zum Nachbarhaus. Drei Personen stehen dort vor der Tür, und jetzt kommt ein Kind heraus, ein kleiner Bub. Er wird von allen geküsst. Der jüngere Mann hängt ihm eine Tasche über die Schultern. Die alte Frau – sass die nicht gestern mit Ähren bei uns? – hebt ihn aufs Fahrrad, auf den Gepäckträger. Der alte Mann macht das Zeichen des Kreuzes über dem Kleinen. Grossmutter beginnt das Fahrrad zu stossen, Vater und Grossvater folgen ihr. Beim Gartentor hält sie an, und die Männer küssen den Jungen noch einmal herzlich.
6. September ... Schulanfang?
Alicja bestätigt es. Sie und Jadwiga sind eben gekommen, packen frische Brötchen aus.
- Und die Mutter?, frage ich, hat der Junge keine Mama?
- Doch, sagt Alicja, seine Mutter ist Ärztin, muss am Morgen früh weg, hat Sprechstunde in den Dörfern.
Kleine Fragen aus dem Alltagsleben übersetzt Jadwiga beinah simultan und die Antworten auch.
Während mir Alicja Kaffee einschenkt, deutet sie mit dem Kinn aufs Nachbarhaus, sagt, die junge Frau sei die Einzige, die Geld verdiene, die Alten hätten nur noch die Rente – sie schaut Jadwiga vieldeutig an – und der junge Mann sei arbeitslos.
Colette kommt die Treppe herunter, setzt sich zu uns an den Tisch, gut gelaunt und voll Unternehmungslust.

- Jadwiga, sagt sie, falls du wirklich am Mittag gehst, müssen wir uns beeilen. Ich meine, ein Schloss kann ich später allein anschauen, aber zu einem Gespräch brauche ich dich. Bitte, frag nach dieser Teresa und dann schau gleich für ein Taxi, mit dem Zug dauert das viel zu lang.
Jadwiga nickt, spricht rasch und eindringlich auf Alicja ein. Alicja wiegt den Kopf ... das Gespräch dauert. Ich verstehe nicht, was es so lang zu besprechen gibt. Alicja braucht sich doch bloss zu erkundigen, ob die Teresa noch lebt, falls ja, fahren wir ...
- Diese lästige Sprachbarriere, schimpft Colette leise.
Jadwiga schaut auf.
Fast schüchtern beginnt sie zu erklären, was Alicja meint. Ein Taxi werde nicht bestellt. Auf keinen Fall. Denn was würden die Nachbarn denken, da habe man ein Auto und lasse die Gäste mit Taxis ... nein, die Alicja dulde das nicht. Ihr Schwiegersohn werde kommen und uns nach Jarosław führen.
Colette packt meine Hand, drückt fest zu.
- Und Frau Teresa?, fragt sie, die wohnt noch dort?
- Teresa geht es gut, sagt Alicja, ich habe mit ihr telefoniert, sie freut sich auf den Besuch.
Colette erkundigt sich bei Jadwiga, wann der Schwiegersohn denn komme, um welche Zeit die Abfahrt sei.
Jadwiga schaut uns bekümmert an.
Das sei wirklich unangenehm für uns, sagt sie mitfühlend, er komme irgendeinmal, Alicja wisse nicht wann. Er sei wahrscheinlich im Stress, gestern habe sie ihn und die Frau mit den Kindern spät nachts heimkehren sehen, der Junge im dunklen Anzug, das Mädchen im Jackenkleid, das sei bei ihnen so üblich, eine Messe mit den Eltern bei Schulanfang.
- Kommt er erst mittags, brauchen wir gar nicht mehr hinzufahren, sagt Colette verärgert.

Auch ich bin ein wenig enttäuscht. Allerdings wäre ich lieber ins Dorf statt nach Jarosław gefahren, hätte gern die Landschaft gesehen, die uns hier im Quartier hinter der Zuckerfabrik verborgen bleibt.
Oben in unsern Zimmern stellen wir uns aufs Warten ein. Ich lege mich auf mein Bett und lese weiter in ‹Polen und seine Geschichte›.
Freitag, 1. September 1939, morgens um sechs, Überfall der deutschen Armee auf Polen. Ohne Kriegserklärung. Die deutsche Armee modern ausgerüstet, Panzerwagen, Flugzeuge. Die Polen reiten auf Pferden an, kämpfen gegen die Übermacht an Truppen und mechanisierten Waffen, werden nach Osten gedrängt, wo ihnen am 17. September die Russen, mit denen ein Nichtangriffspakt besteht, in den Rücken fallen.
Ich empöre mich über die Gemeinheit zweier Machthaber von damals, Hitler und Stalin, mit ihrem heimlich abgekarteten Spiel. Sie überfielen den Nachbarn und zerrissen ihn. Zwei gegen einen. Zwei Starke gegen einen Schwächeren.
Und die Schweiz hatte schnell reagiert: Schon am ersten September, am zweiten vielleicht, hatte ich diese Schritte gehört, diese schweren Schuhe, die unablässig auf der Strasse vorübermarschierten. Kriege wurden ja nicht mehr erklärt, Pakte nicht eingehalten, plötzlich war man verraten und verkauft.
Ich überfliege die nächste Seite.
22. September, die Deutschen und Russen stecken eine Demarkationslinie durch Polen ab, die am 29. September korrigiert wird. Die Deutschen – bereits zu den ostgalizischen Ölquellen vorgestossen – müssen nach dem ausgehandelten Freundschaftsvertrag mit Sowjetrussland zurück an den San. Der San, der mitten durch Polen floss, wird zum Grenzfluss zwischen den beiden Mächten.

- Colette, rufe ich durch die offene Tür, hast du die Polenkarte bei dir?
Colette bringt die Karte, behält sie gedankenverloren in der Hand.
- Ist das nicht verrückt?, sagt sie, da gibt es tatsächlich noch eine Person, die Jerzys Vater gekannt hat!
Sie setzt sich auf den Polsterstuhl vor meinem Bett, hält die Karte vor die Stirn.
- Ich bin so aufgeregt, mir wird ganz schlecht, sagt sie.
- Nimm einen Cognac.
Ich suche das Fläschchen zwischen der Wäsche im Koffer, Bernhard hat es mir aufgedrängt, hat sich vor der Abreise ein wenig um mich gesorgt.
Colette führt das Zahnglas zum Mund, schlückelt den Cognac.
- Wie ich mich freue, Jerzy heut Abend sagen zu können, wir sind am Ziel, wir wissen, wo dein Vater herkommt!
- Glaubst du, auch er wird sich freuen?
Colette hält ihr Glas hoch, betrachtet die honigfarbene Flüssigkeit, als sei sie Kennerin, und bleibt lange still.
- Ich weiss nicht, sagt sie, er hat seine Mama nie mehr nach ihm gefragt.
Ich kann mich schlecht in Menschen versetzen, die nicht neugierig sind. Wäre ich dieser Georg Hänni, hätte ich meine Mutter geplagt, bis sie mir alles und jedes erzählt, bis ich das Bild meines unbekannten Vaters vor Augen gehabt, ihn innerlich gespürt hätte. Aber Colettes Mann, den ich als temperamentvollen Musiker kenne, scheint in dieser Angelegenheit völlig blockiert zu sein.
Colette trinkt ihren Cognac aus, steht ans Fenster, halb abgewandt von mir.
Sie habe mir ja erzählt, wie Jerzy aufgewachsen sei, mit seiner Mama und den Grosseltern zusammen. Gewohnt hätten sie alle im ersten Stock, unten sei die Praxis ge-

wesen, in der die Grossmutter mitgeholfen habe, darum hätten sie ein Dienstmädchen, die Rosmarie ...
Ich schmunzle immer bei diesen Erklärungen der jüngeren Leute, diesen Entschuldigungen, weil die Eltern oder Grosseltern ein Dienstmädchen angestellt hatten.
Auch wir wären mit unserem Stadthaushalt nicht durch die Kriegsjahre gekommen ohne die Hilfe einer jungen Bauerntochter. Sie säte Rüben im umgebrochenen Rasen, pflanzte Salat und steckte Stangen in den Ring der keimenden Bohnen. Sie sammelte Tannzapfen mit uns Kindern im Könizbergwald, heizte die Öfen damit, und als unsere Gasration aufgebraucht war, kochte sie auf einem alten Holzherd. Die Rosmarie bei Doktor Tschanz muss ebenfalls eine tüchtige Frau vom Land gewesen sein.
- Und sehr lieb, sagt Colette, Jerzy hat sie gut gemocht. Einmal hat sie ihn mitgenommen, zu sich heim ins Dorf. Vielleicht damals, als Franz zum ersten Mal die Angelika besuchen kam ... Abends durfte Jerzy mit Rosmarie in die Dorfkäserei. Der Hund zog den Handwagen mit der Milchkanne. Es war stockfinster. In der Käserei dann Licht, viele Männerbeine, Lärm und Lachen. Jemand deutet auf ihn und fragt, wer das sei. Und die Rosmarie sagt mit lauter Stimme, das ist auch so ein Freudenkind, aber nicht meins. Die Männer lachen schallend. Jerzy spürt etwas Schmutziges in diesem Lachen, und doch ist er stolz. Zu Hause sagt er, gäll, Mama, ich bin ein Freudenkind.
Colette setzt sich wieder auf den Stuhl, verschränkt die Arme und schaut mich an.
- Das muss ihm unter die Haut gegangen sein, sagt sie, wie seine Mutter darauf reagierte. Die erschrockenen Augen, das weisse Gesicht, wie sie ihn an den Schultern packt und schüttelt und fragt, wer hat das gesagt ...
Er verriet die Person nicht, wusste aber, dass er als Freudenkind seiner Mama keine Freude, sondern Sorgen mach-

te. Später kam er von selber darauf, was mit dem Ausdruck gemeint war ... Viel später, in der Rekrutenschule, vernahm er noch einmal etwas, das ihm verbot, seine Mutter nach dem Vater zu fragen. Abends in einer Beiz – es war, glaub ich, in Winterthur – hört er alte Männer vom Aktivdienst erzählen, von Internierten in Wiesendangen ... kann das stimmen, war dort ein Spital?

- Wiesendangen, ja, dort war, glaub ich, das polnische Interniertenspital, Baracken, polnische Ärzte, polnische Chirurgen ...

- Jerzy muss gewusst haben, dass sein Vater auch dort gewesen war, und fragt – so weit weg von zu Hause wagt er es – nach diesen Polen und ihrem Kontakt zur Bevölkerung. Der Kontakt sei gut gewesen, sehr gut, hätten die Männer gegrinst. Es gebe Frauen im Dorf, die hiessen noch heute ‹das polnische Unterleintuch›.

Oktober 1941

Spital Ilanz.

- Tut mir Leid, den dürfen wir nicht nehmen, sagt der Pförtner. Keine Internierten, Befehl vom EKIH.

- Wohin mit ihm?, fragen die beiden Schweizer Soldaten. Sumiswald? Gibts dort nicht ein Interniertenspital?

- Aufgehoben ...

Derweil liegt Staš am Boden, auf der abgestellten Tragbahre, das Bein notdürftig geschient vom polnischen Arzt im Valser Lager. Die Schmerzen sind erträglich. Erträglicher als beim Gewaltmarsch im letzten Frühling. Nach dem Winter in Büren, ohne Arbeit, ohne Sport, gefangen in der Baracke, plötzlich der Transport nach Ems und von dort dieser zwölfstündige Marsch.

Er setzt sich auf, sieht die Kirche, wo sie Halt gemacht haben im Mai. Hätten sie damals gewusst, wie weit es noch ging bis Vals, wären noch mehr zusammengeklappt.

Auch er musste auf die Zähne beissen. Die Füsse wund, bei jedem Schritt Feuer im Stiefel.
Aber der Sommer war gut. Drei Monate Wegbau am Peilerberg. Alles gut. Bis gestern dieser Blödsinn passierte am Tomül. Der war steil, zwei Stunden Anmarsch jeden Tag. Er vertrat einen Herzkranken aus Warschau. Die Flachländer ertrugen die Höhe schlecht. Oben bei der Arbeit gab er Acht. Aber dann ... statt sorgfältig auf dem Weg abzusteigen, wie von der Wache befohlen, rennen die Jungen über die Hänge hinab. Der Dorfbäcker hat seine Freude daran. Jeden Abend hält er für den Ersten ein paar alte Brote bereit.
Staš hört den Befehl des Schweizer Wachtmeisters.
- Ab mit dem nach Wiesendangen! Brüche von Polen werden dort repariert.

Jadwiga ruft uns, herunterzukommen. Wir haben das Auto halten gehört und sind schon da. Alicjas Schwiegersohn küsst uns die Hand.
Auf der Fahrt bleibt Colette stumm. Ich brauche kein Gespräch, lasse Jadwiga und den jungen Mann bei ihrer polnischen Unterhaltung. Endlich sehe ich etwas vom Land. Die Stoppelfelder ziehen sich weit über die sanften Bodenwellen, und auf einmal weiss ich, was anders ist als daheim: kein Fels, kein Bruch, keine Überraschung. Nur Milde und leise Melancholie.
Das Gerangel auf der Schnellstrasse stört meine Träumerei. Eine wichtige Strasse scheint das zu sein. Städtenamen wie Przemyśl, L'viv auf den Tafeln. Also führt sie in die Ukraine. Ist aber eng, mit Lastwagen verstopft, voll ungeduldiger Fahrer und gefährlicher Überholmanöver. Ich kralle mich an den vordern Sitz und entspanne mich erst, als unser Chauffeur in ein ruhiges Städtchen abbiegt. So nah liegt Jarosław. Bäume, Fussgänger, parkierte Au-

tos. Wir fahren einer hohen Mauer entlang. Dahinter sei das Kloster, meldet Jadwiga.

Teresa wohnt in einem alten Stadthaus. Zweiter Stock, kein Lift. Ein herrschaftliches Treppenhaus, aber düster, Risse in den Mauern. Wortlos steigen wir hoch. Teresa sei über neunzig, hat uns Alicja gesagt. Oben suchen wir eine Klingel. Umsonst. Alicjas Schwiegersohn klopft an die Tür. Klopft lauter. Probiert sachte die Falle, öffnet und ruft in die Wohnung. Ein Krächzen antwortet. Er schickt Jadwiga hinein. Wir hören sie sprechen und lachen und wagen nun ebenfalls einzutreten.

Teresa kommt uns am Stock entgegen. Sie ist hager, trägt ein Kopftuch bis in die Stirn und ein Strick-Kostüm mit Lederbordüren, dessen Eleganz mich verwirrt. Unser Chauffeur verabschiedet sich. Wegen Touristinnen wird er seinen Dienst auf der Stadtverwaltung nicht schwänzen dürfen.

Das Zimmer, in das Teresa uns führt, ist weiss getüncht und sehr hoch. Die Wände kahl, ganz oben hängt ein Kruzifix. Am Schrank ist mit Reissnägeln ein Poster befestigt – ich schaue, ob Colette es auch bemerkt hat – das Matterhorn.

Sie aber hat nur Augen für Teresa. Neben Jadwiga, am obern Ende des langen Esstisches, an dem zwölf oder mehr Personen gut Platz fänden, wirkt Teresa sehr klein, fast verloren.

Colette bedankt sich, dass wir so mitten am Tag einen Besuch bei ihr machen dürfen. Teresa lächelt, nickt.

- Jadwiga, frag sie bitte, ob sie uns etwas über die Familie Krukowiecki in Siennów erzählen könnte, besonders über den einen Sohn, den Stanisław.

- Ah, Staš, sagt Teresa, das war mein Liebling. Und so früh schon tot ...

Stossweise, mal stockend, dann wieder rasch, beginnt Teresa zu erzählen. Kaum hörbar. Sie hat nicht die Lebenskraft einer Alicja, oder nicht mehr. Jadwiga macht den gleichen Fehler wie andere Übersetzer, sie passt sich an und spricht ebenso tonlos wie die Erzählerin.
Colette hört angespannt zu, unterbricht mit keiner einzigen Frage.
Stanisław war vierjährig, als Teresa im Schloss angestellt wurde. Sie fünfzehn, eben aus der Schule gekommen. Der Kleine war süss, hatte noch seine Locken, blonde Locken. Jeden Morgen nahm Teresa ihn auf, wusch ihm Gesicht und Hände, half ihm in Strümpfe und Hosenbeine, in Leibchen und Jacke. Gab ihm Frühstück am Tischchen im Kinderzimmer. Seine Schwester Kasia war sechs, die ass bereits mit den Eltern. Die beiden Grossen waren weg in der Klosterschule, die kamen nur in den Ferien heim. Jan und Jerzy.
Bei diesem Namen zuckt Colette zusammen. Durch sie weiss ich von Staš' letztem Wunsch an Angelika: Der Sohn sollte gleich wie der bei Katyn ermordete Bruder heissen.

Mit fünf ritt der Kleine ein Pony. Teresa half ihm hinauf und hinunter. Er war immer bei ihr. Kam gern in den Wald, half Beeren und Pilze sammeln. Im Sommer, wenn sie im Palais waren, oben am Berg. Pilze gab es dort eine Menge.
Mit sechs ging Staš in die Dorfschule, mit den Kindern der Bauern. Seine Mutter wollte es so. Teresa brachte ihn hin, holte ihn ab. Vor Schulbeginn waren ihm die Locken geschnitten worden. Teresa hat eine aufbewahrt.
Dann kam das französische Fräulein.
Angelika hatte mir gesagt, Staš und sie hätten sich immer auf Französisch unterhalten, er habe es viel besser beherrscht als sie.

Der Kleine musste zu Hause lernen. Furchtbar viel lernen. Am Tag, an dem Staš in die Klosterschule gebracht wurde, weinte Teresa. Er kam nur noch in den Ferien heim, wie seine Schwester und die Brüder. Aber am ersten Abend besuchte er gleich Teresa im Gärtnerhäuschen hinter dem Hainbuchenweg. Sie war jetzt verheiratet mit einem der Gärtner.

Der Kleine liebte sein Pferd und liebte die Geige. Er war gross geworden; sie sagte ihm noch immer ‹der Kleine›. Er ging auf die Jagd mit dem Vater und seinen Brüdern. Abends spielte er Geige. Manchmal schon am Morgen. Und am Sonntag verpasste er nie die Messe. Er war ein gutes Kind, seine Geschwister, der Herr und die Frau waren auch gut, gute Leute.

Dobry, höre ich immer wieder, *dobry,* gut, mein erstes polnisches Wort.

Andere Schlossbesitzer wurden umgebracht. Von den eigenen Bauern. Aber die Krukowieckis hatten viel Gutes für die Dorfleute getan. Ihnen passierte nichts.

Im Krieg, als sie nichts mehr zu essen hatten, brachten die Bauern manchmal ein Ei oder ein wenig Mehl. Heimlich. Hätten es die Deutschen gesehen, wären sie erschossen worden.

Für alles gab es Todesstrafe. Radio hören: Todesstrafe. Ein Schwein schlachten: Todesstrafe. Vom eigenen Weizen etwas für sich behalten: Todesstrafe.

Monoton zählt Teresa auf, wofür die Deutschen hier Todesstrafe verhängten.

Ich schweife ab, erinnere mich an Bernhards Geschichten aus der Kriegszeit.

Im Trub habe der Gemeinderat alte, nicht mehr diensttaugliche Männer beauftragt, die Verdunkelung zu kontrollieren. Auf ihrem Kontrollgang hätten diese Männer nachts Stichproben auf weit entlegenen Höfen gemacht. Auch zu ihnen auf die Egg sei ab und zu einer gekommen, obwohl sie kein Elektrisch, nur eine Petrollampe gehabt hätten. So, dann wollen wir noch die Hühner schauen, habe der Kontrolleur zur Mutter gesagt. Habe mit der Taschenlampe in den Hühnerstall gezündet und die schlafenden Hühner auf den Stangen gezählt. Zwölf habe seine Mutter gehabt, und ein kleines Weizenfeld. Der Vater sei oft im Dienst gewesen. Das Feld sei ihnen vermessen und die Brotmarken entsprechend vermindert worden. Auch das Schwein habe der Metzger exakt gewogen und von den Fleischmarken abgezogen. Damit es in der Schweiz mit der Rationierung klappe, habe man ihnen gesagt. Aber für die grossen Bauern sei es leicht gewesen, nicht alles anzugeben, ein geschlachtetes Schwein im kalten Ofen zu verstecken und auf dem Schwarzmarkt nach und nach zu verkaufen. Jedenfalls drohte ihnen nicht die Todesstrafe, und nun muss ich aufpassen, Jadwiga lacht, übersetzt mit lauter Stimme, was Teresa erzählt.

- Ein Bauer aus Siennów war von den Deutschen verhaftet worden wegen dem heimlichen Schlachten seines Schweins. Auf einem Karren wurde er zur Hinrichtung gebracht. Da schrie er laut vom Karren herunter: Wenn ich ein Schwein erschiesse, gibt es Todesstrafe, wenn ich einen Deutschen erschiesse, gibt es Todesstrafe. Wo ist da der Unterschied?

Gleich wird Teresa wieder ernst, fährt weiter mit ihrem Bericht.

- Das Unglück der Familie Krukowiecki hat mit dem Krieg begonnen. Jan, Jerzy und Staš waren daheim in den Ferien. Man feierte Jan. Er war Professor in Krakau geworden.

Anfangs September mussten alle drei weg nach Warschau, in die Armee. Deutsche Flugzeuge flogen über uns weg und warfen Bomben hinunter. Der Bahnhof in Przeworsk wurde bombardiert und die Zuckerfabrik wurde bombardiert. In Przeworsk arbeitete niemand mehr. Man wusste nicht, sollte man bleiben oder fliehen. Und schon kamen die deutschen Patrouillen, die deutschen Motorräder und Panzer. Noch nicht zu uns, die Strassen nach Sieniów waren noch nicht gepflastert. Nach einem Regen waren sie wie Brei. Aber vom Hügel aus sah man die Deutschen nach Przemyśl fahren.
Auf einmal kommt Staš, der Kleine, verlangt ein Pferd, flüchtet in den Wald. Dort, wo der Weg hinaufgeht zum Sommerpalais.
Teresa stützt den Kopf in die Hände, als trauere sie dieser letzten Begegnung noch immer nach. Dann erst mag sie wieder erzählen.
- Von Jan und Jerzy wussten wir nichts. Nach Monaten schickten sie Briefe. Sie waren in russischer Gefangenschaft. In Lager verschleppt, weit, weit weg in Russland. Aber nicht im gleichen Lager. Wir schickten ihnen die Wintermäntel und Zwieback. Von Staš vernahmen wir nichts mehr. Wir wussten nicht, ob er noch lebte. Im Schloss war jetzt die deutsche Wehrmacht. Wir mussten für sie arbeiten. Alle Angestellten. Es gab kein Geld mehr. Das polnische Geld war nichts mehr wert. Es gab nichts zu essen. All die Felder, die Wälder vom Schloss gehörten jetzt den Deutschen. Sie hatten uns gefunden. Auch die Pferde, die Wagen gehörten ihnen, sie wohnten im Schloss. Die deutsche Wehrmacht wohnte im Schloss. Der Herr und die Frau verkauften, was sie noch hatten, vor allem Schmuck. Die Deutschen gaben kein Geld. Sie bezahlten mit Schnaps. Das Silber hatten sie einfach genommen, das Besteck, die Teller und Platten, wunderschönes Silber. Sie

schickten es nach Deutschland. Ich musste alles verpacken. Auch die Bilder, zwölf grosse Bilder, schickten sie zu sich heim nach Deutschland.

Teresa schluckt, senkt den Kopf. Im Zimmer ist es dunkel, doch die Mauer drüben, die ich durchs Fenster erblicke, Kloster und Kirche stehen im Sonnenschein. Schläft unsere Erzählerin?

Teresa räuspert sich, nickt Jadwiga zu.

- Nach dem Frühling kam von Jerzy kein Brief mehr. Sie liessen ihn suchen in allen Lagern. Man fand ihn nicht. Dann starb der Herr. Aus Kummer starb er.

Nach einem Jahr kam ein Brief von Staš. Leider hat sein Vater das nicht mehr erlebt. Staš war auch im Lager, aber in der Schweiz. Es ging ihm gut, er hatte nichts nötig. Er schickte uns sogar ein Päckchen mit Zucker. Seine Mutter und die Schwester, die Kasia, wohnten bei mir im Gärtnerhäuschen. Als die Russen näher kamen, mussten auch sie flüchten.

Jan kam nach dem Krieg heim, aber das war gefährlich. Hier regierten die Kommunisten. Und wir versteckten Jan in einem Haus.

- In diesem Haus, korrigiert Teresa auf Deutsch.

Einen Augenblick sind wir sprachlos. Dann fragt Colette nach.

- Teresa, sprechen Sie deutsch?

- Nur ein wenig, sagt sie und wendet sich wieder an Jadwiga.

Hier, in diesem Haus, hat Teresa den ältesten von Staš' Brüdern, den Jan, versteckt.

Das Haus gehörte den Krukowieckis. Nach dem Krieg wohnte Teresa mit ihrer Mutter und zwei Kindern hier, der Mann war schon tot. Erschossen von den Deutschen. Im Schloss waren nun die Russen. Die machten all die schönen Sachen kaputt.

Vieles hatten die Bauern gestohlen. Teresa weiss noch heute, wer stahl.
Was ganz blieb an schönen Möbeln, steht heute in Łańcut, im Schloss-Museum.
Die Russen brachten viele Gutsbesitzer um. Jan, sagte Teresa, geh nicht mehr hinaus. Er war der Letzte der drei Krukowiecki-Söhne.
Er hatte die Nachricht vom Tod seines jüngsten Bruders gebracht. Staš, der Liebling Teresas, war in Italien unten gefallen ...
Jetzt schaut uns Teresa direkt an.
- Jan blieb fünf Jahre hier. Nachts arbeitete er drüben im Kloster. Da war auch viel kaputt. Er räumte auf, half den Nonnen, es waren wieder welche da. Später halfen die Nonnen ihm, schickten ihn nach Warschau.
Dort putzte er Strassen. Ein Professor. Ein Offizier, der für Polen gekämpft hatte. Kommt heim und muss Müll abführen!
Teresa schaut grimmig drein. Ich ahne etwas von ihrer früheren Kraft.
- Lebt Jan noch?, fragt Colette mit leisem Zittern in der Stimme.
- Jan ist gestorben, vor einem Jahr, sagt Teresa, gestern war seine Jahrzeitmesse. Ich war dabei.
- Sie waren gestern in Warschau?, fragt Colette erstaunt.
- Nein, nein, er liegt in Siennów, in der Schlosskirche, sagt Teresa, Grażyna ist auch gekommen. Grażyna ist seine Tochter.
- Er war verheiratet?, fragt Colette.
- Er hat spät geheiratet, da hatte ich schon die Enkel, sagt Teresa, er hat Jahrgang 1913, aber geheiratet hat er erst mit sechzig.
- Hat er noch andere Kinder?
- Nur diese Tochter.

- Wohnt sie hier?
- Sie wohnt in New York.
- Oh Gott, ich muss sie sehen ... ist sie noch im Land?, fragt Colette.
- Vielleicht bei der Tante in Przemyśl, vielleicht bei der Mutter in Warschau, sagt Teresa.
Jadwiga zückt ihr Handy. Mühsam steht Teresa auf und geht hinaus. Wieder fällt mir ihr beiges Strickkostüm auf. Vor ein paar Jahren hätte das bei uns im Schaufenster eines besseren Modehauses hängen können.
Sie bringt einen Zettel mit Telefonnummern zurück. Jadwiga hält ihr Gerät in der rechten Hand und tippt die Nummer mit dem Daumen ein, auf dieselbe elegante Art, wie das die jungen Frauen bei uns tun.
Jadwiga spricht sehr rasch, führt mehrere Gespräche, offenbar auch mit unserer Alicja, nach Anweisung von Teresa, die dazwischenbrummelt.
Wir warten.

Donnerstagmittag, 6. September 2001

Auf dem Platz vor dem Kloster hält ein Wagen.
Teresas Enkel springt heraus, verbeugt sich, wobei sein Haar in die Stirn und dann zurück in den exakten Schnitt fällt. Kein Handkuss.
- Bonjour, Mesdames, sagt er und reisst die Tür seines Autos auf.
- Vous parlez français?
- Un peu, sagt er.
Colette und ich sind erleichtert, haben wir uns doch vor einem stummen Fahrer gefürchtet. Sie setzt sich vorn neben ihn, ich nehme hinten Platz.
- Der ist nicht viel älter als unser Märki, sagt sie zu mir gewandt.
Nur höflicher, denke ich, viel höflicher als Mark, der bei Angelika hereinplatzt, sich den Schlüssel zu Grossvaters Moped ausleiht und von mir, der Besucherin, keine Notiz nimmt.
Aber sprechen mag ich nicht.
Wie von weit her höre ich den jungen Fahrer Colettes Fragen beantworten, warum er in den Ferien nicht in Deutschland Gurken erntet wie seine Kollegen, sondern in die Pfirsiche nach Südfrankreich fährt, was weiter weg liegt und schlechter bezahlt. Er darf wegen Grossmutter nicht nach Deutschland, wegen Teresa. Die hat es verboten.
Ich schliesse die Augen. Jetzt, wo es nach der Stadtausfahrt Felder zu sehen gäbe, versinke ich wieder in diese abgrundtiefe Müdigkeit.
Sie überfiel mich schon in der Klosterkirche. Jadwiga hatte uns vor ihrer Abreise noch dorthinein geführt.
Ein Priester kam wie zufällig daher, fragte, ob wir etwas zur Geschichte des Klosters hören möchten. Da wir auf Teresas Enkel warteten, sagten wir zu.

Als Österreich hier regierte, habe Kaiser Franz Josef die Benediktiner hinausgeschmissen und das alte Kloster in Jarosław umfunktioniert. Die dicken Mauern und Wachtürme seien ihm gelegen gekommen, er habe ein paar dazugesetzt und sich gegen türkische Angreifer gewappnet. Nachdem Galizien wieder zu Polen gehörte, sei der Orden der Salesianer hier eingezogen und habe im weitläufigen Gebäude ein Gymnasium und ein Krankenhaus eingerichtet.
Bis hierher hatte ich höflich zugehört, aber dann kam das Jahr neununddreissig, die Zeit der deutschen Besetzung, mit Soldaten im Kloster und Pferden in der Kirche, mit einem Lager – was für eine Art Lager sagte der Priester nicht – und dem Gestapo-Gefängnis in der Krypta. Dort hätten die Deutschen beim Rückzug mit einer Bombe Spuren verwischen wollen. Aber die Bombe sei nicht explodiert, habe nur gebrannt. Das Gestapo-Gefängnis habe man nicht renoviert, es diene samt den Brandspuren der historischen Erinnerung.
- Möchten Sie es sehen?, fragte der Priester.
- Nein, oh nein, sagte ich.
Während Colette und Jadwiga mit dem Priester nach vorn zum Altar gingen, setzte ich mich auf eine Kirchenbank und verdeckte das Gesicht mit den Händen. Gestapo-Gefängnis. Und das Grauen kam mir hoch wie damals nach Kriegsende. Hier in Polen werden wir dauernd in diese Zeit zurückversetzt, als das Quälen von Menschen systematisch betrieben wurde. Und sie ist nicht vergangen ... Immer wieder die Nachricht von Folter, aus jeder Ecke der Welt ... irgendwo, an einem verborgenen Ort wie in dieser Krypta, werden noch heute Gefangene gequält ... Vor einigen Jahren habe der Erzbischof Kloster und Kirche wieder geweiht. Darauf seien grosse Renovationen durchgeführt worden.

Bezahlt hat sie – ich sah es auf der Inschrift neben der Eingangstür – die Bundesrepublik Deutschland.
Immer noch müssen junge Deutsche von dieser Erblast abtragen, und sie machen es ohne Aufheben.
Als sich Jadwiga verabschieden kam, dachte sie vielleicht, mein verstörter Blick gelte ihr. Jedenfalls tröstete sie, es werde auch ohne sie gut gehen; Grażyna, die uns in Sienów erwarte, spreche englisch und habe studiert.
Wir sahen ihr nach, bis der rote Schopf hinter der Rundung der Klostermauer verschwand.

Wenn Bernhard mich nur nicht nach Marken der polnischen Autos fragt, das hier ist ein altes, es klappert, und der Junge hat ein schreckliches Tempo, erzählt von seiner Erntearbeit in Frankreich, von seinem Studium als Umwelt-Ingenieur. Er fährt wie verrückt in das Hühnervolk auf der Strasse, knapp an der Bäuerin vorüber, die ihre Hacke auf der Schulter trägt, und die Kinder, pass auf, du da vorn, Kinder spielen, der Weg ist nicht asphaltiert, ein Fuhrwerk kommt uns entgegen, die Pferde scheuen, und jetzt nimmt der Kerl noch sein Handy, sucht eine Nummer, wählt, legt es ans Ohr und spricht in rasendem Polnisch hinein, während er uns um die Kurve schleust, hier hat es Gräben und Hecken, die Strecke ist unübersichtlich, ich wünsche mir nichts so sehr, als Colette am Steuer zu sehen.
- Sie ist schon am Ort, sagt der Junge und meint Grażyna, hat offenbar mit ihr telefoniert.
Die sind ja alle mit Handys bewehrt, vernetzen sich dauernd, setzen einander in Kenntnis, wer wen wo hinbringen wird. Hätte Staš damals auf seiner Flucht diese Möglichkeit gehabt ... Aber die Telefonleitungen seien unterbrochen gewesen, die Tante in Lemberg, dem heutigen L'viv in der Ukraine, habe nicht mehr kontaktiert werden können.

In der Schweiz wurden die Telefonleitungen nicht zerstört, aber das Militär befürchtete Abhörgefahr und begann, Brieftauben zu züchten. Für meine Reportage über das Réduit am Napf erzählte mir ein alter Bauer von den Brieftauben im Trub. Sie wurden von Soldaten gepflegt und in Volieren gehalten. Dann klemmte man den Tauben die Hülse mit dem Brief ans Bein, packte sie in eine Kiste und schickte sie nach Stansstad und ins Fricktal. Nach dem Öffnen der Kisten stiegen die Tauben auf, drehten eine Runde und fanden plötzlich die Richtung. In einer Stunde waren sie wieder im Trub. Die Besten wurden ausgelesen und weitergepflegt. Aber man durfte nicht fragen wozu. Die Absicht war geheim.
Nach dem Krieg kam aus, dass beim ersten Réduitplan Trub als Ort für den Generalstab hätte dienen sollen.
Bernhard war damals zwölf und half seiner Mutter mit Schwerarbeit auf dem kleinen Hof. Oben auf tausend Metern. Der Vater stand an der Grenze und hätte gekämpft, wenn die Nazis gekommen wären. Er hatte, wie die meisten Schweizer, einen wilden Hass auf Hitler.
Und was macht der kleine Bernhard inmitten dieser wehrhaften Schweiz? Er schwärmt für Rommel, den deutschen Feldherrn in Nordafrika. Ganz allein. Die Mutter sprach nicht vom Krieg, der Lehrer sprach nicht vom Krieg, er behandelte mit den Schülern das Kloster Trub, ein Benediktinerkloster, 1125 gegründet, ein paar Jahre vor jenem in Jarosław, das wir eben gesehen haben.
Das Kloster Trub ist verschwunden, war nach der Reformation auf Geheiss der Obrigkeit gründlich zerstört worden. Aber der Lehrer blieb hängen in jener Zeit. Und Bernhard, der so gern las und zu Hause kein Buch, nur die Bibel hatte, stürzte sich auf den ‹Emmenthaler›, die Zeitung, die zweimal pro Woche kam und über den Krieg berichtete. Im zerfledderten Atlas suchte er nach den

Fronten. Die Grenzen galten nicht mehr, doch die Orte fand er alle, und weil die Deutschen immerfort siegten, war er auf ihrer Seite. Freute sich wie ein heutiger Junge über die Siege seines Fussballklubs und war für Rommel, den Wüstenfuchs.
Als er mir das erzählte – wir sprechen jetzt öfter von unserer Kindheit –, lachten wir beide.

Ob Colette sich auch über den Chauffeur ärgert? Die Finger ihrer rechten Hand spielen am Sicherheitsgurt. Und ihr Hals glänzt schweissnass. Sie ist verstummt. Mehr als die Fahrweise werden es diese Begegnungen sein, die ihr zusetzen.
Heute Morgen, vor dem Besuch bei Teresa, wurde ihr schlecht. Dabei ist Teresa kein Familienmitglied. Aber Grażyna, der wir entgegenfahren, ist direkt mit ihrem Mann verwandt, ist Jerzys Cousine.
Colette, entspann dich, möchte ich sagen, doch der Wagen scheppert, ich lasse es sein. Das Fläschchen Cognac habe ich jedenfalls mitgenommen.
Wir tauchen aus dem Graben auf, in dem die Strasse verläuft, erhaschen kurz eine weite Sicht über Hügelwellen, auf halb abgeerntete Kartoffelfelder mit weissen, gerade aufsteigenden Räuchlein.
Der Junge reisst das Steuer herum und fährt in eine Allee. Eine merkwürdige Allee, sehr eng nebeneinander stehende Bäume mit ebenso eng gewachsenem Astwerk, eine hohle Gasse, doch wer daherkommt auf diesem dunkel beschatteten Weg, ist nicht Gessler, sondern eine junge Frau. Sie bleibt stehen, hebt ganz leicht die rechte Hand. Unser Wagen hält.
Ich warte auf dem Rücksitz, bis Colette sich von ihrem Gurt befreit hat, und schaue zu, wie der Fahrer sich draussen verneigt, die Hand, die unser Auto stoppte, küsst und

wieder stramm steht. Die junge Frau trägt ihr langes Haar offen und ungekünstelt. Ihre Kleider sind unauffällig, Turnschuhe, verwaschene Jeans, ein kurzer Pullover, um den Hals gewickelt ein Schal. Und doch fällt sie gerade damit aus dem Rahmen der jungen, adrett gekleideten Polinnen, die ich bis jetzt zu Gesicht bekam.
Wir steigen aus. Sie stellt sich uns auf Englisch vor, Grażyna Krukowiecki, und spricht dann zu Teresas Enkel. Dabei höre ich zum ersten Mal ein Polnisch, das nicht in diesem Schwindel erregenden Tempo gesprochen wird. Grażyna spricht langsam und leise, steckt unserem Fahrer einen Geldschein zu und entlässt ihn. Ich bin peinlich berührt. Das hätte mir auch in den Sinn kommen dürfen, diesem Jungen, der sich in den Semesterferien sein Studiengeld mühsam in Frankreichs Plantagen verdient, etwas zu geben. Schon fährt er rückwärts durch die hohle Gasse hinaus.
Grażyna wendet sich zu uns. Anders als Teresa, die keine Fragen stellte, will sie wissen, woher wir kommen und was wir hier sehen möchten. Sie fragt es auf Englisch, aber im selben ruhigen Tonfall, wie sie eben polnisch sprach.
- Wir kommen aus der Schweiz, sagt Colette, aus Bern.
- Ach so, dann ist es wahrscheinlich meine Tante, die Sie hergeschickt hat, sagt Grażyna.
- Nein, wir ... mein Mann ... meine Schwiegermutter ... ich muss Ihnen eine Geschichte erzählen, sagt Colette und beginnt, ein paar Schritte zu machen.
Grażyna begleitet sie auf dem Schattenweg. Ihr Haar, dessen Farbe mich an die Erntekrone erinnert, schimmert hell.
Ich bücke mich, binde meine Schuhbänder neu, öffne die Handtasche, suche den Kamm. Puder habe ich keinen. Die Bäume am Wegrand, sind es Hainbuchen? So dicht aneinander gepflanzt und wie gedrechselt um sich herum

gewachsen. Ich betrachte die Stämme und warte, bis der Abstand zu den beiden Frauen, die da vor mir durch die Allee spazieren, gross genug ist.
Dieser Augenblick gehört Colette. Auf ihn hat sie gewartet, vielleicht seit Jahren. Hoffentlich kommt es gut.

Jetzt bleiben sie stehen, also warte auch ich, lasse sie aber nicht aus den Augen. Colette hält einen Briefumschlag in der Hand, den vergilbten, den ich längst kenne, und übergibt ihn Grażyna. Langsam zieht Grażyna den Brief hervor, sieht ihn an, zuckt dann die Schultern und gibt ihn zurück.
Sie wird kein Französisch können.
Die beiden Frauen schauen sich an, Colette spricht und spricht.
Ich setze mich an den Wegrand. Das wird lange dauern.
Auf einmal breitet Grażyna die Arme weit auseinander, hebt den Kopf zu der etwas grösseren Colette, umfängt sie und küsst sie links und rechts auf die Wange. Dann treten sie beide einen Schritt zurück und fassen sich an den Händen. Es sieht aus wie ein Spiel, wie ein Tanz zweier Frauen unter diesem Wirrwarr von wild verflochtenen Ästen.
Die Allee führt nicht hinaus, wie ich gedacht habe, sondern hinein, in einen düsteren Wald. Meine Tänzerinnen bleiben stehen, warten auf mich.
- Ich bin so glücklich, sagt Grażyna zu mir, jetzt hab ich einen Cousin.
Sie habe sehr darunter gelitten, die Einzige in ihrer Generation, der letzte Spross einer am Aussterben begriffenen Familie zu sein.
- Soll ich ihn anrufen, ihm sagen, hallo, da spricht deine Cousine?, fragt Grażyna und wickelt ihr Handy aus der umgehängten Stofftasche.

- Um Gotteswillen nicht!, sagt Colette, das käme nicht gut.
Erstaunt schaut Grażyna auf, wartet mit Interesse auf eine Erklärung.
Während Colette beschreibt, wie vorsichtig Jerzy zu behandeln sei, wie sie ihm neue Nachrichten, gute wie schlechte, jeweils möglichst schonend beibringe, schaue ich in diesen Wald, eine Art Park, der mir auch seltsam vorkommt. Im Gras stehen dünne Fichtenstämme wie Stangen, alle gleich hoch, aber nicht nach einer Ordnung gepflanzt wie die dicht stehenden Hainbuchen in der Allee. Keine Büsche, keine Blätter vermitteln ein helleres Grün, oben schaltet das Dach aus dunklen Tannästen den Himmel aus.
- Er ist wahnsinnig sensibel, sagt Colette.
- Wie mein Vater, sagt Grażyna und schaut wehmütig in diesen Park.
Das Getue um Jerzy regt mich langsam auf. Jeder Mensch ist sensibel, nicht nur der Pianist. Und den gelben Häuserblock mitten im Park finde ich hässlich. Ein Zweckbau mit Flachdach wie in einem Industriequartier am Rand einer Grossstadt. Ich hatte gedacht, wir befänden uns hier an einem entlegenen Ort auf dem Land.
Im schütteren Gras zwischen den willkürlich gewachsenen Stangenbäumen liegen leere Bierflaschen herum.
Grażyna wendet sich an Colette.
- Wo möchtest du hin, fragt sie, erst zum Grab meines Vaters oder ins Schloss?
- Dorthin, wo die Familie wohnte, wo Staš zu Hause war, sagt Colette.
Zögernd geht Grażyna zwischen den Stämmen auf den schmutzig gelben Block zu, hebt ein, zwei leere Flaschen auf, sucht vergeblich nach einem Abfalleimer und lässt sie wieder ins Gras fallen.

Wie angebaut an den Häuserblock steht ein zweistöckiges Schloss. Natürlich ist es umgekehrt. Der Bau aus grauen Steinquadern, mit turmähnlichem Abschluss auf der einen Seite, ist gut zweihundert Jahre älter. Colette würde den Stil kennen, ich wage sie aber nicht zu fragen, sie steht da wie eine Schlafwandlerin. Das Schloss hat etwas Liebenswürdiges – Bogenfenster mit sechs, acht oder zehn kleinen Scheiben, eiserne Blätter und Ranken im Geländer der Aussentreppe, Säulen auf der Terrasse am Turm, kunstvoll geschwungene Harfen am Durchgang zum Ökonomiegebäude – und zugleich etwas Trauriges. Vielleicht sind es nur die zu nah gepflanzten Eichen, die es zu bedrängen scheinen.
Langsam geht Grażyna über den Vorplatz, über die sandigen, graslosen Stellen mit Radspuren, und schaut sich suchend um. Eine dicke Frau im klein getupften Sommerkleid kommt um die Ecke, fragt, ob wir das Museum sehen möchten.
Mit einem Schlüssel hantiert sie an der Tür, einer in Holz gefassten Glastür, durch die wir den breiten Treppenaufgang sehen. Das Museum im ersten sei zwar geschlossen, sagt sie und drückt uns einen Prospekt auf goldenem Glanzpapier in die Hand. Sie werde uns aber durch den zweiten Stock führen. Hinter ihrem Rücken deutet Grażyna auf ein grosses Schild neben der Eingangstür. *Fundacja Krukowiecki* steht darauf.
- Den Namen haben sie vor zwei Jahren hingeschrieben, sagt sie leise zu uns, vorher hiess es einfach Museum.

Die Schlüsselfrau keucht vor uns die Treppen hinauf, zeigt einen Raum nach dem andern, die meisten haben keine Türen mehr und sind leer. In einem steht ein langer Esstisch mit etwa zwanzig Gedecken, orangefarbenen Papierservietten und Plastikstühlen ringsum. Während die

Frau unaufhörlich erklärt, was Grażyna zu übersetzen nicht nötig findet, stellen Colette und ich uns an eines der hohen Fenster und schauen hinaus auf die Landschaft hinter dem Schloss. Ein sanft abfallender Hügel, eine Wiese, im unteren Teil gar ein gepflegtes Stück Rasen mit Sägemehlgruben, modernen Hoch- und Weitsprunganlagen, dahinter ein See.

Der See ist umwachsen von gleich hohen, dünnstämmigen Bäumen, Eschen sind es vielleicht. Wo sie nicht allzu dicht stehen, entwischt der Blick hinaus, auf die Felder, die Hügel, die goldene Weite der tiefen Sonne; ein Hintergrund wie auf einem mittelalterlichen Bild.

Im nächsten Raum lehnt sich Colette an die Wand, von der die Farbe abblättert. Im Parkettboden fehlen Stücke. Ich gehe wieder zu einem der Fenster, möchte die Frontseite sehen, wo wir herkamen. Der Park ist düster. Nähmen diese Stangenbäume nicht die Sicht, wäre das Tor an der Strasse vorn besser zu erblicken. Von dort führte ein breiter Weg zum Schloss, stände da nicht dieser hässliche Häuserblock quer drin.

Wortreich geht die Schlüsselfrau weiter.

- Hier lebten die Kinder, sagt Grażyna leise zu uns, Grossvater liess diesen Saal unterteilen, und jedes bekam sein Zimmer. Mein Vater das Eckzimmer drüben, er war der Älteste, dann Onkel Jerzy, Tante Kasia ...

Wir stehen im Zimmer des Jüngsten, im Zimmer von Onkel Staš, wie Grażyna sagt.

Jetzt bekomme sogar ich Hühnerhaut.

15. September 1939

- Kasia, wer reitet zum Tor herein?

- Einer der unsern, ein Pole, Mama, Staš! Jesus Maria! Die Deutschen in Kańczuga, gleich sind sie hier! Ich geh ihn warnen ...

Staš springt vom Sattel, wirft seiner Schwester die Zügel zu, eilt die Treppe hinauf, umarmt die Eltern.
- Flieh!, sagt der Vater. Im Radio kam das Aufgebot: Militärpersonen nach Osten, sich dort wieder melden und registrieren lassen. Geh nach Lemberg zur Tante.
- Unmöglich, die Eisenbahnlinie bombardiert, die Deutschen vor Przemyśl.
- Pferd satteln!, ruft der Vater die Treppe hinab, reit hinauf in die Karpaten, bleib auf den Kuppen, immer nach Osten, die Hitlerarmee steht im Süden an der slowakischen Grenze.
- Du brauchst Geld, sagt die Mama, hier, und da meine Goldbrosche, schnell, Teresa, pack ihm die Wäsche.
Teresa hat schon gepackt, auch Wurst und Brot und eine Thermosflasche mit heissem Tee. Der Stallknecht ist unten, führt das Pferd vor – Staš' Lieblingspferd – es tänzelt vor dem Durchgang zum Ökonomiegebäude, vor den schmiedeisernen Harfen.

- Grażyna, wo waren die Pferdeställe, erkundige ich mich, sieht man noch etwas davon?
- Ich weiss nicht, sagt Grażyna, ich vergass, den Vater danach zu fragen, und jetzt kann ich es nicht mehr tun.
Sie war vor dem Tod ihres Vaters zweimal mit ihm von Warschau hierher gekommen. Er hatte das Bedürfnis gehabt, seiner Tochter alles zu zeigen und zu erzählen, wie es früher gewesen war.
- Mögt ihr noch den schönsten – den ehemals schönsten – Saal sehen? Er ist vorn im Turm, flüstert Grażyna.
Wir folgen ihr mitsamt der Schlüsselfrau. Colette schweigt. Sie hat sich noch nicht geäussert, seit wir im Schloss sind. Der Saal im halbrunden Turm wirkt grosszügig. Hohe Fenster, ein Parkettboden mit einem Muster aus dunkleren und helleren Riemen, weniger zerstört als

in den eben gesehenen Räumen. Aber auch hier kein Teppich am Boden, kein Bild an der Wand, kein Möbel im Saal ausser einem Konzertflügel auf drei zierlich geformten Beinen. Colette geht auf ihn zu, wie angezogen von einem Magneten.
C. Bechstein, Hof. Lieferant Sr. Majestät des Königs. Berlin 1908, steht über der offenen Tastatur. Die Tasten sind gelblich, aber vollzählig. Ein Wunder, nachdem zwei verschiedene Besatzungsmächte über das Schloss hergefallen waren.
Mit dicken Fingern greift die Schlüsselfrau einen Akkord. Ein verstimmter Dreiklang erzittert im Raum, bleibt hängen darin.
Mehr kann sie nicht. Sie nickt Grażyna zu, die spielt nicht Klavier. Und ich, die ich in meiner Kindheit die schlechteste Schülerin meiner Mutter gewesen war, mag es nicht versuchen. Colette?
Sie hat sich von uns abgewandt. Vornüber gebeugt. Presst ein Taschentuch vors Gesicht und wird geschüttelt von halb ersticktem Schluchzen. Grażyna und die Schlüsselfrau schauen erschrocken hin. Ich gehe zu ihr, lege den Arm um ihre Schultern. Langsam beruhigt sie sich.
- Jerzy sollte hier spielen, sagt sie, im Haus seines Vaters. Den Chopin, den er jetzt übt. Das Nocturne, ein spätes, inniges, ich höre es ... hier drin ...
Grażyna kennt den Beruf ihres eben entdeckten Cousins wahrscheinlich noch nicht. Ich kläre sie auf, erkläre die Tränen Colettes.
- Merkwürdig, sagt Grażyna, der Flügel gehörte meiner Grossmutter. Sie muss gut gespielt haben. Von ihren Kindern war nur der Jüngste an Musik interessiert, Onkel Staš, aber der spielte Geige ...
Die Führung ist zu Ende. Die Schlüsselfrau, die kein Englisch versteht, hat ihre Pflicht getan.

Ich blicke noch einmal zurück in den leeren Saal mit den hohen, vom nahen Blattwerk beschatteten Fenstern, und auf einmal ist es auch mir, als riesle das Chopin-Nocturne, das Nachtwunder, leise aus dem verstimmten Flügel.
Die Schlüsselfrau hastet dem Ausgang zu, am Museum vorüber. Es ist geschlossen, das hat sie uns schon gesagt. Ich blättere im Hochglanzprospekt. Keine Abbildungen, nur Text in polnischer Sprache.
- Was ist denn drin?, frage ich.
- Ach, sagt Grażyna, Porträts von meinen Grosseltern und all den Urgrosstanten und Ururgrossonkeln.
Bevor die Schlüsselfrau geht, zeigt sie noch Richtung Terrasse und teilt Grażyna etwas mit. Wahrscheinlich weiss sie nicht, mit wem sie die ganze Zeit gesprochen hat.
- Im Schlosskeller gebe es neuerdings ein Restaurant, sagt Grażyna, gehen wir etwas trinken?
Über der Kellertreppe hängt die grosse Werbung für ein polnisches Bier. Langsam steigen wir hinter Grażyna hinab. Je tiefer wir kommen, desto lauter grölt es von unten. Bei unserm Eintreten verstummen die Männer, starren uns an. Die Türen zu den Pissoirs stehen offen, es stinkt nach Urin und verschüttetem Bier. Die Trinker drehen sich alle um nach der jungen Frau in Jeans, die da wie eine Ausländerin in der Kneipe steht und über sie hinwegschaut ...

Draussen verliert Grażyna kein Wort, keines zum Keller, keines zur Führung und keines zur verschlossenen Ahnengalerie.

Donnerstagabend, 6. September 2001

Sprühende Farben, ein Feuerwerk, dieser Teppich aus Astern. Hier kam die nachlässige Hand eines Gärtners den Blumen zugut, zwängte sie nicht in Zucht und Ordnung. Die Astern überwuchern alles, auch den Weg bis hin zur Pfarrei, und blühen sich aus vor Freude.

Ich sitze auf der Kirchentreppe, schliesse die Augen vor den quer einfallenden Sonnenstrahlen und gucke ab und zu, ob die Blumen noch leuchten.

Grażyna hatte uns durch den Park der düsteren Vergangenheit hierher geführt, und auf einmal waren wir draussen im Alltag, im tröstlichen Heute. Jenseits der Strasse die Tankstelle, daneben ein Supermarkt, vor der Kirche ein Parkplatz, wo Grażynas Auto steht. Eben hat sie daraus einen Bund kleiner Kerzen in roten Behältern geholt und besucht jetzt mit Colette die Familiengruft in der Krypta unten, zündet die Kerzen am Grab ihres Vaters an. Warum sollte sie das nicht tun?

Ich bin zwar stockreformiert aufgewachsen, mit dem von Zwingli eingepflanzten Misstrauen gegen Kerzen in Kirchen und Lichter auf Gräbern. Aber nicht das hat mich vom Mitgehen abgehalten, eher die Vorstellung, das fünfte Rad am Wagen zu sein. Colette hat gefunden, was sie gesucht, eine Verwandte ihres Mannes. Und Grażyna ist eine liebenswürdige Person, etwas älter als Colettes eigene Töchter, die knapp über zwanzig sind. Vielleicht sollte ich allein heimreisen ... Ich werde es Colette vorschlagen.

Inzwischen hänge ich hier auf der Treppe den Schicksalen der Familie Krukowiecki nach. Gestern wurde in dieser Kirche die Jahrzeitmesse für Jan, Grażynas Vater, gefeiert. Und im Sommer 1920 war hier der kleine Staš getauft worden. Das letzte der Krukowiecki-Kinder, aber

das erste, das als Pole wieder in Polen zur Welt gekommen war.
Aus dem von Angelika geliehenen Buch habe ich erfahren, wie oft das Land Polen von den Nachbarn zerrissen und wieder neu zusammengesetzt worden war. Als Jan, Jerzy und Kasia geboren wurden, hatte Siennów zu Galizien, zur Donaumonarchie gehört. Polen, Ukrainer, Juden und Österreicher liessen einander hier leben. Nach dem Ersten Weltkrieg kam das Gebiet wieder zu Polen. Die neu gewählten polnischen Chefs, sowohl der Ministerpräsident wie der Staatspräsident, kehrten aus der Schweiz zurück, wohin sie geflohen waren. Während des Ersten Weltkrieges hätten sie – wie viele vertriebene Polen – die Schweiz als grosszügiges Asylland erlebt.
Und während des Zweiten Weltkrieges? Wie hatten polnische Internierte die Schweiz erlebt?

Als Kind half ich Ähren lesen in einem Dorf, weiss nicht mehr wo. Aus der Stadt gingen damals viele Leute nach der Getreideernte aufs Land, lasen die liegen gebliebenen Ähren zusammen, gaben sie ab und erhielten zusätzliche Brotmarken dafür. Es war heiss, die Stechfliegen plagten und die Stoppeln stachen zwischen die Sandalenriemen. Ich drückte mich an den Rand des Feldes. Am Weg stand eine Holzstange mit einer Blechtafel. Ich hatte eben lesen gelernt und buchstabierte die Inschrift:
Internierte HALT!

August 1940
Hauptverlesen der polnischen Internierten. Auf der Dorfstrasse vor der Käserei. Singen der polnischen Nationalhymne, verstärkt durch die Kinder von Dürrenroth. Staš freut sich an diesen Knirpsen. Sie sind da, jeden Abend, und singen aus vollem Hals auf Polnisch mit. Seit er und

seine Kameraden den Bach gestaut – freiwillig, den Sold von 2 Franken gibt es so oder so –, seit sie ein kleines Schwimmbad gebaut haben, werden sie von den Kindern noch mehr bewundert. Die Erwachsenen begegnen ihnen mit Sympathie. Er und seine Kameraden helfen den Bauern, auch wenn es nicht ausdrücklich verordnet wird.
Hier fehlen die Männer. Sie schützen die Schweiz vor den Nazis. Auch die Pferde fehlen. Voller Wut stach er heute mit der Gabel in die Garben, schleuderte sie auf den Erntewagen, Wut über drei Nazis, die sich nicht scheuten, in Zivil nach Dürrenroth zu kommen, die Furgons, die Pferde der Polen zu zählen und nach Deutschland abzuführen.
Untergebracht sind sie alle im Dorf, die Soldaten im Schulhaus, die Offiziere privat. Staš wird als Gast behandelt. Seine Gastgeber laden ihn ein zu Kaffee, zu einem Glas Wein. Als wäre kein Krieg. Wenn der mal zu Ende ist, wird er sich revanchieren, dann müssen sie ihn besuchen kommen aufs Schloss. Seine Eltern werden sich freuen.
Abtreten. Essen fassen in der Militärküche hinter dem Bären. Nichts Apartes. Langweilig und immer dasselbe. Aber beklagt hat sich noch keiner bei Staš. Jeder weiss, dass auch für Schweizer die Nahrung rationiert ist. Zudem bekommt einer, der bei den Bauern hilft, allerlei Essbares zugesteckt.
Und jetzt hält ihm ein kleines Mädchen einen Strauss aus Feldblumen hin.
- Merci, sagt es und meint wohl das Schwimmbad.
Er küsst ihr das Händchen, geht mit den Blumen durchs Dorf zum kleinen Lokal, dem Treffpunkt für die Polen. Eine Poststube.
Mal sehen, ob für ihn ein Brief da ist.
Was? Ihr Postmeister weg? Auch zwei Offiziere? Geflohen nach Frankreich?

Heftig wird diskutiert, über die Route gerätselt. Genf wahrscheinlich. Bahnbillette geschenkt von jemandem aus dem Dorf. In der Poststube wird es eng. Staš lässt den Blumenstrauss liegen, folgt seinen Kameraden in den Gasthof Kreuz. Neu hängt dort ein Plakat:
Alkohol-Ausschank an Internierte verboten.
Wie sie sich empören wollen, stellt ihnen die Serviertochter Tassen hin, schenkt ohne mit der Wimper zu zucken aus dem Kaffeekännchen Pflaumenschnaps ein. Nach dem Trunk machen sie ihren gewohnten Abendspaziergang. Sie kommen nicht weit. Vor dem Dorf steht neu eine Tafel, polnisch beschriftet: Internowany STÓY!
Sie kränkt die Polen. Ihre Welt endet von nun an dort, wo die verhasste Tafel steht:
Internierte HALT!

Meine Begleiterinnen kommen aus der Kirche, setzen sich neben mich an die Sonne.
- Mein Vater äusserte den Wunsch, hier begraben zu sein, sagt Grażyna, und die Behörden haben es erlaubt. Vor zwei Jahren wäre es noch nicht möglich gewesen.
- War es nicht schlimm für ihn, Schloss und Park so wiederzusehen?, frage ich.
Grażyna überlegt lange.
- Nein, sagt sie, nicht schlimm. Er hat mir erzählt, wie es gewesen war. Das Einzige, was ihn störte – sie sagt es sehr leise –, war die Hässlichkeit. Der Block, mit Absicht so quer vor das Schloss gestellt.
- Wofür wurde er gebaut?
- Es war eine Landwirtschafts-Schule mit Internat. Die Sowjets haben überall solche Schulen gebaut. Wer jetzt im Haus ist, weiss ich nicht.
- Und, haben die Landwirtschafts-Schüler etwas mit den vielen Stangenbäumen im Park zu tun?

Grażyna lächelt.
- Die Bäume sind alle genau siebenundfünfzig Jahre alt. Auch die in der Allee, wo wir uns am Nachmittag begegnet sind. Das war ursprünglich ein Weg zwischen Hainbuchen, schön geschnitten, ein Spazierweg im Park.
- Warum siebenundfünfzig, sind es nicht mehr als sechzig Jahre, seit der Krieg begann?
- Die deutsche Wehrmacht im Schloss hielt auf Ordnung. Sie hatten alle Dienstboten meiner Grosseltern übernommen. Die Gärtner schnitten weiter die Bäume, rissen die Fichtenkeimlinge aus.
- Und die Russen kamen schon vierundvierzig?
- Die rückten näher und näher, ein Jahr vor Kriegsende waren sie da. Sie befreiten das Volk von der Aristokratie, von den Blutsaugern und Menschenfressern ...
Grażyna lächelt wieder, ein wehmütiges Lächeln.
- Ihr Kampf galt auch den Schlössern und Pärken, sagt sie, je eher dies alles kaputtging, desto besser.
Ich blicke hinüber in den finstern Stangenwald, wo die Landwirtschafts-Schüler vermutlich die Äste der Tannen jeweils abgehackt und für die Heizung gebraucht hatten. Die grauen Mauern dahinter, die hohen Fenster und Säulen sind kaum sichtbar. Ein verwunschenes Schloss.
- Mein Vater hat sich nie darüber beklagt, sagt Grażyna, über die Gefangenschaft nicht – er war in sowjetischen Lagern – und nicht über den Verlust von Besitz und Ansehen. Aber der Tod seiner Brüder, vor allem der Mord an Onkel Georg, der machte ihm zu schaffen.
- Der Mord in Katyn?, frage ich.
Erstaunt blickt Grażyna auf.
- Sie wissen davon?
- Ich wüsste nichts, hätte mir nicht Angelika, Colettes Schwiegermutter, davon erzählt, sage ich und hoffe, damit auch die schweigsame Colette ins Gespräch zu zie-

hen. Sie, die sonst lebhaft daran teilnimmt, hat sich abgekapselt.
- Ich denke, die sollten sich unbedingt kennen lernen, sagt Grażyna.
Jetzt schauen wir beide Grażyna an, wissen nicht, wen sie meint.
- Angelika und Tante Kasia, sagt sie, die Schwester meines Vaters.
- Wo wohnt diese Tante Kasia?, fragt Colette mit erwachender Neugier.
- In der Schweiz, in Bern, sagt Grażyna, ich dachte erst, sie hätte euch zur Jahrzeitmesse geschickt. Voriges Jahr, an der Beerdigung, kam sie noch selber ...
- In Bern?, ruft Colette und schaut mich verwundert an.
- Das wissen wir ja, Grażyna hat es schon bei der Begrüssung gesagt ...
- Aber, das ist doch einfach nicht möglich, so lang in derselben Stadt, und nichts voneinander zu wissen ...
Aus ihrer Umhängtasche zieht Grażyna eine Agenda hervor, blättert darin.
- Dählhölzliweg, sagt sie ruhig, Bern. Frau Künzler-Krukowiecki. Seit mehr als fünfzig Jahren lebt sie in der Schweiz. Sie war mit einem Schweizer verheiratet und ist seit einigen Jahren Witwe.
Colette schüttelt den Kopf.
- Ob in einer andern Stadt oder in Bern, es kommt aufs Gleiche hinaus, sage ich. Die konnten nichts voneinander wissen. Staš schrieb vielleicht nichts von der Freundin nach Polen, oder seine Briefe kamen nicht mehr an, so wie der von Angelika.
Doch Colette bleibt weiterhin stumm, beisst sich auf die Lippen, runzelt die Stirn.
- Da hab ich etwas ganz Dummes angerichtet, sagt sie halblaut zu mir.

Plötzlich schnellt sie hoch, geht zum Zaun am Pfarrgarten, bleibt dort stehen. Ich denke schon, nun sieht sie die Astern – aber nein, sie kommt zurück und wendet sich an Grażyna.

- Jerzy hat für seinen Vater nie eine Jahrzeitmesse halten lassen. Wir sind reformiert und kennen den Brauch nicht, auch sonst hat er nie über den Vater sprechen wollen, hat alles weggeschoben, was mit ihm zusammenhing. Und nun taucht die Schwester seines Vaters auf, so nah ... ich weiss nicht, wie er darauf reagiert ... aber sagen muss ich es ihm, und zwar jetzt, abends ist er weg, wenn ich nur wüsste, wo telefonieren, seufzt Colette.

- Hier, sagt Grażyna und gibt ihr das Handy, es reicht für die Schweiz, ich telefoniere oft nach New York.

Während sich Colette auf dem Parkplatz in eine Ecke verzieht, knüpfe ich noch einmal am vorausgegangenen Gespräch an.

- In Krakau habe ich ein grosses Holzkreuz gesehen, zur Erinnerung an Katyn.

- Vielleicht ist es jetzt möglich geworden, davon zu sprechen, sagt Grażyna.

- Was wussten Sie als Kind über Katyn?

Grażyna hat inzwischen den Asternteppich entdeckt, der bei tiefer stehender Sonne noch intensiver leuchtet. Beide schlendern wir zum Zaun und schauen in den Pfarrgarten, wo die rosa, lila, dunkelvioletten und weissen Blumen dicht aneinander blühen.

- Katyn, sagt Grażyna nachdenklich.

Ihr Vater habe ihr alles erzählt, sie zugleich gewarnt, in der Schule davon zu sprechen. Im Geschichtsunterricht sei Katyn nie erwähnt worden, die Sowjets seien als die ersehnten Befreier gekommen und damit basta. In den Geschichtsbüchern stehe beim Kapitel über den Kriegsbeginn nur der deutsche Überfall, keine Zeile vom russi-

schen Angriff in den Rücken Polens, nichts von den russischen Straflagern für deportierte Polen, nichts vom Mord an den polnischen Offizieren. Aber ihr Vater habe von einem, der entkommen war, vieles gehört, auch über seinen Bruder Jerzy. Onkel Jerzy sei Biologe gewesen. Als einer der gefangenen Offiziere habe er sich beim tagelangen Marsch durch die ukrainische Steppe oft gebückt, ein seltenes Pflänzchen aus dem Schnee gerissen und es, während sie von ihren Bewachern zur Eile getrieben wurden, voll Freude betrachtet. Im Gefängnis habe er sich Bleistiftstümpfe von den Kameraden ausgeliehen und diese Pflanzen in ein Heft abgezeichnet. Im April vierzig sei er dann mit den andern nach Norden abtransportiert worden. In geschlossenen Viehwagen. Dort, bei Smolensk, im menschenverlassenen Wald von Katyn, seien sie von den Sowjets ermordet worden.
- Aber das durfte ich keinem erzählen, sagt Grażyna und verstummt.

Ich klammere mich an den Zaun.
Die Russen. Habe ich sie nicht gesehen damals?
Im Hof des Pestalozzi-Schulhauses, dort, vor dem Eingangsportal, tanzen die Russen. Ganz in den Knien. Sie tanzen, sie stampfen. Dass die das aushalten, so lang, ohne die Beine zu strecken. Nach dem Tanz stellen sie sich auf die Treppe und singen, laut und tief.
Mein Vater hat die internierten Russen im Schulhaus bewachen müssen, hat ihnen täglich die heisse Suppe gebracht und «Astaroschna!» gerufen.
Die Russen verschnitzten die Pultdeckel im Klassenzimmer zu grossen Vögeln. Mein Vater brachte uns einen heim, er war fein gefiedert, breitete die Schwingen weit aus. Auf den Füssen stehen konnte er nicht, aber an der Wand entfaltete er eine exotisch farbige Pracht. Ich über-

legte – damals ging ich schon in die sechste Klasse –, woher die Malfarben stammen mochten, ob sich die Russen in den deckellosen Pulten bedient hatten, während mein Vater wegsah, seine Wachsamkeit auf die heisse Pfanne beschränkte und «Astaroschna» rief, damit sich kein Internierter an ihr verbrannte.

Nach Kriegsende luden die Russen zu einer Vorstellung ein, sangen und tanzten im Hof. Einer, der deutsch konnte, sprach für sie. Sie wollten ein gemeinsames Telegramm nach Hause senden, ein Lebenszeichen an ihre Familien in Russland, und baten um eine Kollekte. Neben mir weinten die Zuschauerinnen und warfen Fränkli in den herumgereichten Hut. Ich stellte mir die Freude einer Familie vor, wenn sie erfährt, dass der Vater noch lebt.

Vermutlich hatten sie ihre Familien nicht wiedergesehen. Die russischen Internierten aus der Schweiz seien nach der Ankunft in Russland als Deserteure behandelt und erschossen worden ... Und Grażynas Vater, der aus dem Krieg zurückkam, hätte in Polen beinah dasselbe erlebt ...

Ich frage Grażyna, warum sie nach New York ausgewandert sei.

Bereitwillig erzählt sie mir ihre Geschichte.

Ihr Vater, der vor dem Krieg als Professor für alte Sprachen habilitiert und einen Lehrauftrag an der Universität Krakau hatte, bekam nach dem Krieg keine Stelle mehr. Solang sich Grażyna erinnert, versuchte er, die Familie als freischaffender Journalist in Warschau durchzubringen. (Die Arbeit bei der Kehrichtabfuhr erwähnt sie nicht.) Er schrieb ausschliesslich für kirchliche Zeitungen, die andern hätten von ihm keinen Artikel genommen. Die viel jüngere Mutter unterrichtete an verschiedenen Schulen, und zusammen verdienten sie gerade so viel, dass sich Grażyna als Kind nie benachteiligt vorkam. Das änderte, als

sie die Matura gemacht hatte und studieren wollte. Für so eine wie sie gab es keinen Platz an der Uni. Sie war belastet von beiden Seiten. Vater und Mutter beide aus der Aristokratie, aus den Geschlechtern der Blutsauger und Menschenfresser.
Das war kurz vor der Wende gewesen. Hätte Grażyna gewartet, wäre es im Jahr darauf möglich geworden. Aber davon wusste man damals nichts. Sie musste emigrieren. Die Verwandten ihrer Mutter waren auch emigriert und lebten verstreut in der Welt. Von einer Tante in New York wurde Grażyna eingeladen. Bei ihr durfte sie wohnen, aber fürs Studium musste sie selber aufkommen.
Fünf Jahre servierte Grażyna in den Restaurants von Manhattan. Nun ist sie Assistentin an einer Universität.
- Und was haben Sie studiert?, frage ich.
- Vielleicht verstehen Sie es nicht, sagt sie mit feinem Lächeln, ich habe in New York russische Literatur studiert.
Als Schülerin in Warschau habe sie die russische Sprache gehasst, alle Schüler hätten das Fach verabscheut. Wer in der Klasse beliebt sein wollte, habe im Russisch nicht gut sein dürfen. Das sei der heimliche Widerstand der polnischen Jugend gegen die russische Bevormundung gewesen. In New York habe sie sich dann für slawische Sprachen eingeschrieben. Dabei habe sie die Schönheit der russischen Sprache entdeckt, habe die russischen Klassiker gelesen und sei begeistert gewesen.
- Von einem Land sollte man immer erst die Literatur kennen lernen, sagt Grażyna.
Mit raschen Schritten kommt Colette zurück.
- Ich hab mich umsonst geängstigt, sagt sie. Ihre Stimme klingt wieder heiter.
- Jerzy hat sich das von der Tante gelassen angehört und gesagt, schick ihr ein Programm von meinem nächsten Klavierabend ...

Colette hält sich am Zaun fest, lacht laut und herzhaft über sich selbst.
- Jetzt schaut euch diese Blumen an, ruft sie auf einmal, ist das nicht wunderschön, ein solcher Teppich!
Dann richtet sie Grüsse an die eben entdeckte Cousine Grażyna aus. Jerzy finde den Namen hübsch, er sei ihm auch vertraut, da er eben eine Sonate von der polnischen Komponistin Grażyna Bacewicz übe.
Unsere Grażyna bedauert, nichts von dieser Komponistin zu wissen, geht zum Auto und bringt eine Wasserflasche zurück.
- Leider hat es keine Restaurants in der Nähe, entschuldigt sie sich.
Wir setzen uns wieder auf die Kirchentreppe, lassen die Wasserflasche zirkulieren, wobei ich mit Vergnügen sehe, wie meine Gefährtinnen ebenfalls nach jedem Schluck absetzen müssen, etwas, das Bernhard an mir immer lächert.
- Was kann ich weiter für euch tun?, fragt Grażyna.
Sie werde nächste Woche nach New York zurückfliegen und vorher ihre Mutter in Warschau besuchen. Die habe wegen einer Operation nicht an der Jahrzeitmesse teilnehmen können. Grażyna wohne bei einer Tante in Przemyśl und dürfe ihr Auto brauchen. Damit stehe sie uns auch morgen zur Verfügung. Sie freue sich sehr über die unverhoffte Schweizer Verwandtschaft.
Nun wäre es an mir zu sagen, ich gehöre nicht dazu und fände es besser, morgen allein heimzureisen. Aber ich schweige.
- Was möchtet ihr gerne noch sehen?, fragt Grażyna.
- Irgendetwas, das mit dem Leben der Krukowieckis zusammenhängt, sagt Colette.
- Das Haus in Jarosław habt ihr gesehen, wo die Teresa drin lebt. Hat sie euch erzählt, was sie in Deutschland durchgemacht hat?

- Sie hat nichts von sich erzählt, ich habe sie auch nicht danach gefragt, sagt Colette, ich wollte Auskunft über Staš und seine Familie.
- Teresa ist für uns alle eine ganz wichtige Person. Ihr haben wir viel zu verdanken.
Sie schleppte die Krukowieckis durch, meine Grossmutter und Tante Kasia, die allein übrig blieben. Grossvater war tot, mein Vater und seine Brüder waren im Krieg, und die beiden Frauen mussten auf Befehl der deutschen Wehrmacht das Schloss verlassen. Teresa nahm sie zu sich ins Gärtnerhäuschen und sorgte für sie, obschon sie bereits zwei kleine Kinder hatte und im Schloss für die Deutschen arbeiten musste. Das Essen war knapp. Es gab zwar Rationierungskarten, aber nicht genug davon. Eine Schikane der Besatzungsmacht, oder des polnischen Beamten, der die Verteilung der Karten überwachte. Vielleicht wollte er meine Grosseltern strafen, denn all die Felder rings ums Schloss hatten ihnen gehört, sagt Grażyna und zeigt in die Runde.
Vom Hügel, auf dem die Kirche und das Pfarrhaus stehen, sehen wir die Bodenwellen, die weiten Felder, die sich darüber hinziehen, durch nichts unterbrochen, nicht von Häusern, nicht von Baumgruppen. Nah und fern steigen die weissen Räuchlein in den Abendhimmel, es riecht nach verbrannten Stauden, nach Kartoffelernte, nach den Herbstferien meiner Kindheit.
- Jenseits des Flusses San hatten die Grosseltern auch viel Land und vor allem Wald, fährt Grażyna fort, aber nun durften sie nichts mehr davon nehmen. Im Winter gab es kein Holz für die Heizung, und meine Grossmutter wurde krank. Das hielt Teresa nicht aus. Zusammen mit ihrem Mann ging sie nachts über den San, wo die Sowjets auf der andern Seite das Land besetzt hatten, und holte aus unserm Wald Holz. Sie brachten den schweren Holzkar-

ren über eine Furt durch den Fluss. Die Brücke mit den russischen und deutschen Grenzposten wäre zu gefährlich gewesen. Aber auch so wurden sie von den Nazis erwischt. Teresas Mann wurde auf der Stelle erschossen, sie selbst wurde abtransportiert zur Zwangsarbeit in Katowice.
- Warum sie und nicht der Mann?, frage ich.
- Das weiss kein Mensch, sagt Grażyna, soviel ich gehört habe, ist alles sehr willkürlich gewesen. Die arme Teresa musste Kohle schaufeln und bekam fast nichts zu essen. Aber sie hielt durch. Vor Kriegsende, als die Nazis vor den Sowjets flohen, brach Teresa aus und kam heim. Sie ging zu Fuss, von Katowice – das liegt noch westlicher als Krakau, stellt euch mal vor – bis hierher, nach Sieniów. Damals waren meine Grossmutter und Tante Kasia schon geflüchtet, und im Schloss wütete bereits die Sowjetarmee. Teresa suchte ihre Mutter und die Kinder und bezog das Haus in Jarosław. Das hatte zu unserm Familienbesitz gehört und war noch verschont geblieben. Teresa zog ein, damit niemand anderes es wegnehmen konnte, und durfte bleiben. Die Russen behandelten sie respektvoll, war sie doch eine Zwangsarbeiterin der Nazis gewesen und aus einem ihrer Gefängnisse geflohen.
Gestern habe ich Teresa wieder gesehen. Sie ist zweiundneunzig und kam zur Jahrzeitmesse. Sie hatte meinen Vater nach dem Krieg versteckt. Er verdankte ihr sein Leben. Somit verdanke auch ich es ihr, lächelt Grażyna.
Mein Blick bleibt an der Farbenpracht der Astern hängen, wahre Überlebenskünstler in diesem wilden Garten.
Auf einmal wendet sich Colette an mich.
- Wo möchtest denn du noch hin?
Ich wehre ab, bin kein Familienmitglied. Aber Colette beharrt darauf.
Erst kommt mir nichts in den Sinn und dann plötzlich vieles. Ich müsste meine Travellerschecks wechseln kön-

nen. Wir haben Jadwiga beim Abschied grosszügig entlöhnt und werden es auch bei Alicja tun. Besonders nachdem wir vernommen haben, wie niedrig ihre monatliche Rente ist. Ungefähr die Summe, die wir für eine Hotelnacht in Krakau bezahlt haben.

- Ich möchte in eine Bank, sage ich, und wenn möglich an den Fluss San und, wenn es noch drin liegt, in eine Primarschule.

Der kleine Erstklässler von heute Morgen war mir in den Sinn gekommen, wie sein Vater ihn geküsst, wie die Grossmutter ihn aufs Fahrrad gehoben und der Grossvater über ihm das Zeichen des Kreuzes gemacht hatte. Meinen grössten Wunsch, die Route zu sehen, über die Staš nach Rumänien geflohen war, erwähne ich nicht. In die Waldkarpaten hinaufzufahren würde uns wohl allzu viel Zeit kosten.

Spät abends, nachdem uns Grażyna zurückgefahren hat, und wir von Alicja mit Karpfen bewirtet worden sind, setzt sich Colette an mein Bett.

- Du wirst denken, ich mache ein Theater um Jerzy ... meine Töchter halten mir das oft vor ... nur, heute hätte es wirklich schief gehen können ... Dieses Polen, das er immer verdrängt hat, und auf einmal rückt es ihm so nah ... aber wahrscheinlich hat er gedacht, die Tante ist im selben Alter wie die Mama, da bin ich fein raus. Wenn er nur nicht am Üben gestört wird! Seine ganze Liebe gilt dem Beruf.

- Wohl nicht die ganze, stelle ich fest und freue mich an ihrem weich gebliebenen Gesicht.

- Immer ist all seine Zeit und Kraft in die Musik gegangen. Sonntag für Sonntag war ich mit den Mädchen allein. Das war schwierig.

- Es ist immer schwierig, allein mit Kindern daheim ...

- Er war da, er war zu Hause, aber er übte und durfte nicht gestört werden ...
- Wie ist es jetzt?
- Noch genau gleich. Aber ... wenn er jetzt am Sonntag nicht übt, fehlt mir etwas ...

Freitagmorgen, 7. September 2001

Morgens um neun fährt Grażyna vor. Im Auto sitzt bereits ein Passagier. Ein geblümtes Kopftuch bis tief in die Stirn, eine kleine Frau neben dem Steuer.
- Teresa kommt mit bis zur Bank in Przemyśl, sagt Grażyna, ich hoffe, sie stört euch nicht.
Beschwingt steigen wir ein. Nach der ungewissen Suche wird der letzte Tag noch ein echter Ferientag sein.
Grażyna lässt die verstopfte Strasse von Jarosław liegen, fährt über kleinere querfeldein. Den Wegrand säumen Holunderbüsche, schwarz von Beeren. Ob die keiner will? Auch die Vögel nicht? Dahinter liegen die leeren Weizenfelder von mattem Gelb, die Kartoffeläcker, auf denen die Leute in Gruppen arbeiten, sich nach den Knollen bücken. Prallvolle Säcke stehen bereit, und die Räuchlein steigen wieder weiss in den Himmel. Ich schnuppere am halb geöffneten Wagenfenster. Draussen riecht es nach Frieden.
Teresa sinkt – wie mir scheint – immer mehr auf dem Vordersitz ein, spricht kein Wort. Grażyna fährt schnell. Gestern noch konnte ich mir nicht vorstellen, wie eine Person mit diesem freundlich gemessenen Tonfall, in dem sie englisch und polnisch spricht, im hastigen Service von Manhattans Restaurants auch nur einen einzigen Dollar verdient. Sie fährt zügig; im Unterschied zu Teresas Enkel, der uns durch die Strässchen geschüttelt hat, muss sie uns aber nichts beweisen.
Vor uns liegt Przemyśl, eine sonnig heitere Stadt, eine Ferienstadt, mit unerwartet steilen Rainen. Sie stehe auf sieben Hügeln wie Rom, sagt Grażyna, sei mehr als tausendjährig. Älter als Bern, denke ich und betrachte Erker, Balkone und Häuser, an denen die Kriegsjahre mit den Besatzungsmächten von West und Ost offenbar spur-

los vorübergegangen waren. Oder dann ist alles längst wieder aufgebaut.

Überlegen führt uns Grażyna durch Einbahnstrassen, durch schmale Gässchen direkt auf den Platz vor der Bank. In der Schalterhalle ist ein grosses Gedränge. Die Stühle sind alle besetzt von Leuten mit Krücken. Die vielen Greise und Greisinnen, die keinen Sitzplatz gefunden haben, versuchen, sich irgendwo anzulehnen. Hat die Leitung eines Altersheims einen Ausflug in diese Bank geplant?

Grażyna sorgt sich um Teresa, führt sie zu den Stühlen, wo etwas zusammengerückt wird und die magere Frau ein Plätzchen findet. Heute trägt Teresa nicht das beige Kostüm, dessen Herkunft wie die des Matterhorns an ihrer Wand ich langsam zu ahnen beginne. Sie ist bäurisch gekleidet, Kopftuch und grau verwaschener Rock, und fällt hier nicht auf. Dafür fallen wir auf, scheinen die einzigen Fremden zu sein. Grażyna versucht, uns ausser der Reihe an einen der Schalter zu bringen.

Sie wird angeschrien, nicht von den Alten in der Warteschlange, aber von der jungen Beamtin hinter der Scheibe, barsch und laut zurückgewiesen. Mir gefällt das. Kein Kniefall vor harter Währung.

Grażyna entschuldigt sich bei uns wegen der langen Wartezeit. Sie habe nicht gedacht, dass, ausser Teresa, noch so viele am Leben seien. Dann macht sie uns aufmerksam auf die grossen Plakate an der Wand, übersetzt deren Wortlaut. Es geht um die polnischen Zwangsarbeiter während des Zweiten Weltkriegs in Deutschland, jetzt achtzig- und neunzigjährig. Sie sind aufgerufen worden, sich auszuweisen, und heute, am 7. September 2001, zahlt die Deutsche Bundesrepublik ihnen hier in Przemyśl eine Entschädigung aus.

- Es ist wenig, sagt Grażyna, fünfhundert DM, aber Teresa bedeutet es viel.

Wir stehen zwischen den Schaltern, können nicht mehr zurück und schauen den Wartenden entgegen, all den geröteten Augen, den Zitterhänden und verkrüppelten Armen, den schrägen Hüften, den Gehhilfen, Krücken und Stöcken. Es warten mehr Männer als Frauen. Aber Frauen leben laut Statistiken länger, war ihr Anteil bei der Zwangsarbeit wirklich kleiner gewesen? Man müsste Teresa fragen ... Jetzt ist ein kurzer, noch rüstiger Mann an der Reihe. Sein Gesicht leuchtet. Wie aus Christkindleins Händen nimmt er das Geld entgegen, das ihm die Beamtin durch den Schalter reicht, zählt nichts und stopft die Scheine erstaunt um sich blickend in den Geldbeutel.
Teresa wird dank Handy-Gesprächen von ihrem Enkel abgeholt. Wie er sich von uns verabschiedet, mit Bückling für uns und Handkuss für Grażyna, schaut mich Colette an.
- Hast du gesehen, sagt sie, er küsst nur jungen Frauen die Hand.
Ich habe es gestern schon bemerkt, aber anders gedeutet. Der Junge weiss, woher wir kommen, kennt den Westen, ist von den Französinnen vielleicht ausgelacht worden wegen seiner altmodischen Umgangsform. Sein Handkuss kann aber auch ein Tribut an Grażynas Herkunft sein. Gestern Abend, nachdem sie uns zu Alicja zurückgebracht hatte, wurde deutlich, wer wen bewundert. Alicja lud sie sogleich zu den gebackenen Karpfen ein und bekam ganz rote Bäcklein, wenn Grażyna mit ihr sprach.
Beim Wegfahren ist es an mir, mich zu entschuldigen. Wegen meines Geldwechsels haben wir viel Zeit verloren. Ich schlage vor, meinen zweiten Wunsch, den San, zu streichen.
- Da sind wir ja schon, sagt Grażyna und parkiert am Quai. Das soll der San sein, denke ich, zeige aber nichts von meiner Enttäuschung.

Während Colette mit Grażynas Hilfe in den Läden ein Mitbringsel für Jerzy sucht, gehe ich zur Brücke, die über den Fluss zum andern Stadtteil führt.
Der San ist keine Rhone, kein Rhein. Er hat nichts Majestätisches an sich. Fliesst hier durch die Stadt an Birken und Pappeln, an Strassen mit Müttern und Kinderwagen vorüber. Fliesst freundlich und träge als kleiner Fluss, dessen Name ich sogleich vergessen würde, hätte er nicht Weltgeschichte gemacht.
Auch andere Flüsse waren dazu missbraucht worden. Wie oft habe ich als Kind von Oder und Neisse gehört und mir nichts darunter vorstellen können. Die Namen mahnten an Nürnberg mit den Galgen, klangen auch irgendwie nach Bestrafung. Oder und Neisse – Deutschlands von den Alliierten diktierte neue Ostgrenze – entpuppten sich für mich erst später als Flüsse. Nach dem Krieg nahmen wir in Geografie unsern nördlichen Nachbarn nicht durch. Auf dem provisorischen Atlas, der uns ausgeteilt wurde, lag nördlich der Schweiz ein weisser Fleck. Die neuen Grenzen waren noch unbekannt. Ostdeutschland und Polen verschwanden hinter dem Eisernen Vorhang, von ihren Flüssen zu sprechen lohnte sich nicht. Statt ihrer mussten wir die Flüsse Afrikas lernen ... wobei ein Kongo mit unheimlich mehr Gewalt daherströmt als dieses Wässerchen hier, dieser San, der einst fast unbemerkt mitten durch Polen geflossen und plötzlich, im Herbst neununddreissig, zum Grenzfluss gemacht worden war.
Hier also standen die deutschen Grenzposten, jenseits der Brücke die Russen. Die Stadt geteilt. Eltern, Kinder, Grosseltern durften sich nicht mehr besuchen. Przemyśl, eine dieser vielen geteilten Städte, die es auch später geben sollte, Berlin, Sarajevo, Mostar, nichts gelernt im Zweiten Weltkrieg, immer wieder die Grenzen, Todesstrafe beim heimlichen Übergang. Wie für Teresas Mann.

Heute liegt die Grenze zur Ukraine nicht weit von hier. Auf der Strasse fahren viele Autos mit ukrainischen Schildern. Die Ukrainer kämen zum Einkaufen her, hat Grażyna erklärt.
Ich sehe die beiden, in Ferienlaune schlendern sie unter den Bäumen her. Colette winkt mir mit einer Flasche. Wahrscheinlich ein polnischer Schnaps. Ich bereue, für Bernhard nicht ebenfalls einen gekauft zu haben.
- Und jetzt, sagt Grażyna, jetzt fahren wir in die Karpaten. Ich glaube mich verhört zu haben, Mittag ist längst vorüber, und die Karpaten haben wir vor der Stadt weit weg als blaue Hügelketten gesehen.
- Grażyna hat eine Überraschung bereit, sagt Colette, sie führt uns zum einstigen Sommerpalais der Krukowieckis. Unterwegs erzählt Grażyna, die Idee habe sie gestern nicht von ihrer Mutter, sondern von Teresa erhalten. Teresa habe das Palais natürlich gut gekannt. Im Sommer sei sie mit den jüngeren Kindern, mit Tante Kasia und Onkel Staš, oft dort gewesen. Das Gebäude sei, wie viele andere, von den Sowjets – Grażyna sagt immer Sowjets und Nazis, nie Russen und Deutsche – total zerstört worden. Aber vor ein paar Jahren sei das Palais in seiner ursprünglichen Form wieder aufgebaut worden und diene nun als Kinderheim. Grażyna selbst sei mit ihrem Vater nie dort gewesen, sie freue sich auf die Gelegenheit.
Sie und Colette unterhalten sich auf den Vordersitzen, als seien sie längst miteinander vertraut.
Ich – eifersüchtig? Ach, wo! –, ich betrachte die Landschaft. Die lang gezogenen Bodenwellen werden hier kurz und steil. Wir fahren durch Laubwälder hoch. Noch ist kein Blatt verfärbt, aber die Sonne hat ihre Glut verloren. Im milden Glanz laden einsame Weiden zum Wandern ein. Grażyna erzählt von ihres Vaters Erinnerungen an Ferien im Sommerhaus.

Ich schweife ab, erinnere mich an meine Sommerferien als Schülerin, besonders an die in der dritten Klasse.
Wie viele andere Familien hatten wir ein Franzosenkind aufgenommen. Die Kleine war mit einem Rotkreuztransport in die Schweiz gekommen, hatte ein Täfelchen mit Namen und Nummer um den Hals gehängt. Sie trug ein Samtkleid mit Spitzenkragen und weisse Söckchen, ein Unterhöschen mit Volants, hatte aber nichts zum Wechseln dabei. Meine Mutter, wir Kinder und die kleine Französin machten Ferien bei einer Bekannten am Thunersee. Der Vater war im Dienst. Unsere Gastgeberin hatte ausser uns noch einen Schweizer Offizier einquartiert. Im Bad hing der Duft seines Rasierwassers. Mein Vater war kein Offizier, nicht einmal echter Soldat. Er war im Hilfsdienst. Als er zum ersten Mal aus dem HD heimgekommen war, hatte meine Mutter seine Uniform in die Badewanne geworfen. Das Wasser war schwarz geworden. Über Sonntag hing die grüne Uniform am Ofen und wurde abends, noch ein wenig feucht, wieder angezogen. Wir hatten Mitleid mit dem armen Vater. Während wir in den Ferien waren, tat er Dienst im Spital Interlaken. Putzte. Staunend hörten wir zu, wie er dort einen Teppich im Korridor aufgerollt und alten Schmutz hervorgewischt habe, er, der zu Hause nie einen Besen, nie ein Werkzeug – ausser dem Zapfenzieher – in die Hand genommen hätte. Er erzählte lachend davon, aber als Neunjährige schämte ich mich für ihn. In der Schule wurden wir getrimmt auf Tell und Held und ‹Heil dir, Helvetia, hast noch der Söhne ja … nie vor Gefahren bleich, froh noch im Todesstreich›. Leider gehörte ich nicht zu Helvetiens Söhnen, bekäme kein Gewehr in die Hand …, aber wenigstens mein Vater hätte doch schiessen sollen statt putzen …
Im gleichen Sommer musste Staš, der Onkel unserer jungen Chauffeuse, bereits auf dem Bauernhof im Twären ge-

arbeitet haben. Das Trub war als Réduit-Gelände für den Generalstab fallen gelassen worden, und die polnischen Internierten wurden der männerarmen Landwirtschaft zugeteilt.

Juli 1942
Blau, schwarz, Himmel und Wald. Grün die steilen Hänge. Weiss die Alpen. Staš würde sie bewundern, wäre da nicht der Schmerz. Die Mutter, die Schwester im toten Polen, die Brüder im Krieg. Er im dritten Sommer fort von daheim. Ausrangiert. Zu nichts mehr nutz als hier Heu zu rechen. Wenigstens ist das Bein wieder ganz. Wochenlang im Spital Wiesendangen, das Bein aufgehängt, Gewicht dran, erste Gehversuche im Gips, Langeweile. Verlegung ins Offizierslager Weier, wo die älteren Aristokraten sich vom ‹Putz› den Tee ins Bett bringen lassen. Lächerlich, das Festhalten am Lebensstil, weltfremd die Diskussionen.
Er hielt es nicht aus, meldete sich im Frühling zum Arbeitsdienst in der Landwirtschaft. Stand mit andern in Langnau wie auf dem Sklavenmarkt in Amerika. Die Bauern kamen, schauten die Polen an und lasen einen Knecht aus. Sein Meister ist dienstuntauglich. Herzschwäche. Aber er arbeitet mit, lädt das Heu auf den Wagen, an dem das Pferd fehlt.
Ist nicht bös, der Bauer, nur sagt er nie was. Die Frau auch nicht. Als er sie begrüsste, wie er es gelernt hatte, zog sie die Hand angewidert zurück und brummelte etwas. Nirgends hängt ein Kruzifix an der Wand, niemand geht in die Kirche. Die ist weit weg, sehr weit. Die Kinder sind lieb, sagen ihm Staschi.
Ein Mädchen aus der Stadt ist hier im Landdienst. Die Susi. Beim Essen schiesst sie ihm feurige Blicke über den Tisch. Abends streicht sie wie eine Katze an ihm vorbei,

wenn er hinauf in den Gaden geht. Dort sind sie untergebracht. Susi in der einen Kammer, er und Köbi in der andern.
Drüben steht sie, geht ungeschickt mit dem Rechen um. Jetzt zieht sie gar noch die Bluse aus. Er muss hinschauen, so weisse Schultern ... Die Susi schleppt den Rechen hinter sich her. Heiss, sagt sie zu ihm und lacht. Fällt über den Rechenstiel, stürzt zu Boden, rollt. Rollt abwärts. Er springt zu Hilfe. Sie umklammert ihn, kollert mit ihm in den Abgrund. Er oben, sie unten, er unten, sie oben, schnell und schneller. Erst am Waldrand macht die Lawine Halt.
Trotz Schwindel befreit sich Staš, steigt hastig den Hang hinauf. Nein, meine Schöne, für dich geh ich nicht ins Straflager Wauwilermoos. Dort sitzen zwei meiner Freunde. Aber aus ehrenhaftem Grund. Auf der Flucht erwischt. Der Bauer hat zugeschaut. Sagt nichts. Doch am Abend muss die Susi mit ihrem Köfferchen aus dem Gaden hinunterziehen. Ins Zimmer der zwei kleineren Kinder.

- Grażyna, wage ich mich einzumischen, Grażyna, wissen Sie zufällig, wo Ihr Vater im Sommer zweiundvierzig gewesen ist?
- Im Iran, im damaligen Persien, sagt sie, in einem Ausbildungslager der englischen Armee.
Grażyna weiss Bescheid. Ihr Vater, der über sechzig war, als sie zur Welt kam, habe ihr wie ein Grossvater aus seinem Leben berichtet. Und sie habe das sehr gemocht, umso mehr, als es ein Geheimnis zwischen ihm und ihr gewesen sei; in der Schule habe sie davon nichts verraten dürfen. Vom Gefangenenlager in Sibirien habe er kaum erzählt, aber viel von der Reise nach Nordafrika. 1941 seien die polnischen Gefangenen von den Sowjets freigelassen worden – zum Kampf gegen die Nazis – und hätten sich

unter General Anders in Usbekistan gesammelt. Von dort seien sie zu den Engländern nach Persien und mit ihnen bis Ägypten an die Front in Nordafrika vorgestossen.
Ich bin beeindruckt.
- Dagegen ist ja die Reise Ihres jüngsten Onkels ein Katzensprung, sage ich.
- Davon wisst ihr bestimmt mehr als ich, sagt sie.
Da ich sie Colette schon erzählt habe, sage ich nichts von Staš' Flucht über Rumänien und den Balkan nach Italien – das noch nicht in den Krieg eingetreten war – und weiter nach Frankreich an die Front gegen die Hitler-Armee. Wobei mir der Grenzübergang nach Rumänien noch immer ein Rätsel ist.
Grażyna hält an. Bisher ist sie ohne Unterbrechung gefahren, aber an dieser Abzweigung scheint sie unsicher geworden zu sein. Übers Handy erkundigt sie sich nach dem Weg. Wer sie wohl über die Richtung in dieser menschenleeren Gegend berät? Auf jeden Fall dauert es lang. Colette und ich steigen aus, machen ein paar Schritte zur grossen Eiche und schauen hinunter ins Land.
Eine Welle hinter der andern, bis zum Horizont, ein ruhiges gelbbraunes Meer. Abgeerntete Felder, von Adern aus grünen Hecken durchzogen, und in Talmulden vereinzelt die dunklen Flecken mächtiger Baumkronen.
- Eine fruchtbare Gegend, sagt Colette, hast du gesehen, die bringen noch alles mit Pferden ein.
- Und bei uns rattert auf jedem Feld eine riesige Erntemaschine ...
Nach kurzer Weiterfahrt durch den Eichenwald stossen wir überraschend an einen kleinen See.
Am jenseitigen Ufer steht ein Schloss, das sich im Wasser spiegelt.
Auf dem Weg wartet ein älterer Herr, offensichtlich auf uns. Während er Grażyna mit Handkuss und weichem

polnischem Wortschwall begrüsst, betrachte ich das Palais. Einstöckig, mit Terrasse und beidseitigem Aufgang, heller Stein, in der Abendsonne wie mattes Gold. Auf dem Dach zähle ich zwölf ebenso helle Kamine und – sehe ich recht? – dazwischen liegen, diskret angebracht, Sonnenkollektoren. Das Schloss wird überragt von grossen Buchen mit stellenweise schon rötlichen Blättern.
Auf einmal purzeln Kinder über Terrasse und Treppen hinunter. Gefolgt von einem laut bellenden Hündchen ergiesst sich die Schar auf die Wiese am See, spielt Ball und lacht und ruft, ohne sich um uns zu kümmern, die wir von diesem Herrn – dem Heimleiter – empfangen werden. Eben erhalte auch ich einen Handkuss und ein freundliches Lächeln, der Herr spricht kein Englisch.
Colette steht abseits und fotografiert. Da wird sie Jerzy etwas Schönes heimbringen können. Nichts stört die Harmonie zwischen Bau und Natur.

- Sie müssen sich anschauen, wie das Schloss vor ein paar Jahren ausgesehen hat, sagt der Heimleiter beim Nachtessen und bringt uns die Fotos.
Wir essen nicht im selben Saal wie die Kinder. Auf dem weiss gedeckten Tisch steht ein Blumenstrauss. Die Frau des Heimleiters hat aufgetragen, Kugeln aus Kartoffelstock, Schweinsplätzchen und wieder diesen herrlichen Salat aus geraffelten Gurken, jungem Kabis und Karotten. Wir greifen zu und lassen die Fotos zirkulieren. Das Schloss darauf wie zerbombt, die Terrasse halb abgerissen, die Treppen weg, die Kamine zerschlagen, die Mauern zerlöchert.
Viele Palais seien heute Ruinen, sagt der Heimleiter, von Grażyna fliessend ins Englische übersetzt. Sie braucht nicht nach Worten zu suchen wie Jadwiga, die manchmal verzweifelt um den deutschen Begriff rang.

- Bis nach dem Krieg waren sie in gutem Zustand. Erst die Sowjets zerstörten dann die Symbole des Grossbürgertums. Dieses hier diente als Zielscheibe für militärische Übungen.
Da sich Colette für die Geschichte des Wiederaufbaus interessiert, beginnt er zu erzählen.
Es sei die Idee seiner Frau gewesen, sagt er und nickt ihr über den Tisch zu. Sie beide seien pensioniert – die Söhne in guten Stellungen, die Grosskinder gesund – und hätten gern noch etwas für verwahrloste Kinder getan, aber nicht gewusst, wie beginnen. Da habe seine Frau an die zerstörten Schlösschen gedacht, die sich als Heim für Kinder eignen würden. Auf seine Bitte habe ihm der Staat dieses hier geschenkt. Ich schaue Grażyna an – es ist ihr Sommerpalais, und der Staat verschenkt, was eigentlich ihr gehörte –, aber sie lässt sich nichts anmerken.
Er sei von Beruf Ingenieur, fährt der Heimleiter weiter, und habe das Palais nach den ursprünglichen Bauplänen, die in einem Warschauer Büro den Krieg und die kommunistische Zeit überdauert hätten, restauriert. Die Bauarbeiten seien allesamt von kirchlichen Jugendgruppen in ihren Ferien ausgeführt worden.
- Es sieht heute genau wie früher aus, sagt er, steht auf und verbeugt sich leicht vor Grażyna. Also weiss er, mit wem er spricht, denke ich.
Bei der anschliessenden Führung bis unters Dach in die Zimmer der Kinder, wo sie je nach Alter zu zweit, viert oder sechst schlafen, sind Colette und ich völlig überrascht; in den Räumen steht nur das Nötigste, doch alles hat Qualität, passt ins Schloss. Kein billiges Möbel, keine hässlichen Poster, wohl aber Blumensträusse aus Astern und Goldruten.
- Verwahrloste Kinder brauchen Schönheit, sagt der Heimleiter.

- Verwahrlosung hier? In dieser friedlichen Gegend? Wieder ist es Colette, die fragt.
Und der Heimleiter erzählt von den Kleinbauern – was mir als riesige Felder vorkam, sind in Wirklichkeit viele kleine, zu klein, um davon zu leben –, die Leute seien auf Nebenverdienst in der Industrie angewiesen, aber da stehe es schlecht, viele Männer seien arbeitslos, würden zu Säufern. Hatten uns nicht gestern im grösseren Schloss unten diese grölenden Stimmen erschreckt?
- Zum Palais gehören Felder, wo die Kinder nach der Schule arbeiten. Wir brauchen weder Kartoffeln, Mehl noch Gemüse einzukaufen, auch Fische und Geflügel haben wir selbst, sagt der Heimleiter mit Stolz.
Dann betont er noch einmal, wie nötig für die gute Entwicklung der Kinder diese Umgebung von Schönheit und Harmonie sei.

Vor über sechzig Jahren war es Staš gewesen, der hier unter Teresas Obhut die Sommer seiner Kindheit in Schönheit und Harmonie verbracht hatte, aber wahrscheinlich ohne Garben zu binden und Kartoffeln zu graben. Das tat er dann erst in der Schweiz.

Freitagabend, 7. September 2001

Es dunkelt, Grażyna fährt los. Beschämt richte ich mich auf dem Rücksitz ein.
Ich sass mit dem Heimleiter über alte Landkarten von Polen und Rumänien gebeugt – endlich bekam ich Antwort auf meine Frage zur Vorkriegsgrenze –, als Grażyna plötzlich zu übersetzen aufhörte und leise an den Aufbruch mahnte, die Schüler würden schon lange warten.
Welche Schüler?
Grażyna hat sich meine Wünsche von gestern alle gemerkt, hat uns zu Besuchen im Sommerpalais und im Schulhaus von Siennów angemeldet. Ihr Tagesplan ist meinetwegen durcheinander geraten. Erst der Zeitverlust beim Geldwechsel und nun das Gespräch mit dem Heimleiter. Ich hatte ihn gefragt, ob er hier aus der Gegend stamme.
Er ist Pole, wuchs aber in Rumänien auf. Da er meinen Jahrgang hat, fragte ich weiter nach seinen Erlebnissen während der Kriegsjahre.
Der Heimleiter wuchs in der Nähe von Tschernowitz, Cernovcy, auf, das vor dem Zweiten Weltkrieg zu Rumänien gehört hatte. Die Länder Polen und Rumänien waren damals Nachbarn gewesen.
- Haben Sie im September neununddreissig polnische Soldaten gesehen, die über die Grenze kamen?, fragte ich.
Er erinnerte sich daran.
- Die Polen wurden von den Russen nach Westen zurückgetrieben. Polnische Kavallerie, Fuhrwerke und Autos verstopften die Brücken am Prut. Soldaten schwammen über den Fluss, viele waren verletzt, mein Vater spannte die Pferde an und führte die Verwundeten ins Spital von Cernowitz. Die Sowjet-Armee rückte immer weiter vor. Den Polen blieb nur noch der Übergang über den Cheremosh,

ein kleiner Nebenfluss, die Vorkriegsgrenze zwischen Polen und Rumänien. Es gab eine einzige Brücke beim Städtchen Kuty. Ich erinnere mich an das kleine Haus der Grenzpolizei am Brückenkopf, an die vielen weggeworfenen Gewehre im fast ausgetrockneten Fluss. Die Polen hatten ihre Waffen beim Grenzübertritt abgeben müssen. Am Abend des 17. Septembers wurde die Brücke geschlossen. Wir vernahmen, die Sowjet Armee habe Polen bis zum San besetzt.

Grażyna fährt schnell, trotz Dunkelheit und schmaler Strasse. Sie folgt dem Auto des Heimleiters, der uns hinunter nach Siennów führt.
Vielleicht benutzte Staš denselben Weg, kam vom Schloss Siennów hier herauf bei seiner Flucht ... Hat Teresa nicht erzählt, er sei zum Sommerpalais und von dort in die Berge geritten?

16. September 1939
Auf den Kuppen bleiben! Das geht in Friedenszeiten, Vater, das geht auf der Jagd. Aber jetzt ist Krieg! Staš duckt sich unter den Ästen, steigt vom Pferd. Kein Wald auf den Kuppen, nur offene Weiden ohne Schutz für einen fliehenden Reiter. Er trocknet sein Pferd, legt sich unter die Tanne. Die deutschen Bomber erschüttern selbst hier den Boden.
Erst im Finstern reitet er los – oben bleiben – aber wo ist Osten? Die Sterne scheinen ihm nicht.
Ein dunkler Fleck, eine Kirche, ein Holzkreuz. Hunde bellen. Nur ja nicht ins Dorf. Die hiesigen Bergler mögen die Polen nicht.
Hunger und Durst. Wasser für sich und das Pferd. Hinunter zum Bach und wieder hinauf. Vorsicht, die Hufe rutschen, hier ist blanker Fels.

Wieder ist er gezwungen zu warten aufs Morgenlicht. Von dort, von Osten, hetzt ein Reiter heran. Ein polnischer Offizier.
- Die Russen kommen!
- *Cholera!*

Vor den alten Landkarten war der Heimleiter ins Erzählen gekommen, über seine Familie, die seit fünf Generationen bei Tschernowitz ansässig gewesen war und auf einmal den Hass der Einheimischen zu spüren bekam.
Die Eiserne Garde, eine faschistische Partei, war im damaligen Rumänien erstarkt und begann – wie Hitler –, von Blut und Boden zu sprechen und alles Fremde zu hassen.
Die aus Polen geflüchteten Soldaten wurden in Lager interniert und unfreundlich behandelt. Manche entwischten, kamen zu seinem Vater und baten um Hilfe. Er und andere Leute aus der Polengemeinde halfen mit Zivilkleidern und Bahnbilletten nach Bukarest.
Gerne hätte ich noch gewusst, wie der Heimleiter selber nach Polen gekommen war. Offenbar mausarm und unbelastet von früherem Besitz. Hat er doch unter den Kommunisten studieren dürfen und es zum Ingenieur gebracht. Das kommt ihm beim Restaurieren von alten Schlösschen zugut, auf deren Dach er modernste Sonnenkollektoren anbringt.
- Grażyna, frage ich die verstummte Lady am Steuer, wie ist das für Sie, wenn der Staat das Palais Ihrer Grosseltern verschenkt?
Grażyna antwortet lange nicht. Dann sagt sie sehr leise, man hätte es lieber selbst verschenkt.
- Und die Bilder, die Gemälde?, fragt Colette, jetzt müsste es doch möglich sein, sie aus Deutschland zurückzubekommen.

- Es ist schwierig, sagt Grażyna, man hat keine Anhaltspunkte, wo sie hinkamen. Die Spuren sind längst verwischt.

Das Dorf Siennów liegt in einer der Mulden zwischen den Bodenwellen. Von oben herab sah ich nichts davon. Auch jetzt sind nur die Umrisse der Holzhäuser und Bäume zu sehen. Und die weissen Gänse im Dunkeln.
Grażyna biegt ab, fährt ihrem Lotsen nach, den mit Bäumen gesäumten Rain zum Schulhaus hinauf. Und da stehen sie, zur Begrüssung bereit, Lehrerinnen und Schüler. Die Kinder singen ein Lied, tanzen uns eine Runde vor. Dann werden sie schleunigst entlassen. Es ist bereits Nacht.
Vor dem Schulhaus steht ein fabrikneuer Container für Glas-Recycling. Die Direktorin, jünger als der Kollege und die Kolleginnen, weist mit Stolz auf das Ungetüm. Aufrecht steht sie vor uns, kurzer Haarschnitt, Jackenkleid und im Ausschnitt das Kreuzchen. Forsch hält sie eine Rede über Erziehung zum Umweltbewusstsein. Die Schüler müssten lernen, richtig mit Abfall umzugehen, leere Bierflaschen würden hier immer noch in den Graben geschmissen. Jede Klasse habe ihr Bäumchen gepflanzt – sie zeigt uns die sechs Tännchen, vom kleinen der Erstklässler bis zum sechsten von der Grösse eines Weihnachtsbaumes – und pflege es selber.
Grażynas Übersetzung dauert ihr zu lang. Bevor wir den letzten Satz erhascht haben, fährt sie weiter und führt uns ins Haus. Sie hätten eben vom Staat einen Preis für die sauberste Schulhaus-Toilette erhalten. Sie spricht und spricht, deutet auf die Holzschnitzereien im Gang, erklärt, wer sie wann gemacht hat, während die Kolleginnen stumm dabeistehen. Im elektrischen Licht wirken ihre Gesichter müde. Noch müder das eine unter dem auf-

geblondeten Haar. Der Kollege, der uns bei der Begrüssung die Hand geküsst hat, schaut uns nicht an.

Den Schulbesuch habe ich mir etwas anders vorgestellt. Doch an ein Kneifen ist nicht zu denken, Grażyna übersetzt gewissenhaft. Die Direktorin führt uns vor den polnischen Adler auf einem Gestell, an dem ein Band mit Jahrzahlen und Namen hängt. Die Dorfschule sei 1845 gegründet worden, sagt sie, und die Namen ihrer Vorgänger seien auf diesem Band vermerkt.

- Hier ist er zur Schule gegangen, flüstert mir Colette zu.

Stimmt, Teresa hatte davon erzählt, wie sie den Kleinen vom Schloss zum Dorfschulhaus und zurück gebracht habe. Das muss 1926 gewesen sein.

Während sich die Gruppe entfernt, bleibe ich stehen, betrachte das Band genauer, die Jahrzahlen und die Amtszeit der jeweiligen Vorsteher. Neununddreissig begann hier ein neuer.

Unsere Direktorin hat mein Verweilen bemerkt, kommt zurück.

- Haben Sie eine Frage?

- Ja, sage ich, lebt der Herr noch, der während des Krieges Direktor war?

- Ich weiss nicht, sagt sie, er hat ein Tagebuch über die Kriegsjahre geschrieben.

- Haben Sie es gelesen?

- Ich bin noch nicht dazu gekommen, es liegt aber hier in einem Schrank.

- Dürfte man es anschauen?

Sie stutzt. Ihr Vortrag, den sie wahrscheinlich nicht zum ersten Mal hält, ist gestört worden, nun scheint sie aus dem Konzept geraten zu sein.

- Hast du nichts dagegen, wenn ich um das Heft bitte?, frage ich Colette.

- Mach nur, sagt sie, das Ganze war deine Idee.

Ich spreche mit Grażyna, bitte sie zu übersetzen, wie sehr mich dieses Tagebuch interessieren würde, mehr als das Schulhaus. Grażyna zögert, findet es bestimmt unhöflich der Direktorin gegenüber, die mit ihren Kolleginnen und dem Kollegen den ganzen Nachmittag auf uns gewartet hat und jetzt in ihrer Rede unterbrochen worden ist. Endlich tut sie es doch, spricht in freundlich versöhnlichem Ton wie eine Mutter auf ein verstörtes Kind ein. Die Direktorin lenkt ein, gibt rasch ein paar Anweisungen. Die Lehrerinnen verschwinden in einem Zimmer am Ende des Korridors. Sie selbst nestelt an ihrem Schlüsselbund, öffnet einen Schrank, greift hinein und hält uns ein gewöhnliches Schulheft hin. Das Tagebuch. Auf dem Umschlag steht, was wir auch ohne Grażynas Übersetzung verstanden hätten: ‹Schuljahr 1939/1940›.
Im Lehrerzimmer am Ende des Korridors duftet es nach Kaffee. Was mir sogleich auffällt, ist das Matterhorn an der Wand. Wie auf dem Poster bei Teresa, nur viel grösser hier.
Wir werden an den ovalen Tisch gebeten, die Lehrerinnen schneiden selbst gebackene Kuchen auf und bedienen uns. So war das gedacht. Eine echte Party nach dem Schulbesuch. Ich habe ihn abgekürzt und – ja, ich weiss, ich bin ihnen eine Erklärung schuldig. Von Staš darf ich nichts erzählen, ihn und sein Schicksal muss ich Colette und Grażyna überlassen, wenn sie ihn überhaupt erwähnen wollen. Wie die Lehrerschaft den jahrelang verpönten Adelsfamilien gegenüber eingestellt ist, weiss ich nicht, vielleicht jetzt weniger abweisend als die Nachbarsfrauen unserer Alicja. Immerhin habe die Schuldirektorin vorgestern an der Jahrzeitmesse für Grażynas Vater teilgenommen.
Ich erzähle vom Sommer vierzig, als bei uns die zweite polnische Schützendivision unter General Prugar über die

Grenze gekommen und in der Schweiz interniert worden war.

Grażyna sitzt an meiner Seite, gibt meine Worte sorgfältig weiter. Die vier Frauen und der Mann, die hier unterrichten, hören ihr gespannt zu. Ihre Gesichter haben sich verändert. Die Müdigkeit, die höflich versteckte Teilnahmslosigkeit ist verflogen. Sie schauen uns interessiert an.

Ich frage, ob sie vielleicht einen Vater oder Grossvater unter diesen Internierten gehabt hätten.

Sie denken nach, sprechen leise miteinander. Nein, niemand kann sich erinnern.

Ob sie überhaupt davon wüssten, von der ersten und zweiten polnischen Schützendivision, die in Frankreich neu ausgerüstet und in den Kampf gegen die Deutschen eingesetzt worden war?

Nein, niemand unter diesen Lehrerpersönlichkeiten weiss etwas davon. Auch nichts von der polnischen Einheit, die später unter General Anders mit den Engländern in Nordafrika, Sizilien und Italien gegen die Deutschen gekämpft hatte.

- Vielleicht steht da etwas drin, sage ich und deute auf das Heft, das die Direktorin vor sich auf den Tisch gelegt hat.

Sie schlägt es auf, beginnt vorzulesen. Grażyna übersetzt beinah simultan.

«Schuljahr 1939/1940, 1. September, Ausbruch des Krieges.»

Der Heimleiter und ich werfen uns einen Blick zu. Wir waren Kinder, er in Rumänien, ich in der Schweiz, wir erinnern uns beide an den Tag, die andern hier um den Tisch sind alle zu jung.

«Am ersten September hat die deutsche Armee, ohne den Krieg zu erklären, die polnische Grenze überschritten und unsere Grenzposten liquidiert. Die Flugzeuge flogen früh am Tag schon bis weit ins Land und begannen, die grösseren Städte zu bombardieren. Im Angesicht dieser Situation hat die polnische Regierung den Deutschen den Krieg erklärt. Aber die Mobilisation unserer Truppen blieb ohne Erfolg, da die Deutschen schon intensiv alle Strassen und Bahnlinien bombardiert hatten. Bevor sie erschienen, wurden die Geschäfte von hiesigen Leuten geplündert, doch schon rückten die Deutschen an, raubten die Geschäfte vollständig aus, zwangen die Bauern, ihre Getreide- und Kartoffelernte abzugeben, und erklärten, das sei die Kriegsbeute. Am 17. September marschierten die Sowjets ins Dorf, als Befreier des Brudervolkes.»

An dieser Stelle lachen die Lehrerinnen am Tisch hämisch auf.

Das Tagebuch hat recht gemächlich begonnen, wie das Geschichtsbuch eines Historikers, der in seinem Büro am Schreibtisch eine längst vergangene Zeit beschreibt.

Auf Bitten von uns allen liest die Vorsteherin weiter. Wir hören vom Rückzug der Russen, von der ausgehandelten Demarkationslinie dem San entlang und von der Installierung der deutschen Besatzungsmacht. Aber bald wird das Heft privat, wirft Schlaglichter auf das Leben des Schulleiters hier im Dorf.

«Bei Schulanfang wurde mir gesagt, ich müsse mich in Przeworsk melden. Dort wurde ich verhaftet und ins Gefängnis nach Rzeszów gebracht. Drei Wochen haben sie mich dort gehalten. Dann war ich sechs Wochen krank. Es gab eine lange Zeit keinen Unterricht. Die alten Schulbücher wurden verboten. Geografie und Geschichte wurden verboten. Es gibt kein neues Unterrichtsmaterial. Jede Korrespondenz mit den Behörden muss in deutscher Sprache abgefasst werden. Deutsch wird Pflichtfach für die zweihundert Schüler. Bisher hatten im Dorf polnische und ukrainische Familien in Frieden gelebt. Jetzt grüs-

sen sie sich nicht mehr. Ihre Kinder streiten sich in der Pause. Für die ukrainischen Kinder wird eine ukrainische Lehrerin angestellt. Frau N. Sie ist sehr deutschfreundlich und verrät die polnischen Kollegen bei der Besatzungsmacht. Auch die ukrainischen Kinder reden. Und der griechisch-orthodoxe Priester ist ein grosser Freund der Deutschen. Man muss immer aufpassen. Sie beobachten jeden Schritt. Mein Haus wird durchsucht. Alles, was ich an Stelle der fehlenden Bücher vorbereitet habe, wird konfisziert. Auch mein selbst geschriebenes Theaterstück. Keine Heizung im Winter. Eine lange Zeit kein Unterricht. Lehrer schlecht entlöhnt, Lebensmittelkarten zu wenig, Nahrungsmittel zu teuer, nun ist das Schuljahr zu Ende und man hat nur gedacht, wo finde ich etwas zu essen.
Unser Dorf muss den Deutschen zwölf Wagen Getreide und Kartoffeln liefern und 800 Liter Milch pro Kuh und fünf Kühe zum Schlachten. Jedes Schulkind muss ein Pfund getrocknete Heilpflanzen abliefern. Fünf Kilo frische Kräuter. Zu viel. Sie schaffen es nicht. Ich gehe mit ihnen Kräuter sammeln. Für alles muss das Kontingent erfüllt sein. Am schlimmsten ist das Kontingent der Menschen. Die Deutschen brauchen Zwangsarbeiter. Unser Gemeindevorsteher muss die Leute bestimmen, die nach Deutschland abgeführt werden. Sehr, sehr schwierig. Wir dürfen uns nicht versammeln. Nach der Messe geht jeder schnell heim. Elternabend verboten.
Ich bin im polnischen Untergrund. Wir sind dreizehn Personen. Wir haben Untergrund-Nachrichten, das hilft auszuhalten. Man hört weiter Radio-Nachrichten. Irgendwo versteckt im Stall, in der Scheune oder sogar im Wald. Die Strafe dafür ist Auschwitz oder Tod.»
Die Stimme der Direktorin, die uns so jugendfrisch den Glascontainer vorgeführt hat, wird immer leiser, verliert ihren Schwung, klingt brüchig, rau.

«Bei uns gab es neun jüdische Familien, die sollten ins Ghetto nach Kańczuga. Aber niemand ist gegangen. Sie gaben alles weg, was sie hatten, oder man hat es ihnen genommen, und sie sind in die Wälder gegangen. Von Zeit zu Zeit trieb sie der Hunger ins Dorf. Sie gingen im Geheimen zu denen, die ihnen etwas gaben, und verschwanden wieder. Ein paar hat man im Dorf versteckt, aber nicht lange. Sie wurden verraten, und die Deutschen haben eine Jagd organisiert wie auf Hasen und haben geschossen ohne Erbarmen. Kinder, Mütter, Greise, kein Bitten hat geholfen.

Darüber könnte man verrückt werden. Zwei junge Juden sind in Siennów geblieben. Die Deutschen haben sie abgeführt an den Ort der Vernichtung.

Bald erwartet uns Polen das gleiche Los.»

Die Vorleserin schweigt. Wir senken die Köpfe, hören einander atmen. Niemand wagt ein erstes Wort.

- Dass er das schreiben konnte, sagt der Heimleiter halblaut. Dafür gab es auch Todesstrafe, für Aufzeichnungen in ein Tagebuch.

- Hat er den Krieg überlebt?, fragt eine der Lehrerinnen.

- Weiss man mehr über ihn?

- Nichts wissen wir, gar nichts, sagt jene mit dem aufgeblondeten Haar. Man hat uns alles verschwiegen. Vielleicht ist er ja unter den Sowjets umgekommen oder nach Sibirien abgeführt worden.

- Wir stammen alle nicht aus der Gegend, sagt die Direktorin zu uns. Man müsste die alten Leute hier fragen. Vielleicht erinnern sie sich ... vielleicht sogar an einen von hier, der in der Schweiz interniert war.

Wieder versickert das Gespräch. Mein Blick ist am riesigen Poster mit dem Matterhorn hängen geblieben. Könnte auch das Zerfreilahorn hinter Vals sein ...

Juli 1941
Früher Morgen, Vogelgesang, Tau auf dem Waldboden, die Matten im Licht, Heuduft, und vor der Baracke kein Stacheldraht, Gottseidank. Staš atmet durch, macht ein paar Liegestützen. Sein Körper ist gut trainiert. Er streckt die Arme hoch, Kasia würde lachen über diese Muskelpakete, die Mama ihn bedauern, aber du bist Offizier, warum pickelst du Steine los in diesen schrecklich hohen Bergen, wie willst du je wieder Geige spielen? Gestern hat er ihnen geschrieben. Von den seltenen Blumen – Jerzy würde sie alle kennen, für ihn wäre das ein Paradies –, von den steilen Wiesen und schneeweissen Bächen, die über sie hinabstürzen, von den ebenso weissen Kapellen auf jeder Alp, von den Steindächern auf den Häusern und der Pfarrkirche im Dorf; davon durfte er schreiben, aber nicht von der Arbeit fürs Schweizer Militär, vom Weg in den Peilerboden, den sie, die internierten Polen, am Bauen sind. Diese Nachricht hätte die Zensur nicht passiert. Oben auf dem Valserberg bauen die Schweizer, sie befestigen den Pass, über den die Italiener kommen könnten. Italien ist nah, riecht auch heute Morgen aus der Küchenbaracke. Ein paar der Kameraden lassen die Polenta stehen, hungern lieber als Mais zu essen, Hühnerfutter. Er ist auch nicht begeistert davon, aber die Einheimischen essen dasselbe, sind freundlich, teilen mit ihnen die Ziegenmilch. Hier ist nicht der Ort, sich verschleckt aufzuspielen.
Mit andern geht er hinunter zum Bach, springt nackt ins eiskalte Wasser, wäscht das Hemd. Ein Spritzen und Necken unter Kameraden.
Er schläft in der Studenten-Baracke mit den Polen aus Hochschullagern. In den Semesterferien arbeiten sie hier. Einige kennt er vom Gymnasium her. Sie drängen ihn, sich auch zum Studium zu melden. Er will aber nicht in

der Schweiz studieren. Erst muss Polen befreit werden, dann studiert er dort Musik. Doch Fluchtpläne macht hier keiner, jenseits der Pässe ist das Land Mussolinis.
Abends nimmt Staš manchmal die Geige zur Hand. Die Finger sind dick geworden vom Tragen der schweren Steinplatten. Die Ingenieure hier sind auch Polen, ältere Offiziere, alle über dreissig, haben schon Karriere gemacht im Beruf. Unter den Soldaten ist kein einziger Marxist. Die Kameradschaft ist gut, Witze beim Strassenbau, und Übermut. Das macht der Bergsommer, die dünne Luft. Was fehlt, sind die Frauen. Keine Hirtin weit und breit. Nur gestern – Patrozinium St. Peter, St. Paul, Hochamt in der Kirche und Prozession im Dorf – durfte er sie betrachten in Vals unten, die schwarzen Röcke, die seidenen Schürzen und Häubchen und, bei einem raschen Schritt, die Spitzen der knielangen Unterhose.
Hinter den Baracken sind Wäscheseile gespannt. Er hängt sein nasses Hemd neben die andern. An die hundert Hemden flattern im Morgenwind.

Langsam kommt das Gespräch im Lehrerzimmer wieder in Gang. Wir trinken Kaffee und essen vom süssen, mit Creme gefüllten Gebäck. Der einzige Lehrer kopiert die Tagebuchblätter. Grażyna hat darum gebeten. Sie und Colette verraten nichts vom Schicksal ihres Verwandten. Ich wage, auch hier meine Frage nach Katyn zu stellen. Wie erwartet weiss niemand Bescheid.
Beim Aufbruch – es ist sehr spät – lacht die Vorsteherin plötzlich auf.
- Nicht einmal unsere Schulzimmer hab ich euch zeigen dürfen! Hier wäre das der Erstklässler.
Um sie etwas weniger enttäuscht zurückzulassen, werfen wir noch einen Blick hinein. Zwölf Stühle und Pültchen – ja, die Schülerzahlen seien zurückgegangen –, duftige

Vorhänge am Fenster und die halbe Stube voll hübscher Zimmerpflanzen.

Kurz vor Mitternacht huschen wir auf Strümpfen an der lächelnden Alicja vorüber die Treppe hoch. Unsertwegen ist die alte Frau so lang aufgeblieben. Unsertwegen hat Grażyna den Umweg über Przeworsk fahren müssen. Aber die ist jung. Morgen wird sie im selben Zug mit uns nach Krakau reisen.

Wir sind beide zu wach zum Schlafen, vielleicht vom vielen Kaffee.

Colette setzt sich zu mir. Wir unterhalten uns über den vergangenen Tag, über die Zwangsarbeiter auf der Bank, die Kinder im Heim, die uns zwar höflich begrüssten, aber doch aufgelegt schienen zu allerlei Spässen. Dann bleiben wir noch beim Gespräch im Lehrerzimmer.

- Ich verstehe nicht, warum du immer nach diesem Katyn fragst, sagt Colette, jetzt, wo so viel neue Kriegsgräuel auskommen, Bosnien, Kosovo, Srebrenica, die Massengräber – man hat einfach genug davon ...

- Ich weiss ...

Wir schweigen.

Dann versuche ich ihr zu sagen, warum mich der alte, unaufgeklärte Massenmord in Katyn beschäftigt.

- Katyn ... das war der Anfang vom Unglück deiner Schwiegermutter. Hat sie dir nichts davon erzählt?

- Nein. Sie hat dir überhaupt mehr erzählt als mir.

- Manchmal ist es leichter, Aussenstehenden etwas anzuvertrauen als der eigenen Familie ...

- Wie hängt dieses Katyn mit ihr zusammen?

Ich hole etwas aus, erzähle erst, was ich jetzt auf der Reise darüber gelesen habe. Im April dreiundvierzig hatten die Nazis angeblich die Massengräber bei Katyn entdeckt und liessen es gleich die ganze Welt wissen. Die Nachricht davon kam immer wieder im Radio. Die Nazis hatten ein grosses Interesse, diese Gräueltat der Sowjets international publik zu machen. Aber geglaubt wurde ihnen nicht, sondern vermutet, die Nazis versuchten mit einer weiteren Lüge, den Sowjets in die Schuhe zu schieben, was sie selbst verübt hatten.

- Aber Deutsche und Russen hatten sich doch freundschaftlich in Polen geteilt, sagt Colette.
- Die Freundschaft war von kurzer Dauer, ab Juni einundvierzig bekriegten sie sich. Die Deutschen rückten in sowjetische Gebiete vor, im Norden nach Weissrussland, wo Katyn liegt.
- Und sie entdeckten die Massengräber?
- Wie gesagt, man glaubte ihnen nicht.
- Und, was hat Angelika damit zu tun?

Bevor ich antworte, führe ich die Sache noch etwas weiter aus, erzähle, wie das Internationale Rote Kreuz Journalisten und Ärzte aus neutralen Ländern, aus Schweden und der Schweiz, aufgeboten hatte, wie die exhumierten Leichen untersucht wurden, um zu erfahren, ob die Ermordungen wirklich vor drei Jahren durch die Russen geschehen waren oder erst später durch die Deutschen. Diese Untersuchungen hätten sich lange hingezogen, dabei seien die Tännchen über den Massengräbern alle dreijährig gewesen.

Die Deutschen hätten Namenlisten der ermordeten polnischen Offiziere zusammengestellt und diese Listen in jedem grösseren polnischen Ort aufgehängt.

- Offenbar auch hier in Südpolen, sage ich, Staš vernahm davon in der Schweiz. Darauf hielt er es für seine Pflicht, sich wieder zum Kampf zu melden, und floh.
- Und sie half ihm zur Flucht?
- Sie hat ihm geholfen. Ohne Angelika wäre die Flucht aus der Schweiz kaum möglich gewesen.

- Und er wäre nicht in den Tod gelaufen in Monte Cassino ... und Jerzy hätte seinen eigenen Vater gehabt ... weisst du, was ich vergessen habe? Ich hab ihm heute nicht telefoniert.

Samstag, 8. September 2001

- Lasst es euch schmecken, ich bleibe hier, bin nicht hungrig.
Meine Reisegefährtinnen gehen in den Speisewagen.
Vor einer halben Stunde sahen Colette und ich diesen Bandwurm von Schnellzug in Przeworsk anbrausen. Alicja und ihr Schwiegersohn schoben uns mit den Koffern übers eiserne Leiterchen hoch, und als wir uns verabschieden wollten, war der Bahnsteig schon verschwunden. Grażyna fanden wir, wie abgemacht, im drittletzten Wagen.
Es regnet seit Morgen früh.
In Alicjas Küche hatten wir den Tropfen, den nassen Blättern im Wirbelwind zugeschaut und gemütlich Kaffee getrunken. Draussen war es dann ungemütlich. Alicja hatte zwar Schwiegersohn und Auto bestellt, hiess uns aber unterwegs zum Bahnhof aussteigen. Irgendetwas Wichtiges sollten wir uns noch ansehen. Sie ging uns voran in die Kirche, und dort, neben dem Altar, zeigte sie stolz auf die fertige Erntekrone mit der Monstranz aus Ähren und Körnern, auf das Werk ihrer Tochter. Morgen werden sie in Przeworsk den Erntedank-Gottesdienst feiern. Aber die Stadt hat – wie alle Städte im Regen – ihre Reize verloren und uns keinen Tag länger zurückhalten können.
Eben sind wir an Łańcut vorübergefahren.
Bis vor wenigen Jahren sei dort am Eingang zum Park eine riesige Tafel gestanden mit Erklärungen an die Besucher: Schloss Łańcut werde als Beispiel für das Prasserleben jener Klasse gezeigt, die dem Volk das Blut ausgesaugt habe. Jetzt sei die Tafel weg, sagte Grażyna.
Es regnet, und so muss ich die Landschaft nicht mehr ansehen.
Ich trage sie – diese sanften, weit ausladenden Bodenwellen, diese Hügel mit dem herrschaftlichen Eichenwald

– aufgehoben in mir nach Hause, kuschle mich in die Ecke, das Abteil ist leer. Hoffentlich nehmen Grażyna und Colette sich Zeit für ihr Mittagessen. Ich bin gern allein. Die Eindrücke der Reise wirbeln in mir durcheinander, bis sie immer deutlicher um die Gestalt kreisen, die dahinter steht. Stanisław Krukowiecki. Neunzehnjährig, als er das Land verlassen musste. Zweiundzwanzig, als er nach Reisen, nach Kämpfen, nach der Gefangenschaft in Lagern auf einen Bauernhof ins Trub kam und dort festsass. Bei meinem vierten und letzten Besuch hatte Angelika die beschränkte Freiheit der Internierten beschrieben. Hatte mir ein Blatt zu den Büchern über Polen gelegt und gesagt, das sei der Orange-Befehl gewesen.
Ich öffne den Koffer, suche, was ich an Informationen mit auf die Reise genommen und bis jetzt nicht gelesen habe. In Bern war ich nicht dazu gekommen, hatte gedacht, unterwegs dann Zeit zu finden dafür.
In einem der Klarsichtmäppchen liegt das orangefarbene Blatt mit den ältlichen Schrifttypen:

Befehl

über die Beziehungen der Zivilbevölkerung zu den Internierten.

Der Eidg. Kommissär für Internierung und Hospitalisierung gibt der Zivilbevölkerung folgendes bekannt:

1. Es ist verboten:
   a) den Internierten Geld zu geben, solches in Verwahrung zu nehmen, oder auszuwechseln;
   b) den Internierten Zivilkleider abzugeben;
   c) den Internierten in irgend einer Form bei der Flucht oder bei den Vorbereitungen zur Flucht behilflich zu sein;
   d) Gegenstände, welche zur Ausrüstung der Internierten gehören, zu erwerben oder ohne Entgelt entgegenzunehmen;

- e) Handarbeiten, kunstgewerbliche Gegenstände usw., welche von den Internierten verfertigt werden, von diesen zu erwerben;
- f) den Internierten rationierte Lebensmittel oder Rationierungsmarken zu schicken;
- g) für Internierte Fahrkarten für die Eisenbahn zu kaufen;
- h) die Post der Internierten zu vermitteln oder sonst wie behilflich zu sein bei der Umgehung der Vorschrift, dass die gesamte Korrespondenz der Internierten durch die Feldpost gehen muss;
- i) den Internierten die Benützung des Privattelephons zu gestatten.

2. Die Internierten dürfen nur mit spezieller Bewilligung des Eidg. Kommissariates für Internierung und Hospitalisierung (EKIH):
   - a) Privatwohnungen betreten;
   - b) Wirtshäuser, Kinos, sportliche Veranstaltungen, Theater und andere öffentliche Veranstaltungen besuchen;
   - c) Fahrräder benützen.
3. Für Besuche bei Internierten ist die Erlaubnis des Eidg. Kommissärs für Internierung und Hospitalisierung einzuholen.
4. Den Internierten ist die Eingehung einer Ehe nicht gestattet. Es sind daher auch alle auf eine solche hinzielenden Beziehungen mit Internierten untersagt.
5. Die Heerespolizei und die zivilen Polizeiorgane sind beauftragt, für die Einhaltung der obigen Vorschriften zu sorgen. Ihre Übertretung wird in Anwendung des Art. 107 des Militärstrafgesetzes bestraft.

Laut Angelika hat die Heerespolizei vor allem den Beziehungen von Internierten mit Schweizer Frauen nachgespürt. Der Orange-Befehl habe in Käsereien, an Schulhäusern und bei der Schmiede im Kästchen gehangen. Er sei ihr als der damaligen Stellvertreterin im Twärengra-

ben auch zugeschickt worden. Anonym. Sogar ihr Vater habe ihn erhalten mit der Aufforderung, besser auf seine Tochter zu achten. Ebenfalls anonym.
Für sie und Staš sei es ausser der Musikstunde in Anwesenheit der Unterschullehrerin unmöglich gewesen, sich irgendwo zu treffen. Und die Natur habe dem Verbot des EKIH kräftig geholfen, der Winter zweiundvierzig/dreiundvierzig sei, wie die beiden vorherigen, äusserst kalt und schneereich gewesen.
Daran erinnere ich mich, an meine Kinderwinter, als Bern im Schnee lag und wir wochenlang vom Inselspital zum Brunnmattschulhaus hinunterschlittelten.
Angelika erzählte vom einzigen Samstagabend, an dem sie mit ihrem Geiger allein im Schulzimmer gewesen war. Sie lächelte.
Die Kollegin habe damals ihre kranke Mutter gepflegt. Staš und sie hätten gewusst, dass es draussen nach Mozart klingen müsse, wenn der Kontrolleur, der möglicherweise ums Schulhaus schlich und die Verdunkelung prüfte, nicht Verdacht schöpfen sollte. Und auch so konnte er jeden Moment zur Tür hereinkommen und auf seinen Kaffee mit Pflümli warten, den er jeweils von der Unterschullehrerin bekam. Sie hätten also während der Mozartsonate ein Gespräch geführt, indem er die Anfangsmelodie gesungen und ihr Worte unterlegt habe, zum Beispiel: Que fais-tu demain, est-ce que tu vas dehors? Dann hätten sie dasselbe mit Geige und Klavier gespielt, abgebrochen, so, als seien sie am Proben, worauf sie ihm mit der nächsten Melodie verraten habe, wohin sie am Sonntagnachmittag gehe. Sie hätten einfach nicht verstummen dürfen, denn draussen seien manchmal noch zwei, drei von der Schulkommission herumgestanden.
Diese Männer hätten den Befehl ‹über die Beziehungen der Zivilbevölkerung zu den Internierten› ernst genom-

men und seien erst nach Hause gegangen, wenn auch der Pole mit der Geige auf den Heimweg ging.
Ich schliesse die Augen, denke an die Liebenden, an ihr kurzes Glück in jener widerwärtigen Zeit.

November 1942
Sonntag. Angelika geht hinaus, nicht zum Bruder nach Langnau. Mit Velofahren ist es vorbei. Taleinwärts stapft sie durch den Schnee. Bis Mittag hat es unaufhörlich geschneit. Der Weg ist mit Holzstangen markiert. Die Spuren der Käsereifahrer sind zugedeckt. Angelika hat sich warm eingepackt, trägt die Skihose unter dem Mantel, die rahmengenähten Skischuhe statt der Damenstiefel. Sie geht zur Grossmutter eines Schülers, die ein Gespräch verlangt hat.
Sie wird über den Enkel sprechen wollen, über die Möglichkeit einer Berufslehre. Der Junge ist intelligent.
Weiter als bis zur Käserei ist Angelika noch nie gegangen, bis zum Chatzloch wird es fast eine Stunde dauern. Zweimal angstet sie – doch das Hundegebell tönt dumpf in den Häusern –, dann atmet sie auf, nur noch Schwarzweiss, Schnee und finstere Tannen, der Bach zugefroren, Eiszapfen am Fels. Im Chatzloch wird es hoffentlich Katzen statt Hunde haben. Vor der einsamen Hütte in der Waldecke führt ein schmaler Pfad durch die Schneemauern. Angelika wünscht sich die alte Frau allein, ohne den Enkel, der sie zurückbegleiten müsste. Sie klopft und wird von der Grossmutter sogleich in die warme Küche gezogen.
Auf dem Tisch liegt ein aufgeschlagener Atlas voller Stecknadeln mit farbigen Köpfchen. Die Alte interessiert sich für den Kriegsverlauf. Mit den Stecknadeln hat sie die Fronten bezeichnet, will von der Oberschullehrerin wissen, ob sie nichts übersehen hat. Verblüfft starrt Angelika auf den Atlas.

Der Krieg? Was weiss sie davon? Sie hat kein Radio, keine Zeitung, hat nichts gehört von der Einkesselung der Deutschen bei Stalingrad, nichts vom britischen Sieg bei El Alamein, nichts von Rommels Rückzug ...
Sie entschuldigt sich, dankt für den Apfelkuchen, den ihr die Frau vorlegt, trinkt den heissen Tee und bricht fast hastig auf, möchte vor der Dunkelheit wieder zu Hause sein. Auf jeden Fall vor den Leuten, die mit der Abendmilch zur Käserei fahren.
Auf dem Heimweg schaut sie rechts ins Dunkel des steilen Waldrandes, bis sich weiter unten eine Gestalt daraus löst.
Sie hat ihn erwartet, trotzdem trommelt ihr Herz wie verrückt, als Staš über den Graben zu ihr steigt. Er trägt ein Bündel unter dem Arm, einen zweiten polnischen Offiziersmantel, ein zweites, mit dem polnischen Adler geschmücktes Béret. Er hilft ihr in den Mantel. Hebt behutsam den schwarzen Zopf und versteckt ihn unter dem Kragen.
In dieser Verkleidung wandert sie neben ihm weiter. Unter ihrem eigenen und dem polnischen Mantel wird ihr sehr warm. Und die Wegstunde ist viel zu kurz für alles, was sie sich sagen möchten.
Wer an diesem Sonntagnachmittag zufällig aus einem Fenster der weit auseinander liegenden Höfe schaut, sieht zwei Internierte im Schnee spazieren. Kein Grund zur Aufregung. Die Tafel ‹Internierte Halt› steht erst am Ausgang des Twärengrabens.

Alles, fast alles, was ich über Staš weiss, hat mir Angelika an jenem letzten Nachmittag erzählt, als Franz beim Arzt war, Mark hereinplatzte und den Moped-Schlüssel verlangte. Sonst waren wir ungestört, ohne Tee lange beisammen gesessen und uns sehr nahe gekommen. Aber erst

jetzt, nachdem ich Staš' Heimat gesehen habe, nichts Neues mehr aufnehmen muss und allein in der Fensterecke durch den Regen fahre, finde ich Zeit, mich in ihre Liebesgeschichte zu versenken.
Sie hatte auch seine Briefe erwähnt. Ob sie die alle aufbewahrt hat?

Dezember 1942
Angelika atmet auf. Sie hat die Vorbereitung für morgen wieder einmal geschafft. Rechnen, Sprache, Heimatkunde, Religion. Die zwei letzten Fächer kann sie allen gemeinsam unterrichten – das Kloster Trub und Moses auf dem Sinai –, aber für Rechnen und Sprache muss sie zwei Programme durchpauken, eins für die Fünft- und Sechstklässler, eins für die drei obersten Klassen, und die Stunde so einrichten, dass sie die eine Gruppe mündlich unterrichtet, während die andere schriftlich arbeitet.
Dies ausgeklügelte Organisieren hat sie erst hier gelernt. Sie war nicht eingeübt auf das Nebeneinander einer Landschule, das sie wie ein Generalstäbler vorzubereiten hat. Es kostet sie jeden Abend bis tief in die Nacht. Dann hat sie sich noch für die leichteren Fächer zu rüsten, Zeichnen und Basteln am Nachmittag, Turnen ohne Turnhalle, ohne Geräte. Skier haben die meisten Kinder noch keine. Also Freiübungen im Schnee.
Angelika steht auf, schlüpft in den Mantel, will sich vor dem Schlafen ein wenig erholen. Sie tappt durchs kalte Treppenhaus ins Unterschulzimmer hinab, möchte noch etwas üben. Nur ganz leise, die Kollegin schläft. Da gibt es eine Stelle im Mozart, an der hat sie letzten Samstag versagt. Die muss besser werden. Sie öffnet den dickeren der beiden Bände – er lässt seine Noten immer hier – und erschrickt. In dieser Totenstille erschreckt selbst ein auf den Boden fallendes Papier. Sie streicht das zusammen-

gefaltete Blatt auseinander und stutzt. Dann strömt ihr das Glück vom Kopf in die Füsse. Ein Brief von ihm. Seine Schrift – anders als Papas Gekritzel auf dem Rezeptblock, Ottos hingeworfene Mitteilungen oder die eckigen Buchstaben des Lehrers, den sie vertritt – seine Schrift, die ist wie sein Spiel, grosszügig und beseelt.
Ein Brief. Sie liest ihn wieder und wieder. Wohl hat sie geahnt, dass, was sie für ihn empfindet, vielleicht auch er ... aber niemals, dass er so offen und warmherzig um sie wirbt ... Halt! Den Polen ist nicht zu trauen, die werben um jede Frau ... Würde bewahren ... Beispiel sein ... ach was ... Sie presst das Blatt an die Lippen, springt hinauf in die leere Wohnung, nimmt es ins Bett mit und legt es sorgfältig unter das Kissen.
Was sie ihm schreiben will, hat sie bereits im Kopf, feilt aber täglich daran, muss im Wörterbuch nachschauen und bringt es doch nie zu einem annähernd so guten Französisch, wie er es beherrscht.
Am nächsten Samstag schmuggelt sie die Antwort trotz Anwesenheit der Kollegin in seinen Geigenkasten, ins Fach für das Geigenharz. Nachdem er gegangen ist, nimmt sie den Mozartband hinauf, obschon oben kein Klavier steht. Richtig, zwischen den Sonaten liegt sein zweiter Brief.

Jeden Samstag hätten sie sich heimlich Zettel zugesteckt, hatte Angelika gesagt. Nie hätte sie ihren Schüler, diesen Köbi, als Postillon d'amour missbraucht. Das wäre zu gefährlich gewesen. Einen ganzen Winter lang hätten sie von diesem Gedankenaustausch gelebt, sich schriftlich anvertraut, wozu es mündlich keine Gelegenheit gab.
Staš habe überhaupt viel geschrieben. Nach Polen an seine Familie, an den Bruder irgendwo in Nordafrika, an Kollegen in Interniertenlagern. Fast sein ganzes Arbeitsgeld habe er dafür gebraucht. Der Bauer, bei dem er arbeitete,

habe ihm täglich zwei Franken Lohn geben müssen und gleichzeitig drei Franken für das in die Armee eingezogene Pferd erhalten.
Die Briefe nach Hause habe Staš nicht im Trub auf die Post bringen dürfen. Sie seien mit Feldpost an die Zensur gegangen, geöffnet und zensuriert, dann nach Münchenbuchsee an das Amt für Interniertenpost gesandt und erst von dort ins Ausland befördert worden. Angelika und die Unterschullehrerin, die wohl auch ein wenig verliebt in Staš gewesen sei, hätten ihm nicht helfen können. Auch wenn sie die Kuverts für Polen mit ihrer Handschrift adressiert und in Langnau auf die Post gebracht hätten, wären sie auf der Zensur gelandet. Die Posthalter hätten Befehl gehabt, verdächtige Sendungen dorthin zu schicken. Briefe, die Staš aus Polen oder aus Nordafrika via London erhielt, hätten sowohl die deutsche wie die schweizerische Zensur passiert und seien total verstempelt und verklebt gewesen. Staš habe ihr und der Kollegin einmal ein solches Kuvert gezeigt. Da hätten neben den fremden Marken der deutsche Adler mit Hakenkreuz und gestempelte Wörter wie ‹Geöffnet›, ‹Geprüft›, ‹Zuzustellen Feldpostdirektion›, und ein Kleber ‹Zivilpost Trub› geprangt. Diese Briefe seien monatelang unterwegs gewesen.
Für Angelika war es trotzdem ein Wunder, wie die Post mitten im Zweiten Weltkrieg über die Schweiz hinaus funktionierte. Zucker, den sie und die Kollegin für Staš gespart hätten, habe er heim nach Polen geschickt, und der sei dort sogar angekommen.

Vorgestern bei Teresa, als sie das Päckchen Zucker erwähnte, das der internierte Staš aus der Schweiz heimgesandt hatte, hätte ich beinah etwas gesagt.
Zucker hatte eine grosse Bedeutung während des Krieges, auch für mich. Auf dem Schrank in unserm Korridor stand

der Zuckerstock in hellblaues Papier gewickelt. Der Notvorrat. Und wenn niemand da war, stand ich manchmal auf einen Schemel, hob das Papier ein wenig und kratzte mit dem Fingernagel ein Stückchen weg. Nur ein ganz kleines. Ersatz für Schleckzeug, das niemand mehr in den Läden an Kinder verteilte.
Merkwürdigerweise gab es Marken für Schokolade. Offenbar hatten unsere berühmten Schokolade-Firmen nie um ihren Zucker zu bangen.

Obschon seine Briefe so lang unterwegs waren, sei Staš immer unheimlich gut informiert gewesen, hatte Angelika gesagt und gelächelt. Sie wisse nicht genau woher, vielleicht durch die polnische Gesandtschaft.
Dann kam diese Geschichte mit der Wolle.
Eine Stellvertreterin erhielt damals neun Franken Lohn pro Arbeitstag. Sonntage, Festtage und Ferien blieben unbezahlt. Angelika musste für Kost, für Holz, für die Wohnung aufkommen, aber es gelang ihr, ein wenig zu sparen. Sie hatte im Sinn, Wolle zu einem Pullover für ihren Liebsten zu kaufen. Textilmarken besass sie genügend.
- Stricken, das konnten wir, sagte Angelika, Handarbeiten war Prüfungsfach am Seminar.
Doch als sie in Langnau nach der passenden Wolle suchte, gab es keine mehr. Nur noch hässliche Kunstwolle. Die Unterschullehrerin, die abends Socken für die Soldaten strickte, war unter keinen Umständen bereit, von ihrem Material abzugeben. Die Wolle habe sie aus dem Zeughaus und die dürfe nur für Schweizer Soldaten verwendet werden. So hatte Angelika warten müssen bis zu den Weihnachtsferien daheim in Bern. Dort bettelte sie bei der Mutter, Grossmutter und Tante alte Vorkriegspullis zusammen. Die trennte sie auf, wusch die krause Wolle und wickelte sie nass zum Strecken über ein Brett.

- Es gab einen schön gesprenkelten Pullover, sagte Angelika, später ist mir nie wieder ein Stück so gelungen. Trotzdem waren die Weihnachtstage etwas traurig. Angelika hatte für Staš beim EKIH einen Besuch in Bern beantragt, aber die Bewilligung nicht bekommen.
Sie hätte ihm gern ein Billett Trubschachen–Bern retour gekauft und es ohne Bewilligung versuchen wollen.
- Doch der Papa war dagegen, die Mama auch, die waren alle so wahnsinnig korrekt, hatte Angelika gesagt und ein wenig geseufzt. Wir konnten nie zusammen ausgehen, den ganzen Winter nicht.

Januar 1943
Staš hält sich im kalten Tenn auf. Spielt Geige. Den ganzen Sonntagnachmittag hat er Briefe geschrieben.
Warum nicht einmal ins Schulhaus gehen und plaudern mit ihr? Warum nicht aus diesem Tal hinaus? Sich irgendwo treffen, wo sie niemand kennt?
Unmöglich. Ihr Papa hat anonyme Briefe bekommen. Die Schulkommission auch. Selbst die Mozartstunde scheint gefährdet zu sein. *Cholera!*
Staš wickelt die Geige ins Seidentuch. Der Bauer kommt hinkend ins Tenn.
- Wo hast du das vornehme Tuch her?, fragt er.
- Vom Schulhaus.
- Aha, vom Schulhaus ...
- Von die Lehrerin von die Kleinen.
- Was? Von der?
Der Bauer steht da, als würge er etwas Schwerverdauliches hinunter, dann brummt er.
- Die eine schenkt dir Wollenes, die andere Seidenes ... dir gehts ja besser als manchem Schweizer ...
Ja, denkt Staš, wenn es in der Schweiz nur Frauen gäbe, aber die Männer sind eifersüchtig auf uns. Am meisten

die im Militär. Was kann ich dafür, dass ich die Geige bekam?
Büren, das Lager, so entsetzlich langweilig, keine Arbeit, kein Buch. Dafür Appell dreimal am Tag. Appell im Schnee bei minus zwanzig. Warten, bis uns der Schweizer alle gezählt. Warten aufs Essen. Warten aufs Schlafen. Warten. Bis jene Dame kommt mit gesammelten Musikinstrumenten. Geigen, Trompeten, Klarinetten. Für mich die Geige. Küss Ihre Hand, Madame, meine aufs Herz mit unendlichem Dank ...
Was kann ich dafür wegen der Damentour?
Tanz am Samstagabend. Ein einziges Mal bewilligt. Ins Nachbardorf, meine Freunde und ich. Begleitet natürlich. Wachsoldaten, Polizeihunde. Tanz und Damentour. Die Damen wählen ausschliesslich uns. Nie Schweizer Soldaten. Weiss nicht warum. Aber die Wache ist sauer, schimpft auf dem Rückweg über die Ausländer.
Und jetzt ist der Meister sauer aufs Seidentuch, das ich lieber nicht angenommen hätte, nicht von ihr, es kann kompliziert werden ...

- Es war ein harter Winter, hatte Angelika gesagt, hart und trotzdem schön. Wir warteten auf den Frühling, auf die Wärme ...
Sie schwieg, versunken in ihre Gedanken.
Ich wartete auch. Endlich getraute ich mich, die Frage zu stellen.
- Und ein Rendez-vous war nie möglich gewesen, den ganzen Winter nicht?
- Du wirst denken, woher das Kind, sagte Angelika und lächelte versonnen.
Dann setzte sie sich in ihrem Fauteuil zurecht.
- Ich rede und rede, sagte sie, und weiss gar nicht, ob du Zeit hast für weitere Geschichten ...

- Doch, doch ...
- Dann muss ich die Geschichte der Flucht erzählen, und die geht lang.

Angelika erinnerte sich ans kleinste Detail. Konnte genau beschreiben, in welcher Waldecke hinter Langnau sie das Velo des Bruders und seine Zivilkleider versteckte. Hose, Windjacke, ein kariertes Hemd. Sogar seine Schweizer Militärschuhe hatte Otto ihr ausgeliehen, mit der Bedingung, sie am Ostermontag wieder zu bringen, er wisse nie, wann er einrücken müsse. Er war lieb, der Bruder, und verstand sie gut. Offenbar machte er ein Jahr später etwas Ähnliches, als er einem jungen deutschen Deserteur zur Flucht verhalf. Otto hatte im Militärdienst Gefangenen-Transporte durch die Schweiz zu begleiten. Deutsche Gefangene wurden von Marseille nach Koblenz gebracht und dort gegen alliierte Gefangene ausgetauscht. Einer der Deutschen bat Otto inständig, ihn irgendwo in der Schweiz aus dem verschlossenen Eisenbahnwagen fliehen zu lassen. Er sei desertiert und werde, zurück in Deutschland, gleich erschossen. Bei einem nicht vorgesehenen Halt öffnete ihm Otto die Tür.
Angelika sprach vom Picknick, das sie trotz Rationierung vorbereitet hatte. Sie packte Butterschnitten ein – hatte eine Woche lang auf Brot verzichtet –, Käse und Ostereier, die sie von den Schülern geschenkt bekommen hatte, und legte die letzten verschrumpelten Äpfel dazu.
Die Flucht war für Ostern geplant. Das Fest fiel erst auf Ende April. Der Schuljahresschluss, mit Zeugnissen und Examen, mit grossem Mehraufwand für die unerfahrene Stellvertreterin, war vorüber. Das neue Schuljahr hatte sie ohne Verschnaufpause angetreten, die würde nach Ostern kommen, in den Kartoffelsetz-Ferien. Bei dieser Arbeit wurden alle Schulkinder dringend gebraucht.

Im Emmental binde man die Kartoffeln beim Setzen an, damit sie nicht den Hang hinabkollerten, wurde auswärts gespottet.
Für Angelika hörte die Stellvertretung am Ostersamstag auf. Ferien hatte sie keine zugut. Nach dem Kartoffelsetzen würde der gewählte Lehrer wieder aus dem Militärdienst zurück sein.
Angelika erzählte lebendig. Ich roch den Geruch in der mit Schülern voll gestopften Schulstube, sah die erwartungsvollen Augen, die ersten Schlüsselblumen auf dem Pult, die Sicht aus dem Fenster, das schattige Tal und draussen die sonnenbeschienene Schrattenfluh, ich hörte das Kritzeln der Griffel auf den Schiefertafeln und die gebrochenen Bubenstimmen aus der neunten Klasse, «Frühling lässt sein blaues Band wieder flattern durch die Lüfte ...», spürte, wie die junge Lehrerin ihr Bestes gab und schaffte, schaffte für die neun Franken pro Tag, dabei den Krieg ertragen musste, der ihr durch den Liebsten näher als andern kam. Sein Vater war gestorben, einer der Brüder tot, der andere im Kampf ... Mutter und Schwester lebten unter deutscher Besetzung.
Was hatte Staš durch die doppelt zensurierten Briefe vom Kriegsalltag daheim mitbekommen? Wusste er, was wir gestern in seinem Schulhaus erfahren haben? Als die Direktorin aus dem Tagebuch vorlas, und jene Zeit plötzlich ganz nahe rückte ...
«Bei uns gab es neun jüdische Familien ...»

Gab es Juden bei uns in Bern? Immer wieder grüble ich in meinem Gedächtnis. In den Kriegsjahren, meinen Kinderjahren, wusste ich von Leuten jüdischen Glaubens. Die Hirschfelds, denen ich Suppe ins Hotel National bringen musste, die sprachen aber geschliffen hochdeutsch. Der Spezialarzt an unserer Strasse, sein hübscher Sohn, der in die Parallelklasse ging. Bei Loeb kaufte man ein, sein Warenhaus war das beliebteste, das bernischste damals. Der Loeb-Egge war Treffpunkt der bernischen Jugend.

Nie hätte ich etwas Abschätziges oder Bewunderndes über Berner Juden gehört. Sie wurden nicht besonders erwähnt. Doch, vielleicht ... es gab Witze.
Der Isaakli wird auf die hohe Kommode gestellt. Komm spring, sagt sein Vater und öffnet die Arme. Spring Büebli, ich fang dich auf. Isaakli springt, fällt auf den Boden und tut sich weh. Sieh, Büebli, sagt der Vater, trau keinem, nicht mal deinem eigenen Vater.
Dieser Witz hat mir als Kind grossen Eindruck gemacht, als Beispiel von harter Erziehung, der ich total entgangen bin.
Aber Witze gab es auch über Hitler und Mussolini, über Schwoben und Tschinggen, sogar über Engländer ...
Erst nach Kriegsende, nachdem mich Lili auf dem Rand unserer Badewanne in das Schreckliche eingeweiht hatte, ahnte ich, auf was für dünnem Eis unsere Schweizer Juden gestanden hatten.
Doch dann kam gleich der Film ‹Die letzte Chance›, den sich alle Schulklassen ansehen durften. Meine leider nicht. Wir waren genau ein Jahr zu jung. Uns wurde ‹Landammann Stauffacher› gezeigt. Langweiliger als ein verstaubtes Geschichtsbuch.
Aber ‹Die letzte Chance› liess ich mir von meiner Cousine erzählen. Ich sah alles haargenau, fieberte mit den jüdischen Flüchtlingen in den Alpen und atmete auf, als sie nach dem Grenzübertritt in der Schweiz geborgen waren ...
Hier hatte die Verlogenheit vielleicht begonnen. Was Einzelne mit grossem Mut gewagt hatten – jüdische Flüchtlinge trotz strengstem Verbot über die Grenze hereinzulassen –, das wurde nun als die offizielle Haltung

der Schweiz dargestellt. Der Film wurde allen Schülern ab der siebenten Klasse gezeigt und half mit, einer ganzen Generation das Bild von der Rettungsinsel Schweiz einzuprägen.

« ... Ich bin im polnischen Untergrund. Wir sind dreizehn Personen. Man hört Radio, versteckt in einem Stall ... Die Strafe dafür ist Auschwitz oder Tod ...»
Auch wenn Staš nur ahnen konnte, was zu Hause geschah, er wollte sich wieder stellen.
Der Auslöser sei die Entdeckung bei Katyn gewesen, hatte Angelika gesagt.
Anfangs April dreiundvierzig, kurz bevor ihre Stelle im Twärengraben zu Ende ging, sei die Nachricht davon im Radio gekommen. Sie habe eingeschlagen. Nie zuvor habe man von solch grossen Massengräbern vernommen. Fünfzehntausend verscharrte Polen. Ein Drittel aller Offiziere ihrer Armee, habe Staš gesagt. Natürlich seien im Schweizer Radio keine Namen von Ermordeten verlesen worden. Aber nach ein paar Tagen schon habe Staš von der Totenliste gewusst, auf der auch der Name seines Bruders Georg stand.
Angelika hatte den Schmerz mitgefühlt. Ihr eigener Bruder war ihr auch nah. Otto war der einzige Mensch, den sie in den Fluchtplan einweihte. Im Spital Langnau, im kleinen Arztzimmer am Ende des Korridors, zeichnete er Kartenskizzen für die Velo-Reise in den Jura.
- Es gab bei uns während des Krieges keine Wegweiser und keine Ortstafeln, sagte sie.
In den kurzen Pausen zwischen den Krankenbesuchen arbeitete Otto an der Skizze, zeichnete die erste Brücke über die Emme, machte Punkte: Oberburg, Aarberg, Ins, Neuchâtel, gab flüchtig die Juraketten an mit zwei möglichen Wegen ...

Nachdem Angelikas Fluchtgeschichte zu Ende war, und ich am letzten Satz, an den blauen Vergissmeinnicht, hängen blieb, hörten wir das Knarren der Haustür. Franz kam heim. Nachdem er uns begrüsst und bedauert hatte, uns ohne Tee beisammen zu sehen, zog Angelika die Schultern hoch.
- Wir haben es gar nicht bemerkt, sagte sie, wir sprechen wieder über die Kriegszeit, du erinnerst dich bestimmt an die Fahrten ohne Wegweiser und Ortstafeln.
- Und wie, sagte er, und begann ebenfalls zu erzählen.
Das erlebe ich oft. Frage ich alte Leute nach jener besonderen Zeit, ist es, als hätte ich einen Zapfen aus der Flasche gezogen. Die Erlebnisse sprudeln heraus, frisch, nach beinah sechzig Jahren.
Franz sagte, wie schwierig das Fahren mit Verdunkelung gewesen sei, einen Gegenzug habe man kaum gesehen, und einer, der die Strecke nicht kannte, habe nie wissen können, wo er sei, auch die Bahnhöfe seien verdunkelt gewesen.
Aber ich hatte den ganzen Nachmittag schon zugehört, war berührt von Angelikas Liebesgeschichte und einfach nicht fähig, noch mehr aufzunehmen. Dass Franz als Lokomotivführer sprach, war mir nicht aufgefallen, ich hatte gemeint, auch er spreche vom Velofahren. Erst vor ein paar Tagen, im Park von Schloss Łańcut, erinnerte ich mich beim Gespräch mit Colette wieder an seinen Beruf.

Die Tür zum Abteil ... ich schrecke auf.
- Hallo, wie gehts?, fragt Colette.
Grażyna bleibt stehen.
- Wenn Sie möchten, begleite ich Sie auch in den Speisewagen, sagt sie.
- Wie spät ... nein, danke ..., wir sind ja schon bald in Krakau.

- Hast du gelesen?, fragt Colette und schaut auf das Papier in meinem Schoss.
Wortlos reiche ich ihr den Orange-Befehl von der Eidgenössischen Kommission für Internierung und Hospitalisierung. Sie überfliegt den Befehl an die Zivilbevölkerung über Beziehungen zu Internierten. Das Verbot zur Fluchthilfe übersetzt sie für Grażyna auf Englisch.
- Was ich nicht verstehe, sagt Colette, warum liess man die nicht gehen? Einerseits hiess es, das Boot sei voll, keine weiteren Flüchtlinge, andererseits wurden die Internierten bewacht und an der Flucht gehindert ... jeder, der ging, ass doch hier nichts mehr weg ...
- Es war wegen Deutschland, sage ich. Die Internierten bei uns galten für die Deutschen als Kriegsgefangene, bequemerweise von der Schweiz verköstigt, aber wehe, wenn einer entkam! Da stürzte der deutsche Botschafter von der Elfenau – das ist ein Quartier in Bern, sage ich zu Grażyna – über die Kirchenfeldbrücke ins Bundeshaus und tobte. Solang die Deutschen ringsum siegten – ihr müsst euch dieses ganze von den Nazis beherrschte Europa einmal vorstellen –, entschied sich der Bundesrat halt, mehr oder weniger zu gehorchen.

Von den Fragen, die mich umtreiben, sage ich nichts. Woher wussten die Leute auf der Deutschen Botschaft, wenn einem polnischen Internierten die Flucht gelungen war? Hatten die Namenslisten von Internierten zusammengestellt? Wie von den Ermordeten bei Katyn? Oder hatten wir derart viele Spione bei uns?

- Und Angelika hat also trotz Verboten für Staš die Flucht vorbereitet?, fragt Colette.
- Sie ist mitgegangen ...
- Sie ging mit?

- Bis zur französischen Grenze ...
- Das hat sie mir nie gesagt ...
- Wie traurig, sagt Grażyna, Abschied an der Grenze. Abschied für immer.

Wir schweigen. Schauen hinaus. Birken, Föhren, vom Wind geschüttelt; graue Mauern, vom Regen genässt; schwarze Beeren in Holunderbüschen.

Bevor wir in Krakau einfahren und Grażyna uns verlässt, muss ich noch etwas erfahren von ihr.

- Grażyna, wie war das, haben sich die Brüder in Italien getroffen? Hat Ihr Vater den Staš noch gesehen, bevor er fiel?
- Sie waren nicht in der gleichen Einheit. Mein Vater ging in Ancona an Land, Onkel Staš kam mit den Engländern von Sizilien her. Mein Vater hoffte, ihn dann im befreiten Rom zu sehen.
- Wie vernahm er von seinem Tod?

Grażyna überlegt lange.

- Ich glaube, die Nachricht bekam er aus dem Vatikan.

Sonntag, 9. September 2001

Sonntags um elf stehen wir rechtzeitig auf dem richtigen Bahnsteig. Wie eingesessene Krakauerinnen haben wir unsere Koffer neben abgesperrten Baugruben über Bretterbrücken durch den Bahnhof gezogen. Kein ängstlicher Blick, kein vergebliches Haschen nach Auskunft. Zielgerichtet sind wir zur Tafel ‹Wien› aufgestiegen. Dank Grażyna.
Gestern, nach unserer Ankunft, übte sie den heutigen Weg durch die Umbauerei mit uns ein, bis wir ihn blindlings gefunden hätten. Sie kannte unsere Sprachlosigkeit und überliess nichts dem Zufall, kam auch mit bis zur Pension, in der sie uns zwei Zimmer bestellt hatte. Das Hotel, in dem wir voriges Wochenend abgestiegen waren, sei viel zu teuer, sagte sie. In der Pension – eine Wohnung in einem Häuserblock an stiller Strasse – sprach allerdings niemand eine Fremdsprache.
Grażyna blieb, bis sie die Zimmer gesehen und uns in ihrem freundlich gemächlichen Tonfall der Dame des Hauses empfohlen hatte. Dann ging sie zurück zum Bahnhof. Sie fuhr noch am selben Abend nach Warschau, ist heute bei ihrer Mutter und wird am Montag schon wieder in New York sein.
Die Nacht war ruhig.
Frühmorgens sah ich jenseits der Strasse im Pärkchen junge Väter mit ihren Kleinen gelangweilt herumstehen. Schaukeln, Sandkasten, Holzpferdchen waren noch nass vom Regen. Trotz Sonntag war an der Strassenecke ein Laden geöffnet; wegen der Sprache wagte ich nicht hinzugehen.
Nun ist es endgültig zu spät, für Bernhard etwas Polnisches einzukaufen.
Das Frühstück servierte uns ein Junge. Er sprach englisch, sein erstes Schulenglisch.

- Dreizehn, sagte er auf unsere Frage nach dem Alter. Kurz geschnittenes Haar, helle Augen. Wach bis in die Fingerspitzen, prüfte er, ob etwas fehle auf dem Tisch. Da standen Milch, Honig, Brötchen und Weichkäse. Er brachte den heissen Kaffee, eifrig darauf bedacht, die Arbeit, die man ihm anvertraut, bestens auszuführen. Die Mama schlief vielleicht aus. Den Papa bekamen wir kurz zu Gesicht. Gedankenverloren öffnete er die Tür zum Frühstücksraum, zu seinem Wohnzimmer möglicherweise, doch der Junge reagierte schnell, legte ihm die Hand auf den gewölbten Bauch, stiess ihn zurück und schloss die Tür. Er holte unsere Pässe – bezahlt hatten wir abends zuvor mit Grażynas Hilfe –, bestellte ein Taxi, brachte unsere Koffer hinunter, half sie einladen und dankte mit einer Verbeugung für die Zlotys, die wir ihm überlassen hatten.
- Der wird gut, sagte Colette, stell dir mal einen Siebtklässler bei uns vor ...
Da ich gerade keinen Teenager kenne, dachte ich an Mark, ihren Neffen, dem ich so etwas auch jetzt, nach seinem Schulabschluss, nicht zutrauen würde ...

Der Zug fährt ein. Nach Hause scheint alles ganz leicht zu gehen. Wir finden die Plätze, die Grażyna uns reservieren liess.
Sie fehlt mir. Kurz beisammen, zweieinhalb Tage nur, und eine Person, die ich früher nicht kannte, hinterlässt nach dem Abschied diese Lücke.
Mein Herz ist ein Ballon, pumpt sich auf für jede neue Begegnung und schrumpft danach schmerzhaft wieder ein.
Für Colette wird Grażyna nun zur Familie gehören.
- Wird euch Grażyna mal besuchen?, frage ich.
- Auf jeden Fall, ich hoffe noch in diesem Jahr.
- Bist du zufrieden mit dem Ergebnis unserer Reise?

- Was heisst da zufrieden, glücklich bin ich, sehr glücklich, Grażyna gefunden zu haben. Meine Schwiegermama wird sich freuen und Jerzy ... doch, mit Grażyna wird er sich gut verstehen. Besonders nett wird es aber für unsere Töchter sein, die wissen wenig von ihres Vaters Abstammung.
- Und ich weiss wenig von deinen Töchtern, du sprichst kaum von ihnen ...
- Nestflüchter sind es, die gingen weg, sobald als möglich ... aber als ich im Frühling die schwere Grippe hatte, kamen beide zu Hilfe, ohne dass ich darum gebeten hätte, sagt Colette voll Mutterstolz.
- Dann gibts ja noch eine zweite Person, die neu zu euch stösst ...
- Die Tante? Ja, mit ihr sprach ich gestern im Speisewagen.
Verständnislos schaue ich auf.
- Per Handy natürlich, sagt sie. Grażyna hat ihr auf Polnisch das Neueste mitgeteilt, und ich habs dann auf Berndeutsch versucht. Sie versteht problemlos, spricht ein wenig gebrochen, aber gut. Zu ihr gehe ich bestimmt Ende der Woche. Erst kommen die Unterrichtstage ... Jesses, ich darf nicht dran denken ... Morgen früh in Bern und gleich vor die Klasse ...
Wir lehnen uns beide zurück, schauen zum Fenster hinaus. Fabrikanlagen, Pfützen, Goldruten auf Brachland.
Mit Colette ist das Reisen angenehm. Ich muss sie nicht unterhalten und ihr nicht dauernd zuhören.
Sie wird auch schweigen, wenn wir in Kürze über die junge Weichsel fahren, wird nicht sagen, siehst du, dort drüben war ich am letzten Samstag, bei diesen Birken, rechts der Parkplatz, links der Eingang zum Museum ...
Ich schliesse die Augen.
«Der Tod ist ein Meister aus Deutschland ...»

Alicjas älteste Schwester war mit einem Bauern in der Nähe von Auschwitz verheiratet gewesen. Alicja hat uns in ihrer Küche davon erzählt. Wie sie so sagte, ein Bauer aus Auschwitz, kam ich ganz durcheinander. Gab es Bauern in Auschwitz?
Auschwitz war ein Ort, musste ich mir einprägen, ein unbescholtenes Städtchen, bis die fremde Besatzungsmacht dort ein Barackenlager aufstellte.
Angenommen, die Deutschen hätten auch uns überrannt, hätten in der Schweiz irgendwo an einer Bahnlinie – vielleicht in Langenthal – ein solches ... Lager ... was könnte Langenthal dafür, stünde sein Name heute auf diesen schwarzen Seiten der Geschichtsbücher?

Ich öffne ein wenig die Augen, sehe den Kirchturm hinter friedlich ausgebreiteten Seen und Auen ...
Was kann Auschwitz dafür, für seinen derart belasteten Namen?
Alicjas Schwester war also Bäuerin hier. Abends habe der Rauch gestunken und man habe gewusst warum.
Einmal waren sie am Kartoffelgraben, Alicjas Schwester mit Schwägerin und Schwiegermutter. Da hastete ein entwichener Häftling auf sie zu. Blitzschnell zog sie den Überrock aus, stülpte ihn über den Häftling, das Kopftuch von der Schwägerin, von der Schwiegermutter die Hacke, und schon kommt die SS, fragt, ob sie einen Häftling gesehen hätten. Vier Frauen schütteln gelangweilt die Köpfe, graben weiter Kartoffeln. Was mit dem Häftling anschliessend geschehen war, hatte Alicja leider nicht erfahren.
Dafür wusste sie Bescheid über die Goldrutenfelder.
Bei der Herreise schon waren uns die brachliegenden Felder voller Goldruten aufgefallen. Wer konnte sich das leisten, mitten in Europa so viel Land brach zu lassen?

Nördlich von Katowice gebe es noch mehr Brachland. Es gehöre den Ausgesiedelten, hatte Alicja gesagt. Sie wisse es von ihrer zweitältesten Schwester, die sei in Tworog verheiratet und lebe noch. Nach dem Krieg seien es weniger die Russen gewesen, die deutsche Bauern vertrieben hätten, als gewisse Leute im Dorf. Die hätten Nachbarn bei den russischen Behörden denunziert. Hätten abends unter dem Fenster gehorcht, ob polnisch oder deutsch gesprochen werde. Fast alle seien zweisprachig gewesen, und man habe nie gewusst, wann es einen selbst treffe. In Tworog habe der Wirt gehen müssen, der Lehrer auch. Beide hätten Felder gehabt. Viele der Ausgesiedelten seien in Deutschland nun gestorben.
Aber jetzt komme manchmal ein Sohn, ein Enkel, und schaue sich das Land an, das dem Vater, dem Grossvater gehört habe, und so getraue sich niemand mehr, es zu bepflanzen.
Sechsundfünfzig Jahre gaben die Felder her, was sie konnten. Jetzt liegen sie brach und warten ...
Und ich und mein Land, unser beider Gedächtnis? Sechsundfünfzig Jahre geruht, und jetzt wird umgebrochen ...

Noch spüre ich die Glut, die ich damals für mein Land empfunden hatte. Wir Kinder waren – wohl im Rahmen der geistigen Landesverteidigung – in der Schule angeheizt worden, die Heimat zu lieben, nicht cool zu bleiben wie die heutigen Kinder. In meinem Fall war das hundertprozentig gelungen. Ich loderte vor Heimatliebe.
Jeden Morgen kletterte ich auf die Eibe in unserem Garten und grüsste die weissen Gipfel vom Schreckhorn bis hinüber zur Blümlisalp. Sie waren für mich die Schweiz, und für sie wäre ich gestorben, falls es nötig geworden wäre.

Auf einmal schaut mich Colette herausfordernd an.
- Du, sagt sie, findest du die polnischen Männer schön?
Schnell werfe ich einen Blick auf den Herrn in unserm Abteil. Er liest eine tschechische Zeitung. Hoffentlich versteht er kein Deutsch.
- Warum fragst du?
- Ehrlich, ich verstehe nicht, warum die polnischen Internierten so Erfolg bei den Schweizerinnen gehabt haben ... es sind doch nicht wahnsinnig schöne Männer, ich meine, es sind keine Italiener, und über Italiener hört man nichts, die sind doch auch in der Schweiz interniert gewesen ...
- Es gab halt viel mehr Polen als andere Internierte, Tausende von Polen, und die blieben viel länger als andere. Wenn ich mich nicht täusche, kamen die Italiener erst gegen Kriegsende, und die Franzosen, die mit den Polen interniert worden waren, durften nach einem halben Jahr schon wieder heim ... die Polen aber konnten nicht heim, ihr Land existierte nicht mehr.
- Trotzdem, ich kann mir nicht vorstellen, dass diese zurückhaltenden Polen den Schweizerinnen nachliefen, sie umwarben und bedrängten ...
- Vielleicht war es umgekehrt ...
Colette lacht ihr lautes, ein wenig ordinäres Lachen, das mich Ältere immer so befreit.
- Eben, sagt sie, aber was fanden sie an den Polen Besonderes?
- Ich habe mich das auch gefragt. Nach dem Lesen – ich tippe auf die Bücher von Angelika, die neben mir liegen – und jetzt, nach unserer Reise, denke ich, es hänge vielleicht zusammen mit der Höflichkeit gegenüber der Frau.
- Du meinst den Handkuss und so ...
- Ich meine mehr als nur die Form. Ich meine die Wertschätzung, die Verehrung der Frau. Vielleicht hängt es zusammen mit ihrem Verhältnis zur Mutter Gottes ...

Und dann die Schweizer Frauen, die Bäuerinnen vor allem, was die gekrampft haben im Zweiten Weltkrieg. Der Mann im Dienst, das Pferd auch. Also doppelt so viel und doppelt so schwere Arbeit für die Frau. Von Zeit zu Zeit hat der Mann Urlaub, kommt heim, lässt sich bedienen, rückt am nächsten Tag wieder ein, mit frisch gewaschener Wäsche und einem Kuechli, das ihm die Frau trotz fehlender Lebensmittelmarken gebacken, nimmt den schweren Tornister auf, hängt das Gewehr um, winkt und geht. Er hat seiner Frau nicht gedankt, die hat es ja schön, kann daheim bleiben, während er Dienst tun muss fürs Vaterland ...
- Ich sehs, lacht Colette, da braucht es nur ein Merci von einem Internierten, und schon schmilzt die Frau ...
- Und die Polen waren eben sehr dankbar. Sie dankten den Frauenvereinen ...

Ich denke an die geschnitzte Schale für den Frauenverein Trub, an das holperige Gedicht, das mir Angelika rezitiert hatte, «Euch Schweizer Müttern und Mädchen Dank gebührt, die ihr unsere Schmerzen so tief im Herzen ...», dann kommt mir jener alte Bauer in den Sinn, sein Spruch von den Weibern, die den Polen grittligse a Haus ggumpet seien ...
Colette nimmt den Faden wieder auf.
- Natürlich hatten sie eine schicke Uniform, sagt sie, Jerzy hat ein einziges Foto seines Vaters. Mantel, Béret, schräg nach französischer Art aufgesetzt ... aber der war Offizier.
- An unsere Offiziersuniformen erinnere ich mich nicht. Wohl aber an die der Soldaten. Währschafter Stoff, Gürtel viel zu hoch, Hosenfüdli in den Kniekehlen, und dann das unglaubliche Käppi, nur ein wenig nach hinten geschoben, und jeder sah aus wie ein Tölpel ...
- Das Bild erinnert an alte Filme ...

- Wie unvorteilhaft die unsrigen aussahen, merkte ich erst nach dem Krieg, im Sommer fünfundvierzig, als die amerikanischen G.I.s durch Bern zogen. Mit vielen andern standen wir Sechstklässlerinnen an der Bundesgasse und sahen sie kommen, so lässig, sportlich und jung – unsere dagegen in ihren schweren genagelten Schuhen so alt – federnd liefen die G.I.s durch die Bundesgasse und warfen uns den ersten Chewing Gum unseres Lebens zu ...
- Und die Herzen der Backfische flogen jenen Fremden zu statt der eigenen Armee ... Schämt euch, ihr Berner Mädchen von damals, begehrt Colette auf.
- Wie gesagt, das war nach dem Krieg. Vorher waren mir unsere Soldaten wie Heilige vorgekommen. Die Turnhalle im Brunnmattschulhaus war immer voll von ihnen, dort schliefen sie auf dem Stroh. Auf dem Rasen standen Geschütze, auf dem Pausenplatz war die Küche ... dass wir jahrelang nicht turnen konnten, störte mich nicht. Wichtig waren die Soldaten, «Heil dir Helvetia, hast noch der Söhne ja ...»
Statt bei Morgarten Felsbrocken auf die Habsburger hinunterzuwirbeln, luden sie jetzt Gewehre gegen die Nazis ... Du lachst, aber so war es, nicht bei uns zu Hause, aber in der Schule. Wir hörten von den Höhlenbewohnern, den Pfahlbauern, von den alten Eidgenossen, und schon waren wir an der Reihe, «nie vor Gefahren bleich, froh noch im Todesstreich ...»
- Du, ich zweifle, ob das alle so empfunden haben ... ob nicht du mit deiner Fantasie ... vielleicht kam es dir so vor ...
- Ich weiss nicht ... Ich war von Natur aus ein folgsames Kind ...
- Was hast du damals mitbekommen von dem Unangenehmen in unserm Land, das jetzt für den Bergier-Bericht erforscht wird?

- Nichts. Wir liessen uns ‹nicht in die Knechtschaft zwingen›. Wir waren die Stärksten. Wir nahmen Kriegskinder und Flüchtlinge auf, wir Schweizer waren die Besten auf der Welt.
- Das klingt unglaubhaft ...
- Colette, ich war sechs, als der Krieg begann, ich ging gern zur Schule, lernte gern. Es kam mir nicht in den Sinn, kritisch zu sein. Und nach dem Krieg brauchte ich Jahre, bis ich diese Besten-Rolle der Schweiz anzuzweifeln begann ... Darum werde ich heute so hässig, wenn Kindern geschichtliche Tatsachen verschwiegen werden. In Polen zum Beispiel. Grażyna durfte in der Schule nichts von Katyn sagen ...
- Jetzt hast du mir das Kreuz in Krakau nicht gezeigt ...
- Und wenn ich denke, was heute Kinder in aller Welt über die Geschichte ihres Landes erfahren, wird mir schlecht. Das eigene Volk ist immer das beste und den andern moralisch weit überlegen ...
- Aber nach dem Krieg ... wurde da bei uns nicht aufgearbeitet?
- Nach dem Krieg waren Lehrer und Schüler froh, dass diese Jahre vorüber waren. Niemand sprach mehr davon. Man hatte auch vorher nicht über den Krieg gesprochen. Ausserdem war man verschont geblieben, weil unsere Verteidigung so prima war ... Da kam es noch einmal auf, dieses stolze Überlegenheitsgefühl ... es war, wie wenn sich heute ein Hundertjähriger brüstet, er habe halt immer gesund gelebt, Birchermüesli gegessen und so ...
Colette schaut mich belustigt an, presst die Lippen aufeinander und sucht sich eines der Bücher von Angelika zum Lesen aus.
Der Herr in unserm Abteil hat die Seiten seiner Zeitung nicht umgewendet. Vielleicht schläft er, vielleicht hat er zugehört, hat Ähnliches erlebt ... nein, er ist zu jung. Was

ich über jene Zeit erzähle, können nur noch wenige nachprüfen. Ich muss genau sein.
Im ersten Sommer nach Kriegsende wollte die Schweiz ein Zeichen zur Versöhnung setzen. Aus allen Ländern Europas wurden Kinderchöre nach Bern eingeladen. Sie sangen im grossen Casinosaal. Das Musikfest dauerte zwei Tage. Ich hörte mir alle Chöre an und war begeistert. Ein grenzenloses Freundschaftsgefühl hatte mich überfallen. Aber nicht etwa von gleich zu gleich, vielmehr vom Podest der grosszügig hilfreichen Schweiz herab.

Abends im Wiener Westbahnhof ein hauchdünnes, über den Teller lappendes Schnitzel. Ohne Hilfe auf Hochdeutsch bestellt.
Jetzt döse ich im ‹Wienerwalzer› vor mich hin. In einer Kabine, die an verbotene Hühnerhaltung im Käfig erinnert. Colette schläft im Bett über mir.
Als sie sich hinaufgehisst hatte, fing sie noch an, über das Buch zu sprechen, das sie auf der heutigen Fahrt gelesen hat. Erinnerung eines Polen an seine Interniertenzeit in der Schweiz.

Colette war beeindruckt von den Hochschullagern, in denen die Studenten unter den polnischen Internierten ihr Studium weiterführen konnten.
Mir tat es gut. Die Flecken auf meiner Schweiz, vom Schreckhorn bis zur Blümlisalp, die schmerzen. Es gab doch auch Dinge, die unserem Land, trotz strenger Beobachtung aus der deutschen Botschaft, hervorragend gelangen und mit unglaublicher Schnelligkeit ausgeführt wurden. Im Juni vierzig waren die Polen interniert worden, im November desselben Jahres hatte der Unterricht in den Hochschullagern begonnen.

Angelika hatte mir beschrieben, wie sie sich mit Hilfe ihres Bruders über die Möglichkeit informierte, die es für einen gab, der 1938 in Krakau die Matur bestanden hatte. Seine Chance, in eines dieser Hochschullager aufgenommen zu werden, wäre im Herbst vierzig grösser gewesen als zwei Jahre später. Trotzdem, er hätte es geschafft, aber er wollte nicht. Er hatte keine Lust, in Winterthur Maschineningenieur oder in St. Gallen Handelsrecht zu studieren, und schon gar nicht, sich in Freiburg zum Priester ausbilden zu lassen. Er hatte von klein auf nur eines im Kopf: die Musik.
- Auch das wäre möglich gewesen, hatte Angelika mit leichtem Seufzer gesagt.
Als ich es vorhin Colette erzählte, lachte sie leise.
- Das kommt mir irgendwie bekannt vor, sagte sie, der eine wollte nicht in der Schweiz bleiben, der andere will nicht nach Polen gehen ...
Ich mag das Liegend-gefahren-Werden, das Anhalten nachts und Nicht-aussteigen-Müssen, die entfernte Durchsage eines Bahnhofsprechers, die mich nichts angeht, dieses Reisen ohne Verantwortung. Lieber als der Schlaf ist mir das Dösen, der Schwebezustand. In ihm ist es leicht, in die Haut anderer Menschen, anderer Zeiten zu gleiten.

26. Dezember 1942
Angelika wartet beim Zytglogge in Bern aufs Tram. Das milchige Nachmittagslicht dunkelt ein. Die Schneehaufen an den Trottoirrändern werden grau, die Mauern der Sandsteinhäuser schwarz. Kein Licht im Fenster, keine Strassenlampen, kein Auto. Ein Tram mit blauem Verdunkelungslicht schleicht an. Beschwingt steigt sie ein. Er hat sie angehört, Verständnis gezeigt, will helfen. Der Direktor. Er sass im Mantel hinter dem Schreibtisch in seinem Büro, entschuldigte sich wegen der Kälte. Das

Konservatorium werde während der Ferien nicht geheizt. Sie warf einen Blick auf den Teppich, die Bilder und fühlte sich wohl.
Sie hatte ihm geschrieben, sich erkundigt, ob ein polnischer Internierter am Berner Konsi Musik studieren dürfte. Er hatte den Brief erhalten und sie zu einem Gespräch nach Weihnachten eingeladen.
Er schaute sie an.
- Der Anwärter müsste natürlich vorspielen kommen, sagte er, dann müsste man die Bewilligung beim EKIH beantragen, den polnischen Gesandten fragen, eventuell den Bundesrat ... man könnte sagen, es handle sich um ein unterbrochenes Studium ... Sie schreiben mir, er habe in Krakau die Aufnahmeprüfung ins Konservatorium gemacht?
- Weiterfahren konnte er nicht; nach der Matur war ein Jahr Offiziersschule obligatorisch, und anschliessend musste er in den Krieg ...
- Wie so viele andere junge Männer ...
- Was würde verlangt beim Vorspiel?, fragte sie.
- Werke aus vier Epochen, eine Bachsonate, ein Mozartkonzert, eine Schumannsonate und etwas Modernes ...
- Er ist einem Bauern zugeteilt und vorher hat er in Vals im Strassenbau gearbeitet ... seine Hände ... und er hat nicht viel Zeit zum Üben ...
- Wir werden sein Spiel auch so beurteilen können.
Morgen wird sie bei Krompholz die Noten kaufen.
An der Pestalozzistrasse steigt sie aus dem Tram, wird im Finstern von einem Knall erschreckt. Der Papa. Geburt oder Krankenbesuch. Sein Holzvergaser hinten am Auto, Papiersäcke voller Würfel aus Birkenholz und immer diese Knallerei. Sie tappt der Mauer entlang, dann die Treppe hoch und durch den Vorgarten zum dunklen Haus.

Langsam fällt der ‹Wienerwalzer› aus seinem Takt, hält an. Linz. Lichter, eilige Schritte, die Türen, und wieder sanftes Anrollen. Der Lokomotivführer trägt Sorge zu seinen Schläfern. Linz, da wäre die Donau zu sehen gewesen. Wenn mich schon der San, jener kleine Knecht, so beschäftigte, wie viel mehr interessierte mich die Königin unter Europas Flüssen ... Einmal möchte ich diese Strecke am Tag befahren, einmal, später ... falls es ein Später gibt ...
Ich sinke zurück in die Kindheit, in jene Weihnachtsferien im Winter zweiundvierzig, als ich zum ersten Mal Ski fahren durfte. Natürlich nicht auf Kinderskiern. Ich stand auf den alten meines Vaters – mein Vater war sehr gross –, für mich waren sie verkleinert, das heisst, gleich hinter der Bindung abgesägt worden. Ich stand also am Ende des langen Hebels, und die Fahrt wollte irgendwie nicht gelingen.

14. März 1943

Sonntag um elf. Staš steht hinter dem Bauernhaus, schaut in das leichte Schneegestöber. Am Nachmittag ist Messe, erstmals in Langnau. Ein besonderes Hochamt, unter Mitwirkung des Spiels vom sechsten polnischen Regiment. Bewilligung, aus dem Tal zu gehen, hat er keine.
- Dummes Zeug, hat der Bauer gesagt, geh du nur, da sagt niemand nichts.
Aber Velo fahren ist für Internierte verboten. Selbst der Bauer findet es blöd. Hätte ihm das Pferd gegeben, wäre es nicht im Dienst.
- Reiten wirst können, hat er gesagt.
Staš ist bereit. Er hat den neuen Battledress angezogen, letztes Jahr von den Engländern geschenkt. Alle hier internierten Polen bekamen aus England die neue Uniform. Die Stiefel wird er mitnehmen, in den Stallschuhen über den Hügel gehen. Der Bauer hat ihm den Weg erklärt,

ein Dreckweg über aufgetaute Matten und gefrorenen Waldboden hinunter .
In Langnau werden viel mehr Polen zusammenkommen als je in der Kirche hier. Internierte aus der ganzen Region. Dort wird er Freunde, Bekannte sehen. Er brennt auf neuste Nachrichten. Jetzt, da die Deutschen verloren haben bei Stalingrad, muss es doch endlich vorwärts gehen ... Aber die Franzosen – er klopft sich mit den Fäusten an die Stirn –, diese Idioten, versenken ihre ganze Kriegsflotte im Meer, lassen sich von den Deutschen bis Marseille besetzen. Wie soll da noch eine Flucht möglich sein?
Der Priester wird Neues wissen. Die Briefe sind zu alt, Jans vom letzten Sommer aus Persien. Seit El Alamein kein Wort mehr von ihm. Ist er tot? Und Jerzy, wo ist er? In russischer Gefangenschaft? Dann wäre er längst befreit ... Ist er gefallen? Die Eltern wären benachrichtigt worden ... Kasias Brief, nicht ganz so alt, ein Weihnachtsbrief. Er kann ihn auswendig. «Vater starb im Spital in Jarosław, im Kloster. Mutter und ich sind im Häuschen neben dem Hainbuchenweg. Im grossen Haus wohnt jetzt Hans mit seinen Brüdern. Teresas Mann ist gestorben. Sehr plötzlich. Teresa ist nach Deutschland abgereist. Mit andern. Uns geht es gut.»
Kasia ist geschickt. Er versteht, was sie ihm durch die Nazi-Zensur zu sagen versucht: Die Deutschen im Schloss, Teresas Mann erschossen, sie selbst zur Zwangsarbeit abgeführt, Mutter und Kasia im Gärtnerhäuschen. Wie kommen die allein zurecht? Und wie können sie weg ohne Pferde? «... die Pferde sind jetzt alle bei Hans», schreibt Kasia.
Jan kämpft mit General Anders in der Wüste von Nordafrika, mit aller Kraft gegen die Nazis, unter denen sie daheim in Siennów leiden ...

Und er hockt hier, hört die Kühe schnaufen, riecht Sauerkraut und Geräuchertes aus der Küche ... hockt hier im Frieden in seinem Battledress ... verdammt noch mal!
Bald wird er in Langnau mit Freunden sprechen. Angelika ist im Bild. Sie wird den Bruder besuchen. Sie darf Velo fahren. Gern wäre er neben ihrem Fahrrad gelaufen, aber die Heerespolizei ... Angelika wird es schaffen, um vier vor der Kirche stehen. Im Schutz der Internierten wird ein Wörtchen mit ihr möglich sein. Vielleicht kann er sie gar in die Kirche schmuggeln, für so was haben alle Polen Verständnis ...
Sie möchte, dass er in der Schweiz bleibt, Musik studiert. Sie hat alles eingerichtet. Zu spät für ihn. Dreiundzwanzig, zu alt für ein Musikstudium. Doch nicht deswegen hat er Nein gesagt und sie enttäuschen müssen ...
Er würde ja nichts lieber tun ...
Aber er darf es nicht, diese Sonaten und Konzerte üben, Arpeggien und Doppelgriffe, verliebt in den Klang einer noch so schlechten Geige ...
Er muss sich stellen, die Flucht wagen.
Les Brenets, haben seine Kameraden gesagt, geheimes Büro für kampfwillige Polen. Wie kommt er dorthin? Er hat keine Karte.
- Köbi, zeichne mir mal die Schweiz, hat er heute Morgen zum Jungen gesagt.
Und Köbi hat ein komisches kleines Gebilde in einen alten Schneeflecken geritzt, zwei Füsse nach Süden, einen Rücken nach Westen mit einem Schwänzchen dran, von dem er sagte, das sei Genf. Aber wo Les Brenets liegt, hat auch er nicht gewusst.
Hunderte von Polen sind aus der Schweiz nach Frankreich geflohen. Wie haben die das gemacht?
- Staschi, cho ässe, rufen die Kinder.

Ich muss doch geschlafen haben. Es ist Tag. Vorsichtig schiebe ich das Rollo am Fenster ein wenig hoch. Draussen sieht es vertraut aus, der Walensee. Colette sollte geweckt werden. Bald sind wir in Zürich, in Bern.
Bernhard wird auf dem Bahnsteig stehen, und ich habe ihm nichts aus Polen mitgebracht. Nichts als ein paar Geschichten. Die mag er zum Glück.

Dienstag, 11. September 2001

Gestern schrieb es mir nicht. Weder im Kopf noch aus der Hand. Da war viel zu viel nachzuholen. Wäsche, Haushalt, die Enkel ..., ein Schokolädchen für sie, nicht aus Polen, das Herkunftsland ist ihnen egal ...
Abends sassen wir auf der Terrasse, Bernhard und ich, dort, wo keine Zugluft stört, und tranken Wein. Die Flasche hat er lang vorher aus dem Keller geholt, wie er das immer tut. Gestern war es ein Pinot noir aus dem Wallis, den hebt er sich auf für Feste.
Ich erzählte, Notiertes und Unnotiertes. Ein so guter Zuhörer regt an.
Zum Schluss sagte ich, trotz all dem Schweren, das die kommunistische Zeit über das Land Polen gebracht habe, gebe es einige Pluspunkte. Teresas Enkel zum Beispiel, der Umwelt-Ingenieur studiere, und Frau Nykiel, die, als Tochter einer ehemaligen Teppichputzerin, Sprachen und Kunstgeschichte studiert habe, so kleine Leute hätten früher nie aufsteigen können.
Dazu brauche es keinen Kommunismus, sagte Bernhard. Ich wusste sogleich, was er meint. Er, der Karrersbub, hatte sich aus eigener Kraft nach der Primarschule weitergebildet und als Werkstudent alles selber verdient. Das Gerede über mehr Durchlässigkeit in unseren Schulen tut er ab mit dem Satz: Wenn einer will, ist ihm jedes Studium offen.
Was mich von allem am meisten beeindruckt habe, wollte er dann wissen.
Ich dachte nach.
Das Lehrerzimmer zu später Stunde ... Kaffee und Kuchen ... wie wir da sassen, rings um den Tisch, fremd, mit der Sprachbarriere – der Heimleiter aus Rumänien, Colette und ich aus der Schweiz, Grażyna von Warschau und

New York, die Lehrerinnen von irgendwoher im grossen Land Polen – die Schuldirektorin liest diesen Text aus dem Kriegstagebuch ihres Vorgängers, Grażyna übersetzt beinah simultan –, und auf einmal blicken wir gemeinsam hinab in jene Zeit und hören einander atmen ...
Ich erzählte, was mir vom Lehrer-Tagebuch geblieben war.
- Verrückt, sagte Bernhard, ich hocke zur genau gleichen Zeit in einer Dorfschule, drei Klassen, ein Lehrer, ähnliche Atmosphäre wie dort. Aber vom Druck, unter dem diese Gleichaltrigen stehen, wissen wir nichts. Nichts von der Angst vor Kollaborateuren, nichts von jüdischen Nachbarn, die gejagt und erschossen werden ... kein Wort vom Krieg. Ich mache mir selbst ein Bild, mit bubenhafter Vergötterung des Starken, ich hab dir ja gesagt, wie ich heimlich für Rommel schwärmte ...
Aber der Friede, der wurde grossartig inszeniert. Als die Friedensglocken im Trub erklangen, führte der Lehrer uns Schüler auf den Berg hinauf. Mir als dem Kräftigsten wurde eine Bränte voll Wasser an den Rücken gehängt. Oben mussten wir eine Friedenslinde pflanzen, zu den Wurzeln kam eine Flasche mit Zeitdokumenten, auch ein Gedicht, das der Lehrer geschrieben hatte, extra für diesen Tag. Er las es vor, und ich dachte, aha, das hat er alles gewusst und uns nie etwas gesagt ...
- Und wer jetzt diese Flasche öffnet, Zeitdokumente und das Gedicht liest, glaubt, man habe euch bestens informiert ...
- Die Friedenslinde ist abgestorben, sagte Bernhard und trank einen Schluck.

Er hatte nach meinen stärksten Eindrücken gefragt, und ich musste noch etwas ergänzen.
Für Colette war der Höhepunkt die Begegnung mit Grażyna gewesen. Für mich vielleicht auch. Der verwil-

derte Park, das von lieblosen Bauten erdrückte Schloss, das Sommerpalais, vom Heimleiter aus einer Ruine wieder aufgebaut ... durch Grażyna wurden die Orte lebendig und mit Staš in Zusammenhang gebracht.

- Ich hab dir ja erzählt, dass Colettes Schwiegervater bei uns interniert war.

- Weisst du jetzt in welchen Lagern?

- Das wusste ich vor der Reise, aber jetzt hab ich über diese Lager gelesen ... die Polen haben sie etwas anders erlebt, als wir dachten ... Ich kannte in der Stadt nur ein Lager für die Russen, mit meinem Vater als Wächter. Der hat bestimmt weggeschaut, als sie die Pultdeckel abmontierten, und ihnen die daraus geschnitzten Vögel abgekauft ... Das war im Pestalozzi-Schulhaus gewesen.

- Ich kannte das in der Neumatt, sagte Bernhard, das heisst, ich sah einfach die Polen mit Pickel und Schaufel einen Weg verbreitern ... ich sah sie auch Pilze suchen – bei uns daheim ass man damals noch keine Pilze, und die Mutter sagte, das tödt se de –, vielleicht bekamen sie nicht genug zu essen, aber die Hörnli kippten sie ja in den Ablauf vom Brunnentrog ...

- Das schlimmste muss das in Büren gewesen sein, sagte ich. Der deutsche Botschafter hatte der Schweiz vorgeworfen, sie behandle die Internierten wie Kurgäste. Darauf baute das EMD ein ‹Concentrationslager› im Häftli bei Büren. Stopfte sechstausend Polen hinein. Die Vorlage zum Bau hatte es wahrscheinlich den Deutschen abgeschaut. Baracken, hoher Wachtturm, Stacheldraht ringsum, am Eingang bewaffnete Schweizer Soldaten mit Polizeihunden.

- Herrschaft, sagte Bernhard, stimmt das?

- Lies das Buch dieses ehemaligen Internierten ...

- Aber der Begriff Konzentrationslager ist so belastet, dass du ihn für ein Lager bei uns nicht brauchen darfst ... an

andern Orten waren die Polen doch recht frei, in der Innerschweiz, im Aargau, im Graubünden, man hat sie zur Arbeit im Strassenbau eingesetzt, in Vals spricht man noch heute vom Polenweg in den Peilerboden und auf den Tomülpass ...
- Dort war er auch, Colettes Schwiegervater. Dort hat er das Bein gebrochen. Offenbar hatten sie knapp zu essen, wenigstens für Schwerarbeiter im Strassenbau und auf dieser Höhe. In Vals habe der Bäcker abends ein paar alte Brote bereitgelegt für den Ersten, der unten war. Da seien die Jungen jeweils hinuntergerannt ...
- Bühler erinnert sich am besten an die internierten Italiener, die waren bei uns im Sternen einquartiert, sagte Bernhard.
Er wies mit dem Kinn zum Nachbargärtchen.
Dem Bühler Karl sind wir noch immer sehr dankbar. Er rief uns seinerzeit an, neben ihm werde etwas frei. Deshalb wohnen wir hier.
- Hast du mit ihm über die Internierten gesprochen?
- Auch, ja, und über die ganze Kriegszeit. Wegen dem, was du erzählt hattest, tauchte mir manches wieder auf, und am Mittwochabend hab ich den Bühler zu einem Glas eingeladen und ihn ausgefragt ... er blieb bis Mitternacht. Als Bub hat man mir auf Fragen ja keine Antwort gegeben. Bühler hat mir nun bestätigt, dass bei Trubschachen eine Panzersperre gebaut worden war – ohne Betonpfeiler – mit Löchern und Stücken von alten Eisenbahnschienen darin verstrebt, und dass in der Schrattenfluh ein Militärspital ...
- Das hätte ich gern vor meiner Reportage gewusst, warf ich ein, warum hat er mir nichts davon gesagt?
- Man glaubt es kaum, aber er hat tatsächlich bis zu diesem Abend gemeint, er dürfe nicht darüber sprechen, die Schweigepflicht gelte noch immer ...
- Wusste er noch mehr?

- Etwas, das mir neu war. Wir hätten im Trub die ganze Bevölkerung von Schaffhausen aufnehmen sollen, falls es zur Evakuierung gekommen wäre, alles sei vorbereitet gewesen ...
- Und diese internierten Italiener? Was wusste er über sie?
- Die kamen im Herbst dreiundvierzig, da war bei ihnen unten ein Chaos, die Front mitten im Land, die Deutschen nördlich, die Alliierten südlich, die Italiener beidseits der Front, von ihnen flüchteten viele in die Schweiz. Im Trub hat man offenbar ungewöhnliche Italiener interniert. Ich wusste nichts davon, aber Bühler sagt, es seien Musiker gewesen, recht berühmte, sogar Sänger von der Mailänder Scala, die hätten jeweils in der Kirche Konzerte gegeben ...
Während Bernhard noch weitererzählte, blieb ich in Gedanken bei diesen Sängern von der Mailänder Scala. Die gaben also in der Schweiz Konzerte, während ein junger polnischer Geiger mit den Alliierten ihr Land vom Stiefel her von den Faschisten befreite ... mir kam in den Sinn, was Jerzy von seinem Vater gesagt haben soll: Umsonst sei er gestorben. Als Musiker hätte er der Menschheit mehr gedient ... so oder ähnlich habe ich es von Colette gehört. Die von der Junkerngasse herabhängenden Gärten dunkelten, das Rauschen der Aare wurde stärker, ich fröstelte, wir gingen hinein.

Juli 1944

Angelika stösst das Sportwägelchen mit dem Kind. Der Bub sitzt aufrecht im Sicherheitsgurt, guckt unter dem Rand des Hütchens hervor, strampelt und jauchzt. Seine Mama beachtet ihn kaum. Sie geht durch die heisse Strasse zur Gärtnerei am Könizbergwald. Die hat früher die schönsten Blumen, aber seit Kriegsbeginn nur noch Gemüse gezogen. Eine Gruppe von Männern ist dort am Ern-

ten. Sie hat sie gestern von der Friedenskirche aus drüben gesehen und gedacht, es könnten Polen sein.
Je näher sie kommt, desto besser erkennt sie die hellbraunen Uniformen. Internierte Polen werden jetzt für Erntearbeiten eingesetzt. Unbewacht?
Nein, Angelika sieht die beiden Schweizer Soldaten am Waldrand im Schatten sitzen. Mit ihnen muss sie erst verhandeln, es sind Waadtländer. Sie schäkern mit ihr, erfreut über die Unterbrechung an diesem langweilig heissen Sommertag, über die junge Frau, die französisch spricht. Angelika spielt das Spiel mit, plaudert und schiebt das Wägelchen hin und her. Sie lachen über die Arbeiter auf dem Feld, die zum Karotten-Ausziehen so unschweizerisch auf dem Boden sitzen und nachrutschen.
Das sind Städter, denkt Angelika. Dann sagt sie wie zufällig, sie hätten daheim auch einen Polen gehabt, der sei dann weggekommen, in ein Lager oder so ... sie hätten ihm gern noch ein Päckchen geschickt, aber die Spur verloren ... ob sie vielleicht einen von ihnen fragen dürfe?
- Allez-y, sagen die Waadtländer und setzen die Feldflasche an den Mund. Sie nehmen es locker mit der Bewachung. In der Normandie sind die Alliierten bereits gelandet. Der Krieg wird bald zu Ende sein.
Angelika nimmt das Kind auf den Arm, geht mit ihm an die Sonne, an den Feldrand hinaus. Der Kleine spielt mit ihrem schwarzen Zopf.
Die Polen haben sie beobachtet, ihren Auftritt bei der Wache gesehen, sich ihre Sache gedacht. Einer von ihnen steht sogleich auf, ein grosser Mann. Er klopft die Erde von seiner Hose, wischt die Hände mit dem Taschentuch ab, kommt zu ihr. Er spricht ein gepflegtes Französisch.
Zögernd fragt sie nach Stanisław Krukowiecki. Drei Jahre interniert in der Schweiz, in den Lagern Dürrenroth, Büren, Vals, im Internierten-Spital Wiesendangen, im Offi-

zierslager Weier, dann bei einem Bauern im Trub. Nach England geflohen vor fünfzehn Monaten, mit der 8. britischen Armee nach Sizilien, jetzt in Italien, im 2. polnischen Korps ...
- In Rom?, fragt er.
- Ich weiss nicht, ich habe keinen Brief ...
- Seit wann?
- Der letzte vom Februar ...
- Nichts seit Monte Cassino?
- Nein ...
Er schaut sie erschrocken an, schaut auf das Kind, streichelt die gebräunten Ärmchen.
- Wissen Sie, von wo Herr Krukowiecki stammt?
- Südpolen, Gymnasium in Krakau ...
- Einen Augenblick ...
Der Internierte dreht sich um, steigt über die langen Reihen von Rüeblikraut, an Körben und sitzenden Männern vorüber zu einem, der am andern Ende des Feldes arbeitet. Dieser steht ebenfalls auf, ist kleiner als der Erste. Der Grössere scheint ihn etwas zu fragen.
Ängstlich beobachtet Angelika den Gesichtsausdruck des Kleineren. Sie hat Zeitungen gelesen wie nie zuvor, die Schlagzeilen jedenfalls. 12. Mai, Generalangriff der Alliierten bei Monte Cassino. 25. Mai, Sieg der Alliierten am Monte Cassino, schwere Verluste im 2. polnischen Korps ... 4. Juni, Rom befreit! Deutsche auf dem Rückzug ...
Sie sieht den kleineren Mann dort drüben nicken, unglücklich nicken. Fest drückt sie das Kind an sich.
Langsam, mit gesenktem Kopf schreitet der Kleinere neben dem Grösseren quer über das Feld zu ihr.
- Madame, sagt er mit tonloser Stimme, ich bin untröstlich, Ihnen mitteilen zu müssen ...
Sie hat es gewusst. Sie hat es schon immer gewusst. Nicht vom Roten Kreuz, von dort hat sie noch keine Antwort

erhalten. Sie weiss es in ihrem Innern. Seit Ende Mai. Trotzdem hat sie gehofft, bis heute gehofft, ihr selbst erfundenes Wissen sei falsch ...
Die beiden Internierten verneigen sich stumm vor ihr.

Noch Jahre später, wenn sie in einem Garten den Duft frisch gezogener Rüebli roch, habe sie sich erbrechen müssen, hatte mir Angelika beiläufig gesagt.

Heute ist Dienstag, Bernhard ist auf dem Thorberg, besucht Leute, die er früher verurteilt hat. Und ich sitze zum ersten Mal nach der Reise wieder am Schreibtisch, darf die Gedanken laufen lassen ... halt, die Hemden aus der letzten Trommel, ich notiere ‹Wäsche› auf einen Zettel. Eigentlich würde ich gerne mit Colette sprechen, fragen, wie es ihr geht. Zehn Tage unseres Lebens gemeinsam verbracht, zehn Tage enge Verbindung, und seit gestern nichts mehr ... nein, ich darf nicht anrufen, sie unterrichtet, ist vermutlich schon weg.
Mit ihrem Partner hielte ich es nicht aus, mit diesem komplizierten, egoistischen Mann. Aber sie fühlt sich wohl bei ihm, hat ihn auf der Reise immer verteidigt und sein Wesen mit Eindrücken aus der frühen Kindheit zu erklären versucht. Das Freudenkind. Dieses Wort muss ihn tief verletzt haben.
Beim Einschreiben für die Schule sei es noch einmal gefallen, hatte Colette erzählt. Ich zweifle ein wenig, ob im Frühling 1950 eine Lehrerin in der Stadt ein so zweideutiges Wort in den Mund genommen hat, vor den Ohren des Jungen, den seine allein stehende Mutter anmelden kam. Wie dem auch sei, Jerzy will es gehört haben. Auf jeden Fall machte er die Namensänderung bewusst mit, als ihn Franz bei der Heirat mit Angelika adoptierte.
Aber das Freudenkind verfolgte ihn weiter.

Halb ärgerlich, halb belustigt vertraute mir Colette auf der Heimreise an, wie ihr Mann, jetzt ein bekannter Pianist, kürzlich in dieser Sache wieder überempfindlich reagiert habe.
Das Conservatoire de Musique in Lausanne, wo er eine Berufsklasse führt, habe ein Jubiläum gefeiert. Eine Schrift herausgegeben mit Artikeln zum Fest. Im Anhang klein gedruckt die Namen aller am Konsi unterrichtenden Professoren. Der Name von Georg Hänni habe gefehlt. Was aus Unachtsamkeit geschehen sei – solche Fehler passierten ja immer vor dem Druck –, habe er als Bestätigung seiner Vermutung empfunden, wegen seiner zweifelhaften Abstammung nicht für voll genommen zu werden.
- Da kannst du nichts machen, sagte Colette und zuckte die Schultern, das sitzt einfach in ihm drin.
- War er nie stolz auf sein polnisches Erbe?, fragte ich.
- Kürzlich hab ich seine Schulhefte aus dem Gymer gesehen, sagte Colette. Angelika hat ihn seit Jahren gebeten, die Schachteln mit den Schulheften aus ihrem Estrich zu holen. Passiert ist natürlich nichts. Solche Dinge nehme ich ihm nicht ab. Auf einmal stand Franz vor der Tür, brachte die Schachteln von seinem Estrich in unsern Keller, die Tochter – die Kunstmalerin – brauche Platz. Mich interessierten die Deutschhefte, ich nahm eines hervor, schaute es an und fand auf der hintersten Seite schwungvolle Unterschriften, wie man sie in diesem Alter eben ausprobiert. Aber er hatte nicht Georg Hänni, sondern eine Seite voll Georg Krukowiecki geübt ...

Ob sie ihm jetzt von seinem Vater erzählt? Von dessen Kindheit in Polen?
Davon wird er kaum je etwas gehört haben, höchstens ein paar Bruchstücke aus seines Vaters Leben in der Schweiz, etwas über die Lager ...

28. Dezember 1940

Staš hockt am Fenster, starrt hinaus. Strassenbeleuchtung. Schnee, hell, das ganze Barackenlager im Licht. Sonst verdunkeln die Schweizer strikt, aber jetzt, nach diesem Tag ... und hier kommt wieder Verstärkung. Ein ganzer Zug marschiert zum Lagertor ein, der zweite seit heute Mittag. Jetzt werden so viele Schweizer wie Polen im Lager sein, sie bewaffnet, wir nicht. Sie schiessen, schiessen auf uns und treffen, diese Faschisten.

Staš ist zutiefst enttäuscht vom Schweizer Militär, hat den Hass gespürt. Nicht begriffen. Da hat er als polnischer Schütze gegen die Nazis gekämpft, hat sich widerwillig internieren lassen, die Waffen abgeben müssen und sich in der Schweiz bei Freunden gewähnt. Das war auch so. Biel, Dürrenroth, die Leute sehr freundlich, haben ihnen alles geschenkt, Decken, Schuhe, Brot und Zucker.

Auf einmal Befehl, weg nach Büren, hinter Stacheldraht. Zweieinhalb Monate hier und das Leben wird eng. Kein Buch, kein Ausgang, keine Nachrichten. Und dieser blöde Appell. Sinnlos, eine Schikane. Appell am Morgen. Draussen, bei zwanzig Grad unter Null. Schnee. Appell und warten, bis die Zehen einfrieren, bis der Letzte der Schläfer von der Schweizer Wache halbnackt herausgezerrt wird.

Und heute die Ansprache des schwachsinnigen Lagerkommandanten. Er sprach deutsch, wurde auf Polnisch übersetzt. Mag sein, dass die Übersetzung unkorrekt war. Staš versteht noch zu wenig Deutsch. Die älteren polnischen Offiziere, die hinter ihm am Tisch sitzen, rätseln daran herum.

Ordnung wollte der Schweizer Lagerkommandant, Ordnung um jeden Preis, und sagte etwas von Schiessen und Treffen, auch wenn zweihundert Polen erschossen würden ... Steine flogen von unserer Seite, einer traf den Major an

die Brust – kleine Steine, Kiesel, grosse gibt es hier nicht – und dann war der Teufel los! Schüsse, zwei Polen stürzen, Krawall ...
Keiner von uns ging zur Kantine. Das Essen verweigern alle. Auch diese Kerle aus französischen Kohlengruben. Sechzehnjährige Rotzjungen, sprechen kein anständiges Polnisch mehr. Ihre Väter wanderten aus, arbeiteten in Frankreichs Kohlengruben, die Söhne sind aufgehetzte Marxisten, wurden in polnische Uniformen gesteckt und in den Krieg geschickt. Hier im Lager sondern sie sich von uns ab, grüssen die Offiziere nicht. Mich als einen der Jüngsten schon gar nicht ... mich pfeifen sie aus. Aber heute hat auch von ihnen keiner das Frühstück berührt, keiner das Mittagessen, keiner das Nachtessen. Hungerstreik. Einzige Waffe gegen diesen verfluchten Lagerkommandanten und seine Soldaten.
Drüben vor den Schweizer Baracken stehen die Neuen stramm. Ein Befehl, die Gewehre schnellen hinauf, hinunter. Staš schluckt. Als entwaffneter Offizier steht er zwischen zwei Fronten, dort die Schweizer, hier die Rotzjungen, die den Gehorsam verweigern. Er findet es wahnsinnig ungerecht. Machtlos, lächerlich geworden zu sein ...

Mein Blick fällt auf den Zettel am Boden. ‹Wäsche›.
Ich gehe hinaus in den Garten, greife nach Bernhards Hemden. Käfertrocken, wahrscheinlich seit langem.
Bühler ruft mir etwas über den Zaun, Wörtrezenter. Ich meine, er mache einen Witz. Doch sein Gesicht bleibt ernst.
- Nachrichten hören, brüllt er.
Erschrocken laufe ich hinein, drehe das Radio auf.
New York, World Trade Center, Jets in die Türme, Flammen, Einsturz ...

Und die Menschen, die vielen, vielen Unschuldigen in ihren Büros ... Grażyna!
Ich rufe bei Colette an. Seit Stunden versucht sie, nach New York zu telefonieren. Dringt nicht durch.

Bernhard kommt heim. Auch er verstört.
- Hitler machte es ohne Kriegserklärung, sagt er, jetzt geht es ohne Armee ... ein neues Zeitalter ...
Wir schauen uns die Tagesschau an.
Ich fühle mich uralt. Nicht mehr lebensfähig.
Jetzt, da wir immer noch, oder erst richtig am Aufarbeiten all des Unrechts sind, das im Zweiten Weltkrieg geschah, und die schier endlosen Schuldzuweisungen auch unser Land berührt haben, jetzt, da wir glauben, auf dem Weg zur Überwindung zu sein, beginnt eine neue Art Krieg.
- Diese Selbstmord-Attentäter!, ruft Bernhard aus, nicht nachvollziehbar!
Doch, denke ich. Nachvollziehbar. Selbst erlebt, vor vielen, vielen Jahren.
Ein Klassenzimmer im Brunnmattschulhaus, auf braunem Packpapier an der Wand der Rütlischwur. Hirtenhemden, Hellebarden und drei erhobene Finger.
«Rufst du mein Vaterland ...»
Und eine wahnsinnige Opferbereitschaft befiel das Kind, das jeden Morgen mitsang:
«... nie vor Gefahren bleich,
froh noch im Todesstreich ...»

Donnerstag, 13. September 2001

Ich sitze im fast noch leeren Saal, sehe Bekannte und Unbekannte nach ihren Plätzen suchen.
Vor einem Konzert bin ich gern früh am Ort und stimme mich selber ein. Nicht so wie in Schloss Łańcut, wo ich vor lauter goldenen Wänden kaum zum Zuhören kam. Den schlichten Saal im Konservatorium kenne ich seit meiner Jugend.
Ich freue mich auf den Klavierabend, erwarte gespannt den Pianisten. Ihn werde ich nach der Reise mit neuen Augen betrachten.
Gestern rief Colette mich an, sie habe Grażyna sprechen können. Ich atmete auf.
Tausende sind in New York umgekommen oder sterben noch unter den Trümmern, aber die eine, die ich kenne, lebt. Und ich ... bin erleichtert.
Dort geht sie, Colette – tolles Kleid –, neben sich Franz, Angelika und eine weitere hoch gewachsene alte Dame im Hosenanzug. Offenbar hat es Colette schon fertig gebracht, die Tante aufzusuchen. Wenn sie etwas im Kopf hat, wird es rasch ausgeführt.
Sie nehmen Platz, fünf Reihen vor mir, die Dame, von der ich annehme, es sei Kasia Künzler-Krukowiecki, sitzt links aussen neben Angelika. Ich sehe Angelikas linke Wange, leicht gerötet, vielleicht nur Fond de teint, jedenfalls spricht sie lebhaft auf ihre Nachbarin ein, kehrt Franz den Rücken. Ob sie ihr von der Liebesgeschichte erzählt?
Der Musiker, der auftreten wird, verdankt ihr sein Leben ...

Juni 1943
Angelika fährt einem Getreidefeld entlang. Kein Wegweiser hilft. In Jegenstorf, wo sie seit ein paar Wochen Schule hält, hat man ihr die Richtung gezeigt. Mün-

chenbuchsee sei nicht weit. Und das Doktorhaus gut zu finden.
Otto hat die Praxis für den Landarzt zu führen. Er ist im Militärdienst wie der Oberlehrer, den sie vertritt.
Der Weizen steht hoch. Kornblumen äugen blau und der Mohn brennt zwischen den Halmen. Sie beachtet die Blumen nicht. Das Rad ist schwer und der Weg ziemlich steil. Ihr ist elend, sie muss jemanden ins Vertrauen ziehen. Aber das fremde Doktorhaus ist ihr schrecklich zuwider ... sie kann dort nicht ins Wartzimmer gehen, als wäre sie eine Patientin. Die Frau des abwesenden Arztes hilft mit und wird sie nicht allein mit dem Bruder lassen ... Ginge sie später, würde Otto beim Nachtessen am Familientisch sitzen ... auch schlafen muss er natürlich im Haus ... und am Telefon möchte sie nicht davon sprechen.
Sie hebt sich vom Sattel, tritt in die Pedale. Der Weg steigt immer noch an und nimmt ihr den letzten Mut. Vom Waldrand kommt ihr ein Velofahrer entgegen, der hats leicht, ist im Schuss. Sie wird ihn anhalten müssen und nach der Richtung fragen ...
Otto!
Ein Stopp, Otto steht auf den Rücktritt, reisst die Lenkstange hoch. Vom Gepäckträger fällt das Köfferchen, klappt auf. Sie hilft ihm die Spritzen, Ampullen und das Stethoskop vom staubigen Weg einsammeln.
- Du hier?, sagt Otto.
- Ich wollte dich besuchen ...
- Ich muss aber zu einem herzkranken Bauern ...
- Darf ich mitkommen?
- Wenns dir nichts ausmacht zu warten ...
Neben dem Bruder fährt sie die Strecke hinunter, die sie eben ertreten hat, und wartet beim Weizenfeld.
Endlich kommt er zurück.
- Was ist los?, fragt er, du siehst fürchterlich aus.

Sie schaut zu Boden, sagt nichts.
- Bist du ...?
Sie nickt.
- Möchtest du es ...? Otto wirft die Hand weg.
- Nein, niemals!, schreit sie und schaut ihn an, als wolle er sie erdrosseln.
- Ängeli! «Oh du liebs Ängeli, Rosmarinstängeli, oh du liebs Härzeli, tue nid eso. Tue nid eso, zittere nid eso, ds Hüsli fallt gwüss nid um ...»
Ängeli wurde sie zu Hause als kleines Mädchen genannt. Das altvertraute Kinderliedlein scheint sie etwas zu beruhigen.
- Es ist das Einzige, was ich von ihm habe, sagt sie leise.
- Du musst ja gar nicht, es wird nur sehr schwierig werden für dich ...
- Ich weiss, eine Vertretung kann ich nicht mehr annehmen ... eine Stelle auf keinen Fall.
- Sprich mit den Eltern. Wenn du willst, komme ich auch, ich bin etwas mitschuldig, hab dir die Karte gezeichnet, den Tipp gegeben vom Ferienhaus ...

Ottos Hilfe war nicht nötig gewesen. Die Eltern blieben sachlich. Vor allem der Vater.
Angelika konnte zu Hause wohnen, zu Hause gebären. Das Kind wurde von allen geliebt. Seine Mama erarbeitete noch das Lehrdiplom für Klavier. Später half sie in der Praxis und unterrichtete ein paar Schüler. Ich erinnere mich, im Wartzimmer bei Doktor Tschanz aus der Wohnung von oben bekannte Klavierstücklein wie ‹Der fröhliche Landmann› gehört zu haben.

Der Pianist tritt auf, verbeugt sich kurz. Dichtes Grauhaar, ein schmales langes Gesicht, unverkennbar Angelikas Sohn.

Die Begabung habe er von seinem Vater, nicht von ihr, hatte sie mich wissen lassen. Aber hier hätten die Leute gedacht, es sei nicht von ungefähr, dass der Sohn einer Klavierlehrerin Pianist werde ...
Ich schliesse die Augen.
Erst gelingt es mir, aufmerksam zuzuhören. Sein Programm ist konservativ, aber jedes der oft schon gehörten Stücke wird durch ihn neu geschaffen, jetzt, in diesem Augenblick. Beim Chopin – jenem Nocturne, das Colette letzte Woche erwähnte, im halb verfallenen Schlosssaal mit dem Bechstein-Flügel, der Grażynas und somit auch unseres Pianisten Grossmutter gehört hatte – beim Chopin-Nocturne, bei den Klängen dieses Nachtwunders, fällt meine Konzentration zusammen.

Osternacht 1943
Sie löst ihren Zopf, seitwärts sitzend auf seinen Knien. Sachte hebt er den schwarzen Vorhang, betrachtet den weissen Nacken, verwundert, entzückt. Die Kälte kriecht durch die Ritzen der Bretterwände. Sie spüren es nicht. Draussen wimmert ein Käuzchen. Sie hören es nicht. Und die Dunkelheit fällt herab. Sie haben Nachtaugen, sie erkennen sich.
Ein Tasten, Suchen, ein scharfer Schmerz und ein Trotzdem-Verlangen, ein Weinen und Lachen zugleich, ein Spüren und Nicht-genug-Bekommen von warmer Haut, und, nicht schlafen, schlaf nicht, im Schlaf bist du weg, und ich bin allein. Der Mantel im Heu ist verrutscht und die Halme stechen, bleib! Bleib hier ...
Am Morgen beim Brunnen, spärlich rieselndes Wasser aus rostiger Röhre, Vogelgezwitscher im jungen Laub, Sonne, Kirchenglocken von sehr weit her. Hier ist ein anderes Land, hier läuten die Glocken nur für zwei. Lachen, nie haben sie einander so lachen gehört, der Tag wird dau-

ern, ewig dauern. Wer spricht denn vom Abend? Den gibt es nicht ...
Auf dem Stein vor der Hütte das Osterfrühstück. Lauwarmer Tee aus der Thermosflasche, Brot, Käse und die gefärbten Eier, von Angelikas Schulkindern geschenkt. Ostereier. In Polen würden sie vom Priester gesegnet. Sei kein Priester da, dürfe der Hausherr sie segnen.
Staš steht auf, ein Internierter auf der Flucht aus der Schweiz, aber heute Morgen ist er der Hausherr vor einem Heuschober hinter Les Hauts-Geneveys. Er hat die Uniform angezogen. Das Béret mit dem polnischen Adler hält er vor die Brust und schlägt mit der rechten Hand das Zeichen des Kreuzes über den Ostereiern.
Angelika sieht seinen Ernst, sein gläubiges Vertrauen, und liebt ihn noch inniger als zuvor.

Nach dem Applaus, einem langen Applaus, setzt sich Georg Hänni wieder hin. Ich erwäge vorzeitiges Abschleichen, Zugaben mag ich nicht, aber Colette hätte ich gern noch gesehen.
Als sich der Saal geleert hat, steht im Korridor die Familie beisammen.
Angelika und Franz, stolz auf ihren Sohn; die Tante – wenn es sie ist – beglückt über den neu entdeckten Neffen; die Töchter – ich seh sie zum ersten Mal, die Nestflüchter – frisch und jung, geben sich überlegen und necken den Vater; die wild mit Tüchern drapierte Dame wird die Halbschwester sein, die Kunstmalerin ... Colette schmiegt sich an ihren Mann. Er und sie halten sich an den Händen wie neu verliebt.
Ich traue mich nicht zu stören und gehe.
Colette eilt mir nach.
- Es war wunderschön, sage ich.
- Hast du Kasia gesehen?, fragt sie leise.

- Ich nahm an, es sei sie ... wie schnell du sie hergebracht hast!
- Ist sie nicht reizend? Ganz unkompliziert, gehört gleich dazu ... und ich hatte so Angst, sagt Colette.
Sie begleitet mich ein paar Schritte, schaut vor dem Ausgang zurück.
Ihre Leute bewegen sich nicht vom Fleck, sind lebhaft am Plaudern. Franz hält die Mäntel der Damen bereit, aber noch schlüpft keine hinein, und so beginnt Colette zu erzählen, was seit unserer Reise geschah.
- Schon am Montag ging ich zu Kasia, sie wohnt in der Nähe des Gymnasiums. Ich hatte mich angemeldet, wollte sie unbedingt zu Jerzys Klavierabend einladen. Sie empfing mich mit gedecktem Kaffeetisch und drei Sorten Kuchen ... sehr liebenswürdig ...
Am Dienstagvormittag, in einer Ausfallstunde, fuhr ich zur Schwiegermama, erzählte von der Reise, von Teresa, Grażyna, von Kasia, die seit fünfzig Jahren drüben im Kirchenfeld wohnt und sie gern sehen möchte ... vielleicht war ich ein wenig zu schnell ... Plötzlich begann sie zu weinen, hielt sich die Hände vors Gesicht und sank in die Ecke des Kanapees. Ich erschrak.
In diesem Augenblick kam Franz herein.
- Was ist da los?, herrschte er mich an.
Ich erzählte ihm dasselbe. Da schob er mich vor die Tür hinaus und kanzelte mich dort ab wie nie zuvor.
- Mit deiner Polenreise hast du die Mama bereits durcheinander gebracht, sagte er, und jetzt noch dieser Besuch! Der wird ihr schaden, sie erträgt das nicht, schliesslich ist sie nicht mehr die Jüngste.
Dann fragte er nach Kasias Adresse.
Er gehe auf jeden Fall mit, sagte er, vor dem Haus werde er auf Angelika warten. Vielleicht lasse sich so das Schlimmste verhüten ...

– Mir kam alles so übertrieben vor, ich musste fast lachen und begann doch, mich ein wenig zu sorgen ... Aber es ging dann prima, und heute, schau sie an, wie gut die sich schon verstehen!
- Ein echtes Familienbild, sage ich, wenn mich nicht alles täuscht, fehlt nur einer ...
- Der junge Mann, seinetwegen bin ich dir nachgesprungen ... stell dir vor, Mark interessiert sich auf einmal für Literatur!
Colettes Leute schicken sich an zu gehen, und so bringt sie mir kurz ihr Anliegen vor. Wie ich ja wisse, bereite sich Mark neben der Lehre auf die Berufsmatur vor. Nun habe er ein Buch und eine Autorin vorzustellen, und ob er vielleicht mich ...
- Er soll anrufen, sage ich.

Unten an der Mattentreppe, einer gedeckten Holztreppe, die ich so spät nur fliegend hinuntersause, beginne ich, über Franz nachzudenken.
Bei meinen Besuchen war er mir eher im Weg gestanden, das heisst, erst wenn er in die Küche ging, erzählte Angelika das, was ich hören wollte.
Doch Franz hatte in jener ‹besonderen› Zeit auch Wichtiges erlebt. Hatte gelitten, als sein Vater bei Kriegsbeginn die Stelle bei der grossen Berner Fuhrhalterei verlor. Die meisten ihrer Arbeiter seien damals entlassen und als Taglöhner nur hie und da wieder angestellt worden. Sein Vater habe täglich vor der Firma am Zaun gewartet, manchmal sei er um elf, manchmal um vier, manchmal überhaupt nicht zur Arbeit gerufen worden und habe fast nichts verdient. Die Mutter habe als Waschfrau die Familie durchgeschleppt. Fünf Söhne.
- Aus allen ist etwas Rechtes geworden, hatte Franz gesagt.

Was mich besonders interessierte, war die Rolle, die Doktor Tschanz in dieser Familie an der Ladenwandstrasse, nicht weit vom Haus meiner Kindheit, gespielt hatte.
- Er kam sogar zu uns, auch nachts, aber nie eine Rechnung, hatte Franz mit Blick auf Angelika gesagt.
Kennen gelernt hatten sich die beiden erst nach dem Krieg. Das weiss ich von Colette.
Der Lokomotivführer habe seinen Gesundheitszustand prüfen lassen. Augen und Ohren. Die Untersuchung sei alle drei Jahre fällig gewesen, und Franz habe sie immer beim Hausarzt machen lassen. Nach dem Krieg habe dort eine junge Frau mit schwarzem Zopf in der Praxis geholfen. Und ins Wartzimmer sei gelegentlich ein kleiner Bub geplatzt und habe die Leute unterhalten.

Samstag, 15. September 2001

- Ich hatte wahnsinnig Angst vor der Heerespolizei, sagt Angelika hinter mir.
Sie spricht zu Kasia neben ihr auf dem Rücksitz, erzählt ihr vom Ostersamstag im Jahr dreiundvierzig, als sie hier durch Langnau geradelt war.
Colette und ich hören mit. Sie am Steuer und ich daneben. So ausführlich hat Angelika keiner von uns je erzählt. Kasia Künzler-Krukowiecki wollte den Ort aufsuchen, an dem ihr Bruder in der Schweiz zuletzt gelebt hatte. Sie wünschte auch mich zu sehen, die ich in ihrer Heimat gewesen war, und so wurde ich zu dieser Fahrt ins Emmental eingeladen.
- Hier in Langnau sah man viel Militär und wusste nie, ob Heerespolizisten dabei waren. Otto hatte mich gewarnt – das ist mein Bruder –, sagt sie zu Kasia. Er kannte die Burschen von der Heerespolizei, wusste, dass sie fliehenden Polen nachspürten und sich einen Sport daraus machten, Pärchen zu erwischen. Ein Verhältnis zwischen einem Polen und einer Schweizerin war streng verboten. Ich radelte also mittags durchs Dorf und angstete, ob Staš meinen Brief verstanden, ob er am Vormittag unbemerkt habe weggehen können, ob er sich im Bachwald zurechtgefunden, es fertig gebracht habe, sich abseits des Weges bis Langnau zu pirschen, ob er das versteckte Velo und den Rucksack gefunden, seine Uniform mit Ottos Kleidern habe tauschen können ... vielleicht waren dort ja Kinder, die Moos für ihr Osternest suchten ... und vielleicht lief er noch im letzten Augenblick der Heerespolizei in die Arme ... ich hatte alles bis ins kleinste Detail geplant, und alles hätte schief gehen können ...
Am Gründonnerstagabend hatten wir zum letzten Mal musiziert, aber nicht über die Flucht sprechen können,

meine Kollegin war immer dabei. Ich hatte ihm einen Brief mit dem Veloschlüsselchen in den Geigenkasten gelegt. Am Karfreitag brachte ich auf dem Velo mein Köfferchen zur Bahn – gleich sind wir dort, in Trubschachen. Mein Gepäck gab ich auf nach Bern. Holte dann meinen Lohn beim Kassier. Am Ostersamstag war noch die Verabschiedung von den Schülern. Beinah fiel es mir schwer, mich von ihnen zu trennen. Um halb zwölf stieg ich aufs Velo, sauste zum Tal hinaus in den Frühlingstag. Ich erinnere mich an die blühenden Kirschbäume am Waldrand, zarte, weisse Schleier, und ein Licht lag im sonst so düsteren Tannenwald, ich hatte es bisher nie bemerkt, und ich pfiff auf der holperigen Strasse, sie war noch nicht asphaltiert ...
Schweigend fahren wir durch Trubschachen. Colette schaut mich an, ich zeige nach links. Kein Wort, keine Frage. Nur Angelika nicht unterbrechen, nie hatte sie vorher derart ausführlich erzählt. Was mir auffällt, ist ihre veränderte Stimme. Heiter und abgeklärt hatte sie geklungen, als ich im Sommer zu Besuch war und Angelika, unter anderem, auch die Liebesgeschichte mit Staš erwähnte. Jetzt scherbelt sie, ist zittrig, zuweilen fast tonlos. Ist es der Ort oder Kasias Gegenwart? Erinnert sie an den Bruder?
- Hinter Langnau, wo die Ilfis in die Emme fliesst, sollte er auf mich warten. Ich hatte ihm Ottos Kartenskizze zum Brief gelegt. Und genau dort wartete er. Ich sprang vom Velo und musste erst furchtbar lachen, ich war so erleichtert. Da stand ein Mann in Ottos Windjacke und Knickerbockern, in Wandersocken und genagelten Schweizer Militärschuhen. Auf dem Kopf trug er nichts, kein Béret mit polnischem Adler. Seine Haare, sonst von exaktem militärischem Schnitt, waren etwas verwuschelt. Es war ein Tag wie im Mai. Warm und sonnig, und die Wiesen gelb von Löwenzahn. Wir fuhren nebeneinander, die

Strassen waren ja autofrei. Und endlich konnten wir ohne Rücksicht auf Dritte uns anvertrauen, was sich aufgestaut hatte. Staš erzählte aus seinem Leben, ich hörte von Siennów, von eurem Sommerhaus, von seiner Kinderfrau und den Eltern, von dir, Kasia, und den Brüdern.
- Wusste er damals schon von Katyn? Vom Mord an Jerzy? Ich meine den Bruder, nicht den Jungen, sagt Kasia.
- Er hat es gewusst, und deshalb hielt er das Warten hier nicht mehr aus ... Mein Sohn verstand das nie, sagt Angelika. Auch ich kann es heute kaum mehr verstehen, warum ich ihm fliehen half ...
- Nein, sagt Kasia, und ihre Stimme klingt überzeugt, das war richtig. Man musste die Nazis bekämpfen. Was die zerstört haben! Nicht nur in Polen, auf der ganzen Welt!

Im grünen, spärlich besiedelten Tal rückt die Kirche von Trub ins Bild.
Kasia möchte mehr über ihren Bruder vernehmen, es sei wichtig für sie. Während des Krieges hätten sie in Polen wohl ein paar Briefe von Staš erhalten, aber dann plötzlich nichts mehr. Sie und ihre Mutter hätten dann selber vor den Russen fliehen müssen, und erst in der Schweiz, lange nach ihrer Ankunft, durchs Rote Kreuz in Genf von Staš' Tod vernommen. Wie er von hier nach England gelangt sei, hätten sie sich nie erklären können.
Und Angelika fährt weiter, erzählt von ihrer Fahrt, auf der sie immer laut gelacht, in einen Apfel gebissen oder sonst etwas Unverdächtiges getan hätten, wenn ihnen Leute begegneten. Nur keine Angst zeigen, keine Hast, habe Otto gesagt, nicht erschrecken, wenn Militär kommt. Das sei in Aarberg der Fall gewesen, und sie hätten krampfhaft gelacht, während die Soldaten dem Pärchen auf den Velos nachpfiffen. Otto habe ihnen geraten, Bern zu meiden, habe ihnen Kartenskizzen gemacht, die Staš viel bes-

ser verstanden habe als sie. Von Neuenburg an kennst du den Weg, habe Otto gesagt. Sie seien vor dem Krieg ein paar Mal in Les Hauts-Geneveys gewesen, in einem Ferienhaus, das einem Dienstkameraden ihres Papas gehört hatte.
Der Jura sei immer näher gerückt und irgendwo habe sie eine Frau, die im Garten gejätet habe, gefragt, ob es noch weit bis Neuenburg sei.
- Die Frau streckte den Rücken und teilte uns freundlich mit, wo wir uns befanden, in Ins. Nach dem Dorf stiegen wir ab und wollten essen. Aber die Welt war so schön ringsum, wir assen nichts ...

Ostersamstag 1943
Apfelblust, Birnenblust, grosszügig übers Land verschenkt. Die Äcker lila, noch unberührt, der Jura nah und jung im Laub. Die Lerche klein, ihr Lied voll Kraft, und liegst du im Gras, siehst du sie oben im Himmel verschwinden ... Der Pullover, den sie gestrickt, steht ihm gut, Vorkriegswolle, schmiegt sich weich an ihren Hals, kratzt nicht am Ohr ...

Colette hält an.
- Geht es hier durch?, fragt sie.
Vor uns steht der weisse Turm, das weisse Schiff mit hölzernem Anbau. Die berühmte Kirche von Trub.
Ich entschuldige mich, habe zu wenig aufgepasst. Bernhard hat mir noch heute Mittag erklärt, wo die Strasse in den Twärengraben abzweigt. Lange vor dem Dorf Trub.
Sie hätte es auch wissen sollen, sagt Angelika, sei aber seit jener Zeit, also seit achtundfünfzig Jahren, nie mehr in dieser Gegend gewesen.
Colette fährt rückwärts, wendet vor dem Löwen, in dem Bernhard und ich schon ein paar Mal gegessen haben.

Ich verbiete mir weitere Träumereien und gebe Colette Hinweise, die sie längst von den Strassenschildern gelesen hat. Angelika ist verstummt.
Wir fahren in ein enges Tal, in eine andere Welt, weg vom schweizerischen Durchschnitts-Alltag, tauchen in die Schatten der Vergangenheit ein.
Nach kurzer Fahrt ein Pausenplatz direkt am Strässchen. Sandgrube, Klettergerüst. Das Schulhaus verlassen, Quantité négligeable am Samstagnachmittag.
Wir steigen aus. Ich betrachte das Haus wie ein Überbleibsel aus vergangener Zeit, wie ... ja, wie letzte Woche Grażynas Schloss im zugewachsenen Park.
Hier Grundmauern, Rundbögen, der Ansatz zu einem Prachtsbau, darüber die dunkel verwitterte Schindelwand.
- Es war kleiner, sagt Angelika, oder täusche ich mich? Den Pausenplatz gab es noch nicht, den Anbau auch nicht, dort waren die Plumpsklos für die Schüler.
Wir gehen die Stufen hoch, versuchen die Tür zu öffnen. Sie geht auf, auch die Schulzimmer sind nicht verschlossen. Im Zimmer der Unterschule ist alles aus Holz, Boden, Tische, Stühle. An der Wand hängen papierene Äpfel, Birnen, Zwetschgen, übergross und kräftig bemalt. Von der Decke herab schwebt ein Drache mit farbigem Schwanz. Angelika steht ans Fenster.
- Die Aussicht ist noch dieselbe, sagt sie.
Wir schauen hinaus auf die sonnenbeschienenen Eggen und Zacken weit draussen vor dem schattigen Tal.
- Hier drin waren viel mehr Pültchen, sagt Angelika, das war ganz voll, und in der Ecke stand das Klavier.
Etwas in ihrer Stimme lässt mich hinausgehen. Ein Gefühl, meine Anwesenheit in diesem Zimmer könnte ihr vielleicht unangenehm sein ...
Ich warte vor dem Schulhaus, fröstle leicht. Nachmittags um drei, und kein einziger Sonnenstrahl mehr.

Auch Colette kommt zur Tür heraus, steigt langsam die Stufen hinab.
- Es bringt sie mehr durcheinander, als ich dachte, sagt sie, wir müssen etwas trinken gehen, kennst du eine Beiz?
Ich schlage den Löwen vor.
Wir warten weiter, schlendern ein wenig hin und her, dem Bach entlang. Zum Sitzen ist es zu kühl.
- Kasia hätte noch den Bauernhof sehen wollen, auf dem Staš gelebt hat. Aber Angelika war nie dort. Sie habe keine Schüler zu Hause besucht ... die hat doch nicht Zeit gehabt ... Und wäre sie am Sonntag dort hinaufgewandert, hätte jedermann geahnt warum. Bestimmt nicht wegen des Schülers, sagt Colette.
Ich weiss ungefähr, wo der Hof liegt. Bernhard meinte, ein Kleinbauer hätte es nicht vermocht, einen Polen anzustellen. Jenseits des Baches steigt der Wald steil an, oben muss es mehr Sonne und grössere Anwesen geben.
- Kennst du Les Brenets?, fragt Colette auf einmal.
- Les Brenets?
- Hast du nicht gesagt, dort sei Staš über die Grenze?
- Ja, dort trennten sie sich. Angelika ist mitgegangen bis dort ...
- Kennst du den Ort?
- Wir sind einmal dort gewandert, dem Doubs entlang ...
- Ich hatte im Sinn, die alten Damen auch dorthin zu führen, aber ... vielleicht ist es besser nicht ...
- Wenn Angelika es nicht selbst vorschlägt ... nein, ich würde es auch nicht tun ...
- Aber ich möchte hin, kämest du mit, so quasi als Abschluss unserer Polenreise?
- Wann?
- Vielleicht am übernächsten Sonntag, jedenfalls noch im September ...
- Das wäre mir recht ...

- Jetzt muss ich doch schauen, warum die so lang ...
Rasch geht Colette zum Schulhaus und springt die Stufen hinauf.
Mit ihr würde ich gern in den Jura reisen. Wenn möglich ohne Auto. Ich liebe diese kleine rote Bahn. Le Locle – Les Brenets.

Ostersonntag 1943
In Le Locle, auf dem Bahnhofplatz, der wie eine kleine Terrasse über dem Städtchen klebt, packen zwei junge Leute ihre Rucksäcke um. Die Fahrräder sind schon mit Anhäng-Adressen versehen.
- Gib mir die Stiefel ...
- Nein, nicht hier ...
- Die Schuhe werden zu schwer sein für dich ...
- Und für dich sind die polnischen Stiefel gefährlich, schau da unten, viel Militär ...
- Nimm die Brote ...
- Nein, die brauchst du, ich bin am Abend schon wieder bei Otto ...
Und wie sie das sagt, ist ihr, als schiebe sich eine dunkle Wolke vor die Sonne, als sei das Leben bereits vergangen. Aber noch liegt vor ihnen die Wanderung. Ein Spaziergang am Ostersonntag.
Die Fahrräder geben sie am Gepäckschalter nach Langnau auf. Auch den Rucksack. Den andern hängt Staš sich um. Sie weichen den vielen Soldaten aus, machen einen Umweg durch den Wald. Hier oben ist fast noch Winter. Nicht wie gestern in Les Hauts-Geneveys, wo schon der Flieder blühte vor dem Ferienhaus.
Es war abends um acht und noch hell, und Angelika traute sich nicht, den Schlüssel aus dem Versteck zu holen. Hätte nicht jemand noch kommen können? Ostern hier feiern wollen?

Sie schoben die Räder weiter hinauf, und auch dort war schon Frühling. Lichtes Laub, wilde Kirschblüten.
Hier liegt ein Schneerest, düster stehen die Tannen. Der Weg fällt ab in den Buchenwald, ist schmal. Sie halten sich an den Händen, rutschen aus auf den dürren Blättern.
- Mein Gott, wie kommst du da wieder rauf?
- Ich nehm die Bahn, diese lustige kleine Bahn mit der Dampflokomotive, sagt Angelika tapfer.

Endlich bringt Colette die beiden Damen heraus. Sie fasst Angelika unter dem Arm.
- Komm, Mama, jetzt gibts Kaffee und eine Meringue oder, wenn du lieber magst, Hobelkäse ...
Im Löwen setzen wir uns in eine dunkle Ecke, lassen auftragen wie zu Gotthelfs Zeiten. Wollen wir der polnischen Tante, oder will sie uns, die seit fünfzig Jahren Schweizerin ist, etwas beweisen?
Sie sei nach der Flucht, nachdem sie und ihre Mutter an der Grenze entlaust worden waren, in Bern von einem wohltätigen Verein unterstützt worden. Mitgebracht hätten sie nichts als das, was sie am Leib trugen, zerrissene Kleider und verlöcherte Schuhe. Endlich habe sie bei der Post Arbeit gefunden. Leicht sei es nicht gewesen, sie habe keinen Beruf gehabt, kein abgeschlossenes Studium, und kaum deutsch gesprochen. Im Postbüro habe sie später auch ihren Mann kennen gelernt, sie hätten es gut gehabt, leider ohne Kinder ... Aber sie liebe die Schweiz und ganz besonders unsere Stadt Bern.
Kasia trägt heute eine seidene Bluse, die ich in Gedanken – gekürzt und enger gemacht – nächstes Jahr an Teresas knochiger Gestalt hängen sehe.
Kräftig greifen wir zu. Käse, Hamme, riesige Scheiben Brot. Colette ermuntert uns zu einem Gläschen Weissen,

bleibt selber korrekt beim Henniez und fragt die Tante, ob sie das Tagebuch schon gelesen habe.
- Klar. Für mich ist das hochinteressant, ich wusste damals ja nicht, was rings um uns passierte, sagt Kasia.
- Wir haben in Siennów ein Kriegstagebuch entdeckt, sage ich schnell zu Angelika, ein polnisches. Colette hat eine Kopie davon heimgebracht für Frau Künzler.
- Wir sassen in diesem Gärtnerhäuschen, sagt Kasia, ihr habt es vielleicht gesehen, oder steht es nicht mehr? Ein kleines Haus am Ende des Hainbuchenweges. Wir versuchten zu überleben, meine Mutter und ich, misstrauisch beobachtet von der Deutschen Wehrmacht im Schloss.
- Teresa hat uns erzählt, dass ihr kaum zu essen hattet, sagt Colette.
- Jedenfalls nicht so, lacht Kasia und zeigt auf die Käse- und Schinkenplatte, nein, solange Teresa da war, ging es. Sie stahl heimlich für uns von den Feldern, die uns die Nazis genommen hatten. Als Teresa dabei erwischt wurde, fing die Not an. Aber andern ging es ja gleich, dieser Lehrer ... «nun ist das Schuljahr zu Ende, und man hat nur gedacht, wo finde ich etwas zu essen» ... der Arme, ich hab ihn nicht gekannt, ich war vor dem Krieg in diese Schule gegangen. Letztes Jahr hab ich sie besucht ...
Das Matterhorn, denke ich, oder das Zerfreilahorn an der Wand im Lehrerzimmer, ein Mitbringsel von ihr?
- Was mich wundert, sind diese Heilpflanzen, sagt Kasia. Was mochten das für Pflanzen gewesen sein, die von unsern Schülern gesucht werden mussten?
- Vielleicht Teekräuter, sage ich, Silbermänteli, Schafgarbe, Spitzwegerich, wir haben auch gesammelt als Kinder.
- Während des Krieges?
- Ja, wir mussten sehr viel sammeln, leere Zahnpasta-Tuben, getrockneten Kaffeesatz, Buchnüsse, für Öl oder so, und Maikäfer, die ganze Schule ging in den Wald, der

Klang der Käferpanzer in meiner Büchse gibt mir noch jetzt Hühnerhaut ...
- Davon wusste ich nichts, dass auch die Kinder in der Schweiz...
- Halt, sagt Colette, halt, halt! Da ist ein Unterschied, ihr musstet nicht sammeln für den Feind und euch drohte keine Strafe, wenn ihr zu wenig abliefern konntet ...
- Nein, sage ich, es hat sogar Spass gemacht, wir leisteten Arbeit für unser Land, das gab ein grossartiges Gefühl ...
Gerne hätte ich ausführlicher vom Maikäfersammeln frühmorgens am Rand des Könizbergwaldes erzählt. Die grossen Schulbuben schütteln die Buchen, und die Käfer, noch steif von der Nacht, fallen auf unsere Köpfe, in den Nacken, und im grossen Behälter, in den die volle Büchse geleert werden muss, fangen sie an zu zappeln ... aber Angelika mischt sich jetzt ins Gespräch.
- Was meine Schüler im Twären damals arbeiten mussten, vor und nach der Schule, würde heute angeprangert als Kinderarbeit. Für einige war es wirklich zu viel ... aber den meisten gab es ein gutes Selbstbewusstsein. Sie waren wichtig und wurden ernst genommen ... für dumme Streiche hatten sie gar keine Zeit.
- Bei uns waren diese Schulkinder wohl überfordert, nicht wegen der Arbeit, aber wegen der Angst; das wird deutlich in diesem Heft, sagt Kasia, Angst vor den Deutschen, Angst vor den Ukrainern ...
Als uns das Tagebuch vorgelesen und übersetzt wurde, kam gleich am Anfang die ukrainische Lehrerin vor, und ich verstand nicht, warum die ihre Kollegen bei den Deutschen verraten hatte ... Nun sitze ich einer Person gegenüber, die ich fragen kann.
Und Kasia gibt Antwort. Sie holt aus, geht zurück in ihre Kindheit.

Das zerrissene Polen sei nach dem Ersten Weltkrieg wieder auferstanden, aber dann überfallen worden von Trotzkis Roter Armee. Die Polen hätten sich gegen die Russen gewehrt, sie zurückgedrängt, und hätten beim Frieden von Riga ihre Grenze weit in den Osten verschieben können. So sei die halbe Ukraine zu Polen gekommen. Die andere Hälfte habe noch immer zu Russland gehört. Die Ukrainer, die gern einen eigenen Staat gegründet hätten, seien nicht begeistert gewesen über die neuen Herren. Es sei ihnen nicht schlecht gegangen unter den Polen, aber aufs ganze Land gesehen, seien sie eine Minderheit gewesen, mit der Empfindlichkeit von Minderheiten.
- Wir meinten, es gut zu machen, sagt Kasia, aber dass die Ukrainer in der Schule polnisch sprechen mussten, das war natürlich dumm gewesen von uns ...
Ich hätte sie für diesen Satz umarmen können.
Als die Deutschen dann so plötzlich in Polen einmarschierten, hätten sie die Ukrainer umschmeichelt, mit dem Versprechen geködert, ihnen später zu einem eigenen Staat zu verhelfen – was dann nicht geschehen sei –, aber die Ukrainer hätten es geglaubt und für die Deutschen gearbeitet, Kollegen und Nachbarn denunziert. Vor dem Krieg habe man friedlich zusammengelebt. Unter deutscher Besetzung seien die Juden dann verfolgt, ermordet, die Ukrainer bevorzugt – sie allein durften weiter höhere Schulen besuchen –, die Polen von den Gymnasien ausgeschlossen, überwacht und gehasst worden ...
- Die Internierten in der Schweiz hörten natürlich davon, sagt Kasia, und das gab Spannungen unter ihnen, vor allem in den Lagern. Ich weiss es von meinen Bekannten ...
- Internierte Polen?, fragt Angelika.
- Ja, sagt Kasia, aber keiner hat Staš gekannt, nach dem Krieg sind sie in der Schweiz geblieben, heute sind es alte Herren ...

- Hat je einer vom Lager Büren erzählt?, frage ich.
- Alle, sagt Kasia.
- War es so schlimm, wie es Staš erlebt hat?, fragt Angelika zögernd.
- Es war schlimm.
- Stimmt es, dass die Schweizer Bewacher einen Polen erschossen haben?, frage ich.
- Zwei, sagt Kasia, zwei Polen wurden erschossen.
- Herrschaft noch einmal, ruft Colette aus, das ist ja total verrückt! Wer hat das befohlen? Ist der bestraft worden, ich meine, gab es einen Prozess?
Sie schaut mich an, als könnte ich Auskunft geben, als sei ich schuld, dass damaliges Unrecht nicht öffentlich angeprangert wurde.
- Und der Kurde vom letzten Sommer?, frage ich.
Ein Kurde in Bern, der seine Frau bedroht hatte, war anschliessend von Polizisten mit Knüppeln auf den Kopf geschlagen worden. Am selben Abend starb er im Spital. Die Medien berichteten. Heute, zwei Monate danach, ist alles vergessen.
- Über dessen Tod fragen dich dann deine Enkel, sage ich zu Colette.
Wir sind beide zerknirscht.
Kasia versucht uns aufzurichten, setzt Proportionen. Erwähnt die Lager in Russland, wo ihre Brüder gefangen waren, spricht von Katyn, vom Massenmord an den polnischen Offizieren, nie aufgeklärt, bis heute nicht.
- Ja, sagt Colette, aber diese Länder waren im Krieg. Bei uns war kein Krieg. Bestimmt nicht gegen die Polen!
Bühler Karl kommt mir in den Sinn, wie er mir sagte, wir waren die Einzigen, die schiessen durften. Die andern beneideten uns. Wir haben immer geschossen, wenn die Engländer kamen. Getroffen haben wir nie, die flogen viel zu hoch. Er war bei der Fliegerabwehr gewesen.

Und ich denke an die vielen Soldaten, die fünfeinhalb Jahre mit geladenem Gewehr bereitstehen mussten und nie schiessen durften. Erschossen wurden von der Schweizer Armee nur ein paar Landesverräter und zwei internierte Polen ...
Ich schaue auf.
Kasia ist am Erzählen ihrer monatelangen Flucht von Krakau nach Wien, von dort nach Innsbruck, und weiter unter den Bomben der Alliierten durch bis nach Feldkirch. Dort hätten im Frühling fünfundvierzig Tausende von Flüchtlingen auf Einlass in die Schweiz gewartet.
- Meine Mutter und ich machten dabei eine schreckliche Entdeckung, mit uns warteten deutsche Nazis, die vor den Alliierten in die Schweiz fliehen wollten ...

Abends sitzen Bernhard und ich vor dem Cheminée, dem ersten Feuer in diesem Herbst. Ich habe ihm eben erzählt, wie aufgeregt ich im Sommer nach Kriegsschluss gewesen war, als uns im Oberland eine Frau mit behaarten Beinen und einem Kopftuch begegnete, die mit tiefer Stimme auf Hochdeutsch nach dem Weg zum Lötschenpass fragte; wie wir sie für den flüchtenden Hitler gehalten hatten, über dessen Verbleib damals die wildesten Vermutungen zirkuliert waren ...
Jetzt klingelt so spät noch das Telefon.
- Entschuldige, dass ich noch störe, sagt Colette, aber etwas läuft schief.
Sie dürfe es Jerzy nicht sagen, eigentlich sei sie ja schuld daran, es sei alles wegen dieser Polenreise, die sie eingefädelt habe. Aber wegen heute Nachmittag könne sie nichts dafür, mehr als vier Personen hätten einfach nicht Platz in ihrem Wagen ...
- Kannst du mir nicht sagen, was passiert ist?
- Meine Schwiegereltern haben Krach!

- Das kommt vor, tröste ich, Bernhard und ich ...
- Es ist nicht dasselbe. Ich kenne die beiden seit mehr als zwanzig Jahren, kein böses Wort, nie ... Ihre Ehe war für uns Vorbild ... unerreichbares Vorbild ...
- Hat Franz eine Szene gemacht, weil Angelika ...
- Er war gar nicht da. Als ich sie heimbrachte, war die Wohnung leer. Sie hat sich schreckliche Sorgen gemacht. Er geht nie fort, ohne zu sagen wohin. Ich habe den ganzen Abend bei ihr gewartet, so schlecht war sie dran.
- Und dann ist er gekommen?
- Wortlos an uns vorbei ins Schlafzimmer gestürzt ...
- Wart mal ab, das wird schon wieder ...

Aber Colette lässt sich nicht davon abbringen, etwas zwischen Franz und Angelika zerstört zu haben.

Sonntag, 30. September 2001

Ich warte im Bahnhof auf dem hintersten Perron. Wie immer viel zu früh. Noch ist kein Zug nach Neuenburg angegeben. Colette hat alle Zeit. Hoffentlich klappt es diesmal. Für letzten Sonntag hatte sie abgesagt. Sie habe Franz und Angelika zum Essen eingeladen, einladen müssen, hatte sie sich entschuldigt. Irgendwie fühle sie sich verantwortlich für die ungewohnten Schwierigkeiten der beiden. Gestern kam dann Entwarnung. Sie rief an, fragte, ob ich noch Lust auf die Fahrt nach Les Brenets habe, Mark sei ein Schatz. Sie werde mir alles erzählen.
Mark, den gemauserten, beinah erwachsenen Mark, habe ich letzte Woche kennen gelernt. Ich werde oft von Schülerinnen besucht, die im Deutsch ein Buch und dessen Autorin vorzustellen haben. Nette, junge Frauen. Junge Männer interessieren sich weniger für Literatur. Aus diesem Grund war der Besuch von Mark für mich etwas Besonderes, so wie auf einer Bergwanderung, wenn sich ein frei lebendes Tier, ein Steinbock vielleicht, nicht davonmacht, sondern stehen bleibt und einen neugierig betrachtet. Diese Neugier und unverbrauchte Lesart, die Mark für den Text hatte, gefiel mir. Sein Blick ist nicht von allzu viel Schule getrübt, er kommt von der Praxis, repariert während drei Wochentagen Spülkästen, Waschmaschinen und hat nur zwei Tage Vorbereitung auf die Matur.
Colette taucht auf.
Der Zug an diesem Sonntagmorgen ist kaum besetzt. Wahrscheinlich fährt alles nach Interlaken, wie Bernhard und unsere Freunde. Mit ihnen würde ich heute von der Schynigen Platte aus wandern, hätte Colette unsern Ausflug in den Jura nicht verschoben.
Wir sitzen am Fenster wie auf der grossen Reise vor einem Monat.

Colette gähnt.
- Du hast mir etwas von Mark mitteilen wollen, erinnere ich sie.
- Ja, sagt sie und wird wach, die Story kann ich nur dir erzählen. Pass auf, Mark putzt sein Mountainbike beim Sitzplatz neben dem Haus, du kennst es ...
- Nur von vorn, nur das Wartzimmer, das spätere Wohnzimmer ... Beim Sitzplatz war ich nie ...
- Spielt keine Rolle. Mark putzt sein Mountainbike. Auf einmal kommt Franz zur Tür heraus ... Nein, ich muss anders beginnen ...
Franz klagt mir seit Monaten über den Enkel, er höre so laute Musik, komme nie in ein Konzert von Jerzy, gebe viel zu viel Geld für den Sport aus, und als er, der Grossvater, eine Woche lang im Spital gewesen sei, habe ihn Mark kein einziges Mal besucht, während sich unsere Töchter lieb an sein Bett gesetzt hätten.
Also, Mark putzt sein Bike. Franz kommt zur Tür heraus.
- Wo ist deine Mutter?, schnauzt ihn Franz an.
- Nicht da, sagt Mark ohne aufzuschauen.
- Wann kommt sie heim?
- Keine Ahnung, sagt Mark und putzt weiter.
- Ich muss jetzt zu meinem eigenen Fleisch und Blut!, brüllt Franz auf einmal.
- Was ist los?, sagt Mark ganz erstaunt und steht auf.
- Deine Grossmama ist im Kirchenfeld, wieder bei ihrer so genannten Freundin!
- Warum soll sie nicht bei der Freundin sein?
- Die tut ihr nicht gut! Die macht unsere Ehe kaputt.
Jetzt lacht Mark, kann sich vor Lachen kaum halten und fällt fast über sein Rad.
- Grosspapa, ihr seid doch beide über achtzig! Da ist man doch ... da geht doch nichts mehr kaputt ...

Aber Grossvater schaut so unglücklich drein, steht so verloren vor der Tür, dass Mark fragt, was denn nicht gut sei an dieser Freundschaft.
- Sie wühlt alles auf. Kommt die Grossmama heim, spricht sie nur noch von Polen!
- Hat sie das früher nicht auch gemacht? Onkel Jerzy ist doch das Kind von einem Polen, das hat mir die Mama gesagt, und du hast ihn adoptiert. Also hast du doch viel von Polen gewusst.
- Damals wollte sie vergessen. Ich hab nie gefragt, habe sie immer beschützt ...
- Stimmt, da bin ich Zeuge ...
- Und jetzt geht sie zu dieser Madame, dieser Schwester von Jerzys Vater, und ich merke, dass sie immer nur den geliebt hat, ein ganzes Leben lang nur den, und ich war Ersatz, gut genug als Vater für den Bub. Aber jetzt kann ich verschwinden ... besser noch heute sterben als morgen ...
- Grosspapa, das siehst du jetzt so, das hab ich auch erlebt, als meine Freundin nicht mehr wollte, da hab ich auch gedacht, mit mir ist nichts, ich bin ein Ekel, mit mir kann keine Frau ... aber das kommt schon wieder, ich weiss es, plötzlich wird alles wieder ganz normal. Komm, Grosspapa, wir gehen jetzt hinauf, ich koche dir Spaghetti ...

Oben in der Wohnung, wo Marks Mutter jeden Stuhl mit einem Aquarell besetzt, in der Küche, die so vergammelt ist, dass Franz die Augen schliessen muss, drückt Mark seinen Grossvater auf den Schemel, kocht Spaghetti und sagt, weisst du noch, als ich mit dir im Führerstand durch den Lötschberg fahren durfte ...
Später, beim Essen, erinnert sich Mark an weitere Erlebnisse mit ihm, wie er helfen durfte, die Lok zu schmieren, die Stangen zu putzen, wie ihm der Grossvater die Bremskontrolle erklärte, den Geschwindigkeitsstreifen

herausnahm und zusammenlegte, den Namen ins Blöcklein eintrug und alles im Depotbüro abgab ...
- Und einmal hast du mich auf dem Güterzug mitgenommen nach Neuenburg, dort hatten wir Aufenthalt und du bist mit mir an den See hinuntergegangen ...
Und dann, als es dem Grossvater langsam besser geht, fängt Mark wieder vorsichtig an zu fragen.
- Was erzählt denn die Grossmama jetzt von Polen?
- Von einem Schloss und einer adligen Familie, aus der Jerzys Vater stammte. Und ich, was bin ich dagegen? Ich komme von der Ladenwandstrasse ...
- Jerzys Vater ist tot, aber du lebst, Grosspapa, das ist dein grosser Vorteil!
- Die Grossmama war halt immer ein wenig fasziniert vom Fremdländischen. Fremde Polen galten mehr als Einheimische ...
Da lacht Mark wieder laut heraus.
- Fremd! Das sind doch nicht Buschmänner aus Afrika. Polen ist nicht weit, Grosspapa. Ich hab dort auch schon mit dem Velo trainiert, das ist doch Europa!

In Gedanken bleibe ich beim Europa, das ich als Kind erlebte, hasserfüllt auf allen Seiten und verschlossen für uns. Kein Schritt aus der Schweiz war möglich damals, und nun reisen schon Kinder über die Grenze, und Europa ist für sie die erweiterte Heimat. Wunderbar ... Aber Colette schaut mich erwartungsvoll an.
- Mark hat das gut gemacht, lobe ich.
- Nicht?, sagt sie.
Wir schauen zum Fenster hinaus. Kerzers, das Grosse Moos, Witzwil, wo Bernhard auch ab und zu Strafgefangene besucht.
- Diese Strecke ist Franz fast täglich gefahren, als er noch im Dienst war, sagt Colette.

Ich erkundige mich, wie es ihm jetzt gehe, ob er sich aufgefangen habe nach diesem Spaghetti-Essen.
Colette hofft es, sicher ist sie nicht. Aber gestern habe er ihr – wie jeden Herbst – die schweren Oleander in den Keller getragen, habe wieder mit ihr gesprochen, ganz normal. Franz sei immer ein zentraler Punkt der Familie gewesen. Auch Jerzy, er vor allem, habe es so empfunden. Früher, bevor Franz pensioniert war, sei Jerzy jedes Mal vor der Zugsabfahrt nach vorn gelaufen und habe einen Blick in die Führerkabine geworfen.
- Und Angelika?
Colette denkt lange nach.
Angelikas Gesicht komme ihr verändert vor, es leuchte irgendwie von innen, gleichzeitig liege ein Schatten von Wehmut darauf, als käme alles wieder hoch, was jahrzehntelang vergessen blieb.
- Vielleicht ist es gut, sage ich, vielleicht ... ich weiss ja nicht ... hat sie es damals nicht verarbeiten können.
Wir schweigen.
Colette gähnt wieder, entschuldigt sich, sie hätten gestern Besuch gehabt bis nachts um zwei. Sie kuschelt sich in die Fensterecke und schliesst die Augen. Ich bleibe in Gedanken bei Angelika.
Mit wem hätte sie damals verarbeiten können?
Polen war nach dem Krieg betrogen worden. Statt den alten Staat wieder herzurichten, wie die Alliierten versprochen und wofür viele Polen gekämpft hatten, wurde mit Hilfe von Stalin ein kommunistischer Staat mit neuen Grenzen erstellt. Die seltsame Freundschaft des amerikanischen Präsidenten Roosevelt mit Stalin war für das Land Polen verhängnisvoll. Es verschwand hinter dem Eisernen Vorhang. Staš hatte sein Leben umsonst hingegeben.
Angelikas Leben ging weiter. Sie war jung. Aber statt sich mit anderen jungen Leuten zu treffen, sorgte sie für das

Kind. Das war das Pfand ihrer Liebe und für sie das Wichtigste auf der Welt. Franz verstand sich von Anfang an gut mit dem Kleinen. Colette hat mir öfter gesagt, Franz sei ein vorbildlicher Vater gewesen. Dass er Musik liebe, habe Jerzy immer als Glück empfunden.
Angelika hat sich bei mir nie über Franz geäussert – er war meist dabei –, auch die Tochter erwähnte sie nie, das war mir aufgefallen ... Hatte sie Franz ihren Schmerz um den verlorenen Staš anvertraut? Vielleicht wollte sie nicht ... Sie hat ja auch Colette nichts von der Liebesgeschichte erzählt.
Als Franz und Angelika heirateten, wollten die meisten Leute bei uns vergessen, nicht immer an den Krieg erinnert werden ... Diese vielen Flüchtlinge in der Schweiz ... zu viele. Sie wurden ein wenig lästig ...

Jemand war auf die Idee des Wochenbatzens gekommen. Zehn Rappen pro Woche, das bringt jeder auf, zehn Rappen für die Flüchtlinge. Das Einkassieren besorgen die Schulkinder und die Lehrer rechnen ab. Ganz einfach.
Ich bekam drei Häuserblöcke, an die dreissig Wohnungen, zugeteilt. Jeden Samstagnachmittag läutete ich vom Parterre bis zum obersten Stock an allen Türen – ach, schon wieder dieses Mädchen, will zehn Rappen, wofür denn? – ich wusste es auch nicht genau. Aber das Betteln fiel mir schwer.
Viele Leute waren nicht da, ich würde noch einmal vorsprechen müssen. Einige gaben gleich einen Franken, und ich strich erleichtert zehn Felder auf ihrem Bogen.
Einmal pro Monat sammelte die Klassenlehrerin das Geld ein. Ich führte nicht richtig Buch, hatte immer etwas Kleingeld im Pult, wusste, dass es nicht meines war. Aber der Zibelemärit kam, ich musste Konfetti haben und suchte mit den Fingern zwischen Tintenlappen und Spiralen

von Bleistiftrinde nach den Zehnern, die nicht mir gehörten, die ich aber bald, wie auch immer, zurückgeben würde; Taschengeld bekam ich noch keines.
Der Tag, an dem alles auskommen würde, nahte. Ich war total verschuldet. Ausser Konfetti hatte ich mir noch diese lustigen Papierschlangen geleistet und brachte das Wochenbatzengeld nicht zusammen, weinte zu Hause, sagte, es stimme mir nicht, und mein Vater hatte Mitleid mit dem Kind, das ihm durch solche Aufträge überfordert schien, und bezahlte, ohne nachzufragen, den Fehlbetrag.

Wir sitzen bereits in der kleinen roten Bahn, als Colette sich endlich aus ihrem Sonntagmorgen-Schlummer wach schüttelt.
- Warum eigentlich Les Brenets?, fragt sie. Warum ging Staš dort über die Grenze?
- Er war etwas spät dran. In den ersten Kriegsjahren gingen die Polen über Genf ins unbesetzte Südfrankreich, aber seit November zweiundvierzig hatten die Deutschen ganz Frankreich besetzt.
- Woher wusste ein polnischer Internierter von Les Brenets?
Ich versuche mich zu erinnern, wer mir davon berichtet hat, ob Angelika oder der Bühler Karl, und erzähle Colette, wie die polnischen Internierten von ihrer Botschaft in Bern heimlich aufgefordert wurden, zu fliehen und sich in England wieder zu melden. Für die polnische Exilregierung in London, für die Engländer und Amerikaner war jeder Pole, der auf der Seite der Alliierten kämpfen wollte, wichtig. Mit Hilfe des französischen Widerstandes kamen die Polen von der Schweizer Grenze bis in die Pyrenäen und reisten von Portugal dann nach London.
- Stell dir mal vor, wie das damals in Bern zuging, sage ich. Die Botschaften lieferten sich einen versteckten Kleinkrieg. Die polnische und die englische helfen polnischen

Internierten entkommen, der deutsche Botschafter ist über jeden Fluchtversuch genauestens informiert und droht dem Bundesrat mit unangenehmen Folgen ...
- Verrückt, sagt Colette, aber warum gerade Les Brenets und nicht irgendein anderer Grenzübergang?
- Du wirst es sehen, wahrscheinlich ist es die Topografie. Vielleicht – aber das sage ich nicht, es ist nur eine Vermutung – vielleicht kam die nördliche Ajoie, die für einen heimlichen Grenzübergang noch idealer gewesen wäre, nicht in Frage wegen der andern Seite, wegen der Hitlériens, einzelnen Elsässern, die pro Hitler eingestellt waren, ganze Dörfer im Elsass terrorisierten und jeden bei der deutschen Besatzungsmacht verrieten, der im Widerstand war. Hier, in den Bergen am noch jungen Doubs, waren die Leute vielleicht eher Jurassier als Schweizer oder Franzosen. So kam es mir jedenfalls auf der Wanderung vor, die Bernhard und ich vor ein paar Jahren gemacht haben. Les Brenets und die Orte jenseits des Doubs, Morteau, Les Fins und wie sie alle heissen, waren für mich weder typisch schweizerisch noch typisch französisch, aber unverkennbar jurassische Dörfer. Und jetzt kommt es mir in den Sinn: In Les Brenets hatte es eine geheime, mit der polnischen Botschaft in Verbindung stehende Kontaktstelle gegeben.
Sobald ich es erwähne, horcht Colette auf. Mehr weiss ich aber nicht, ausserdem sind wir an der ersten und einzigen Station dieser Kurzstrecke angelangt. Vom freundlichen Lokomotivführer erhalten wir noch Tipps für all das, was Les Brenets den Touristen bietet. Er empfiehlt eine Fahrt auf dem See.

Unten breitet sich der Doubs, durch einen Bergsturz gestaut, zum kleinen See mit lieblichen Ufern aus. Der Bahnhof ist, wie in Le Locle, oben am Ort, und das Dorf

zieht sich über den Hang hinunter ans Grenzufer. Unschlüssig bleiben wir stehen, schauen auf die Steinhäuser und die grosse, alles überragende Kirche hinab.
- Geheim, sagt Colette nachdenklich, das konnte doch nur via Kirche gegangen sein ... die polnische Botschaft war doch auf Hilfe von katholischen Priestern angewiesen ...
- Aber hier ist man reformiert, sage ich.
Fragend schaut Colette auf.
- Les Brenets gehört zu Neuenburg, das ist einer der reformiertesten Kantone der Schweiz.
Langsam schlendern wir die Strasse hinunter, vorbei an der Dampflokomotive, die, ausstellungswürdig befunden, in einem Glaskasten vergangenen Zeiten nachträumt, und treffen auf entlassene Kirchgänger. Sonntags um elf. Colette, mutiger als ich, wendet sich an eine alte Dame in schickem Deuxpièces und Hütchen und fragt, ob es hier auch eine katholische Gemeinde gebe.
Die Angesprochene, sichtlich erfreut über unser Interesse, bleibt stehen und holt mit ihren Erklärungen weit aus. An jedem Tag der vergangenen Woche hätte ich nervös mit den Fingern gespielt, aber heute ... warum soll die Dame nicht in ihrer Kindheit beginnen dürfen? Die fiel, wie ich vermutet habe, in die Kriegszeit.
Man sei damals hüben und drüben verwandt gewesen – sie zeigt mit dem Kinn zum Doubs –, in Les Brenets hätten auch ein paar französische Familien gewohnt, für die sei ein katholischer Priester hier angestellt worden, sie glaube, auch ein Franzose. Jedenfalls habe er vielen Flüchtlingen zur Weiterreise verholfen. Colette unterbricht sie kurz.
- In die Schweiz oder aus der Schweiz?
- In die Schweiz natürlich, sagt die Dame vorwurfsvoll. Gleich findet sie wieder zurück in den freundlichen Ton, erzählt von den Flüchtlingen, die hier ziemlich leicht über die Grenze kamen.

Da so viele Familien einander verwandt waren, hätte die deutsche Besatzungsmacht erlaubt, sich bei Hochzeiten und Beerdigungen über die Grenze zu treffen, davon sei rege Gebrauch gemacht worden, sagt sie lächelnd. Jedes Mal seien ein paar Flüchtlinge als Cousin und Cousinen mitgegangen.
Auch Zeichen habe man sich gegeben – die Deutschen hätten nicht überall sein können – und in den Häusern am Ufer habe man Betttücher zum Fenster hinausgehängt, wenn die Luft rein gewesen ... sie lacht, freut sich noch heute über die gelungene List und sagt, es sei alles sehr geheim gewesen, und, um auf unsere Frage zu kommen, heute wohne kein katholischer Priester mehr hier; wenn nötig komme der von Le Locle herab, und die Kapelle würden wir dort drüben finden.

Wir gehen aber in die andere Richtung.
Was ich Colette zeigen möchte, ist der sehr komplizierte Grenzverlauf.
Nach Angelikas Fluchtgeschichte hatte ich zu Hause die Jurakarte aufgeschlagen und nachgeschaut, warum Otto hatte sagen können, von Les Brenets nach Pontarlier brauche Staš den Doubs nicht zu überqueren. Ich sah, was mir sonst nicht aufgefallen wäre, den Zickzack der Schweizer Grenze bei Les Brenets. Der junge Doubs, der sich durch Frankreich schlängelt, muss erst ab dort als Grenze dienen. Westlich von Les Brenets wird diese Funktion einem Bach angehängt, der von den Jurahöhen herunter eine tiefe Schlucht gerissen hat.
Dieser Schlucht entlang steigen wir nun durch den Buchenwald auf. Er ist kaum verfärbt und an diesem letzten Septembertag noch kräftig im Laub.
Hier ist die Stelle, höher zu steigen nicht nötig, wir haben die Sicht in die Schlucht und sehen oben das Schwei-

zerkreuz prangen. Die Grenze zieht sich gegen Westen über die Jurahöhen. Für die Schweizer Grenzwächter damals recht bequem. Sie konnten sich die steilen Abhänge zum Fluss ersparen, an dessen Ufer beidseitig französische Dörfer liegen. Die deutschen Besetzer waren jenseits des Doubs geblieben.

Dort, wo sich der Doubs zum See ausweitet, ist ein Grenzposten. Wir schauen hinunter, sehen, wie die Autos beim Zoll die Fahrt verlangsamen, kurz anhalten, nur so der Form halber, und weiterfahren. Die Grenzer sind wohl beim Mittagessen, und überhaupt, was wollten sie heute noch kontrollieren?

Aus der Schlucht läuft der Bach durch ein sumpfiges Feld und mündet vorn in den See.

- Siehst du, sage ich, über dieses Feld wäre ich geflohen ... zehn, zwanzig Minuten, und du bist drüben im Nachbardorf. In Frankreich.

- Ich weiss nicht, sagt Colette, ein Sumpf ist gefährlich, und so offen, die konnten ja schiessen von drüben ...

Beim Abstieg denke ich weiter über diese Möglichkeit nach, über Staš' Fluchtweg, auf dem er vielleicht Menschen begegnete, die in umgekehrter Richtung flohen.

Für die meisten Flüchtlinge war das Ziel die Schweiz, und wer den Nazis entronnen war, fürchtete vor allem die Zurückweisung an der Schweizer Grenze. Dasselbe galt für polnische Internierte, die aus der Schweiz fliehen wollten. Die Grenzwächter hatten Weisungen, sie aufzugreifen und zurück in ein Straflager zu schicken. Hinaus oder hinein, gelingen konnte die Flucht nur mit Hilfe von Einheimischen.

Draussen vor dem Wald sehen wir einen Mann stehen. Sein weisses Haar wirbelt widerspenstig vom Kopf. Er kehrt uns den Rücken, hat die Hände in den Hosentaschen vergraben und betrachtet eingehend die steile Halde.

Beim Näherkommen sehe ich, was er unter buschigen Brauen hervor begutachtet, es sind alte Kanapees, Gasöfen, Nähmaschinen, geplatzte Schläuche, verrostete Röhren, eine Abfallhalde, wie sie bei uns längst verboten ist. Aber hier, am Rand der Schweiz, gelten offenbar andere Massstäbe.

Wir kommen mit ihm ins Gespräch.

Uns interessiert das sumpfige Feld beim Ausgang der Schlucht, ob es vor sechzig Jahren von Flüchtlingen benutzt worden sei.

Der Mann lacht verschmitzt.

- Bien sûr, sagt er, hier war es leicht.

Es sei aufs Wetter angekommen. Heute sei der Bach gefasst, aber damals sei er frei über das Feld mäandert. Nach langem Regen sei das Feld verschwunden, das heisst, der See habe sich bis zum Eingang der Schlucht vergrössert. Der sei noch heute sehr heimtückisch, dieser See, zu Zeiten gefährlich für die Schifffahrt, der Wasserspiegel könne sich innert Kürze um eineinhalb Meter verändern.

- Da konnte kein Grenzverhau, Stacheldraht und so ... vor der Mündung gezogen werden?

- Unmöglich! Aber wenn es drei Wochen nicht geregnet hatte, war der Boden trocken, et voilà, sagt er und schnippt mit den Fingern.

Dann erzählt er vom Schmuggeln, nachts natürlich, bei nassem Wetter mit Barken über den See, bei Trockenheit kurz über das Feld. Er zeigt hinüber zum französischen Nachbardorf.

- Was wurde denn geschmuggelt?, fragt Colette.

- Mehl und Tabak, sagt er und zwinkert mit den Augen.

Wir verabschieden uns, steigen den schmalen Weg hinunter.

Ich bin beeindruckt, wie locker die hiesigen Leute schon damals mit den Vorschriften aus der entfernten Bundes-

stadt umgingen, wie unbekümmert sie Schmuggel betrieben und Flüchtlingen halfen.
Im Dorf halten wir Ausschau nach einem Restaurant. Vor der Treppe zur Couronne ruft Colette plötzlich einer Wandergruppe zu, stürzt ihr entgegen, grüsst und küsst und spricht angeregt auf Französisch. Dann erinnert sie sich an mich und stellt mir ihre zufällig hier angetroffenen Bekannten aus Genf vor. Alle haben sie Durst und drängen ins Restaurant.
- Entschuldige, sage ich leise zu Colette, ich möchte lieber noch an den Doubs.
Sie gibt mir die Abfahrtszeit durch, wir werden uns oben am Bahnhof zur Rückreise treffen.
Ich schlendere allein das Strässchen hinab.
Unten setze ich mich auf eine Mauer neben die Tafel für Taxibenützer. Wer will, kann sich hier melden und nach einer Schifffahrt zum Bahnhof hinaufführen lassen. Vielleicht werde ich davon Gebrauch machen.

Ostersonntag 1943
Am Waldrand über Les Brenets sitzt ein Liebespaar im jungen Gras, hält sich umschlungen. Behutsam löst sich eines aus den Armen des andern. Sie schauen hinab auf die frei stehenden Steinhäuser. An Mauern blüht weiss der Spalier, aus Gärten leuchtet es rot, und unten liegt der See, hell und unbekümmert, als lache er über die Kälte auf den Höhen. Als sei der Friede hier längst erkämpft.
Der Mann zieht ein Papier aus der Hosentasche, vergleicht den Ort mit der Skizze. Eines der untersten Häuser ist angekreuzt.
- Wo ist der Bahnhof?, fragt er.
- Ganz oben, sagt sie.
- Dann zieh ich mich hier um, du sollst meine Sachen nicht hinaufschleppen müssen.

- Aber nein, du kannst doch nicht in polnischer Uniform durch diesen Grenzort ... siehst du nicht? Auch hier hat es Militär ...
Noch einmal fallen sie ineinander, klammern sich an den Augenblick, der jetzt, jetzt zu Ende ist.
Sie stehen auf. Er trägt den Rucksack. Sie halten sich an den Händen und gehen wortlos durch die goldene Löwenzahnmatte hinunter ins Dorf. Vor einem der Häuser halten sie an. Der Mann schaut noch einmal genau auf die Skizze, da öffnet sich oben ein Fenster.
- Entrez, sagt eine Männerstimme.
Zögernd bleiben sie vor dem Eingang stehen.
Auf einmal zieht eine Hand sie beide hinein, schiebt Staš in ein Zimmer und Angelika auf eine Bank in der Halle. Nach kurzer Zeit öffnet sich die Tür einen Spaltbreit, der Rucksack wird ihr hinausgereicht. Angelika ist entsetzt. Das kann doch nicht der Abschied gewesen sein ...
Wie im Traum geht sie die Strasse hoch. Auf halbem Weg stellt sie den Rucksack ab, öffnet ihn, sucht zwischen Ottos Knickerbockern und den Schweizer Militärschuhen nach dem karierten Hemd. Sie legt es an ihre Wange, atmet ein. Der Duft der letzten Stunden liegt noch darin, sein Duft. Sie vergräbt ihr Gesicht im Hemd, geht langsam zum Bahnhof hinauf.
Tränenblind stolpert sie in den kleinen Zug mit der Dampflokomotive.

Angelika hat nie vernommen, wie Staš über die Grenze gekommen ist. In späteren Briefen aus London und Sizilien hat er nichts über die Flucht verraten.
In Erinnerung geblieben sind ihr die Tulpen in den Gärten von Les Brenets, die Frauenherzen und die kleinen Vergissmeinnicht. Die waren durch die Zäune an die Wegränder hinausgekrochen und schrien sich blau.

Ich sehe die Gärten am andern Ufer.
Pflanzen halten sich nicht an Landesgrenzen.
Aus dem Wasser des Doubs, das hier kaum fliesst, leuchtet es grün. Der See ist klein, täuscht die Ruhe nur vor. Am untern Ende wird er als Fluss hinabstürzen und sich zwischen den Juraketten durchzwängen.
Vor einem Monat, als ich in Przemyśl am San stand und über Grenzflüsse nachdachte, fiel mir der Doubs nicht ein.
Er gibt sich nur beiläufig dazu her. Bald fliesst er in Frankreich, bald in der Schweiz.
Auch ihm sind Grenzen egal.

314/03
STADTBÜCHEREI
WOLFENBÜTTEL
Kommißstr. 3-4